6
지음 분코로리
일러스트 마타논키▼
옮김 박용국
니시노
~교내 카스트 최하위이자
이능세계 최강 소년~

"……올빼미를 팔에
얹어 보는 건 처음이에요."
"왜 그러지?"
"조금 더 보다 가고 싶어요."

가브리엘라와 니시노의 데이트
"크윽, 이것도 실패하다니……."
"폼 잡을 생각 말고 제대로 조작이나 하세요!"
"왜 그러지? 입맛에 안 맞으면 지금이라도 꼬치튀김 가게에……."
"기왕 라멘 가게에 왔으니 교자도 주문할게요. 당신도 드실래요?"

점프 좀
"여러분,
제 방송을
봐주셔서
고맙다냥!"

갈라진 자국이! 갈라진 자국
혹시 학교에서 운동부에 소속되어 있으려나?
이 해 봐, 점프.
현역 여고생은 진짜 끝내주
귀여워! 귀여워
현역 여고생의 변태 스패츠 댄스

평범남은 천천히 손을 들어서
손가락을 딱 튕겼다.
그 직후, 정장남 뒤에
도열해 있던 부대에
변화가 생겨났다.
병사들이 들고 있던
자동소총의 방아쇠가
빠득빠득 소리를 내며
얼어붙었다.
"앞으로 반세기 정도는,
인류의 적이 될 각오도 하고 있어."
"앞으로 3분이면 2도 동상,
5분 후부터는 괴사.
괴사한 부분은
절단을 피할 수 없겠지."

"……다시 한번 묻겠다.
저 여자가 그렇게 소중한가?"
정장 차림의 남자는
상대를 쏘아보며 근엄한
목소리로 물었다.
니시노가 보기에 그건
아주 마음에 드는 반응이었다.
그는 상대를 대화할
보람이 있는 대상으로 인식했다.
왜냐하면 그 입에서 나오는
말 하나하나가 평범남의
취향을 저격하는
것들이었기 때문이다.

니시노

~교내 카스트 최하위이자 이능세계 최강 소년~

6

지음/분코로리 • 일러스트/마타논키▼ • 옮김/박용국

NEXT

contents

Nishino

The boy at the bottom of the school caste and also at the top of the underground

〈지난 줄거리〉

볼품없는 얼굴의 고등학생 니시노 고쿄는 학교 카스트에서는 중간층에 속해 있지만, 이능계에서는 손꼽히는 능력자다.

댄디즘을 사랑하는 그의 일과는 이능력을 이용한 각종 의외로 점철되어 있다. 평소에는 지극히 평범한 공립학교에 다니면서, 한편으로는 어둠의 세계에서 이름을 떨치는 유능한 에이전트. 그의 명성은 국내뿐만 아니라 바다 건너에서까지 인정받을 정도다.

그러나 그 영향력도 교내에서는 통하지 않는다.

아무리 해도 카스트 하위권을 벗어나지 못하는 니시노의 일상은 본인이 꿈꾸는 청춘과는 거리가 멀었다. 이대로는 안 되겠다는 생각에 그는 조금이라도 여자들의 인기를 얻고자 새로운 부활동을 시작하기로 했다. 그 표적이 된 것은 바로 브레이크댄스 동호회.

그는 그 브레이크댄스 동호회에서 리더인 후배, 무코우사카 아츠시에게 동호회가 존속의 위기에 처했다는 얘기를 듣게 된다. 무코우사카가 게이라는 걸 들켜서 부원들이 모조리 그만두는 바람에 동호회 폐쇄 위기에 직면해 있다는 것이었다.

후배 앞에서 폼 잡고 싶은 마음에, 니시노는 바로 동호회를 돕겠다고 나섰다.

평범남은 그것을 위해서 주변 인물들을 끌어들였다. 그의 동업자이자 동거인인 로즈, 그 로즈를 쫓아서 일본으로 건너온 것으로도 모자라 같은 학교로 전학까지 감행한 가브리엘라, 그녀들과 사귈 기회를 호시탐탐 노리고 있는, 같은 반의 타케우치가 바로 그 멤버들이었다.

니시노와 그들 셋의 협조를 얻은 브레이크댄스 동호회는 탈퇴한 부원들의 자리를 그들로 대체하고, 원래 출전 예정이었던 댄스 콘테스트에 참가하기로 했다.

종목은 쇼케이스. 무대 위에서 다 함께 춤추는 몇 분 동안의 댄스 쇼.

브레이크댄스 동호회 구제라는 대의명분 아래, 니시노와 각 멤버들은 저마다의 욕망에 따라 댄스 연습에 매달렸다. 니시노는 여자들의 인기를 얻기 위해. 로즈는 니시노를 성희롱하기 위해. 가브리엘라는 로즈와 교류하기 위해. 타케우치는 로즈를 공략하기 위해.

그런데 이벤트 전날, 무대 의상 발주처에서 의상을 잘못 발송하는 바람에 예기치 못한 소동이 벌어졌다. 그 바람에 동호회의 남성 멤버 3명, 즉 니시노, 타케우치, 무코우사카는 여장을 한 채 댄스 콘테스트에 참가하는 신세가 되었다.

그렇게 맞이한 이벤트 당일, 브레이크댄스 동호회는 입상은 놓쳤을지언정 무사히 끝까지 공연을 마쳤다. 무대 위에서 로즈와 가브리엘라가 싸움을 벌이는 등 위태로운 장면도 있었지만, 최종적으로는 관객들의 갈채를 받았다.

그 직후, 무대에 선 가브리엘라에게 흉탄이 날아들었다. 그것을 알아챈 것은 표적이 된 본인과 그 탄환을 저지한 니시노뿐. 범인은 즉시 현장에서 도망쳤기에 니시노는 상대의 얼굴조차 확인하지 못했다.

〈부활동 9〉

타케우치에게 차인 이후, 2학년 A반에서 마츠우라의 모습은 찾아볼 수 없었다.

조회 시간이 되어도 그녀의 자리는 비어 있었다. 담임교사는 연일 그녀의 건강 악화로 인한 결석 사실을 전달했다. 원래 카스트 하위권의 자리도 기꺼이 받아들이던 그녀였지만, 학급 전체의 왕따라는 포지션은 견디기 힘들었던 모양이다.

덕분에 학급의 여학생들은 마음껏 입을 놀렸다. 그런 과정을 거치며, 불과 며칠 사이에 일어난 마츠우라의 극적인 교내 카스트 서열 변화는 확고하게 굳어지게 되었다. 이것을 뒤집는 건 결코 쉽지 않을 것이었다.

한편, 타케우치에 대한 평가는 이번 일을 계기로 급상승했다.

교사의 결석 때문에 자습으로 진행된 2교시 수업. 딱히 진학에 열심인 학교도 아닌 이상, 신나서 이야기꽃을 피우는 것이 일반적인 학생들의 평범한 모습이다. 그러다 보니 훈남 주위에는 저절로 인파가 모여들었다. 게다가 그 대부분은 여학생이었다.

"타케우치, 일요일에 댄스 이벤트에서 춤췄다면서?" "뭐? 진짜야?" "정말?! 나도 보고 싶었는데!" "혹시 동영상 올라온 거 없어?" "나도 가고 싶었는데." "얼마나 멋있었을지 궁금해 죽겠어!"

댄스 이벤트 소식이 어디선가 유출된 모양이었다.

학생들에게 둘러싸인 본인 입장에서는 되도록 언급하고 싶지 않은 화제였다. 무대에서 별다른 활약도 못 한 데다, 어설픈 여장 때문에 혼자만 어색하게 붕 떠 있었던 것이다. 무코우사카는 기뻐했지만 타케우치 입장에서는 완전히 흑역사였다.

"아니, 별로 대단한 것도 아니었는데 뭘……."

더는 얘기하지 말아 달라는 듯이, 소리를 높여 학생들을 제지했다.

하지만 그런 행동은 도리어 역효과만 불러왔다.

"그런 겸손한 점도 멋있다니까!" "나도 타케우치랑 같이 춤춰 보고 싶어." "아, 혼자 들이대기야? 나도 타케우치랑 춰 보고 싶은데!" "타케우치! 난 발레도 배웠어!" "뭐야, 그건 수준이 너무 높은 거 아냐?" "타케우치, 다음에 다 같이 클럽 가서 놀자!"

평소보다도 더 흥분한 목소리가 교실 안에 쏟아져 나왔다.

정말이지 즐겁기 그지없어 보이는 광경이었다.

세상의 청춘을 모조리 다 들이부은 것 같은 낙원이 훈남의 자리에서 펼쳐지고 있었다.

한편, 평범남의 자리는 한산하기만 했다.

"……."

거기서는 청춘의 '청'자도 찾아볼 수 없었다.

성교의 '성'자는 아득히 멀고도 먼 전승과도 같은 이야기.

교과서를 쳐다보면서 시간을 죽이고는 있지만 내심 누군가에게 얘기하고 싶어서 안달이 난 니시노였다. 자기도 타케우치와 함께 이벤트에 참가했다고, 같은 무대에서 같이 춤췄다고, 자기가 직접 얘기하고 싶어 환장할 지경이었다.

하지만 뱃속에 들어앉은 시니컬의 신이 스스로 나서서 다른 사람에게 말을 거는 것을 제지하고 있었다. 그건 쿨하지 못하다고, 멋있지 않다고. 그래서 그는 자리에 앉은 채 태연한 척 팔랑팔랑 교과서 페이지만 넘기고 있었다.

그가 보고 있는 것은 수업을 위해 꺼내 둔 생물2 교과서였다. 문자나 수식만 가득한 다른 교과서와는 달리 다채로운 도표가 그려져 있어서 딱히 머리를 쓸 필요도 없이 눈요기를 할 수 있는 교과서였다. 시간 보내기 딱 좋은 과목인 셈이다.

하릴없이 교과서를 응시하는 평범남.

그러다가 문득 페이지를 넘기던 손길이 멈추었다. 그 시선이 향한 곳에는 생태 피라미드를 묘사한 일러스트가 있었다. 육식동물, 초식동물, 식물 순서로 점점 면적이 넓어지는, 이 세계를 지배하는 절대적인 이치였다.

"……."

자기도 모르게 최하층에 있는 식물 쪽으로 시선이 가는 평범남이었다.

교내에서 자신의 위치를 의식하지 않을 수 없었던 것이다.

다만, 비록 생태계 피라미드 최하층이라 해도 거기에는 다양한 종류의 식물들이 무성하게 잎을 맺고 있었다. 아주 떠들썩하고 즐거워 보였다. 반면에 홀로 자리에 앉아 있는 니시노 주변에는 그 누구의 모습도 찾아볼 수 없었다.

"……그렇군."

식물 층에 그려진 벼 한 포기.

그 말없는 벼가 나는 너와는 다르다고 투덜대는 것 같은 느낌이 들었다.

"뭐가 그렇다는 거야?"

"윽……."

고독한 놀이에 빠져 있던 그의 바로 옆에서 누군가가 말을 덜었다.

교과서를 응시하던 평범남의 시선이 저절로 움직였다.

그곳에는 어느새 다가온 시미즈의 모습이 있었다.

2학년 A반이 자랑하는 미소녀 반장이었다.

"무슨 일이지? 용건이라도 있나?"

대뜸 그런 말부터 던지니까 사람들이 주위에서 멀어져 간다는 걸 이 평범남은 아직도 모르고 있었다. 남들과는 다른 생활환경 때문에 형성된 커뮤니케이션의 방향성이 뼛속 깊이 물들어 버린 것이다.

"역시 니시노랑 얘기하면 짜증이 솟구친다니까……."

"내 언동이 거슬렸다면 사과하지. 미안하게 됐어."

"……."

나이질 기미는 조금도 보이지 않았다.

로즈는 오히려 그 점이 멋지다고 생각했지만.

"……이거, 책상에서 떨어졌어."

반장은 짜증 가득한 얼굴로 그를 쳐다보면서도 그에게로 손을 내밀었다.

그 손에는 모서리가 둥글둥글하게 닳은 네모난 지우개가 있었다. 그 절묘한 곡선은 니시노의 눈에 익은 각도였다. 바로 전 시간 수업에도 쓴 적이 있었으니 틀림없이 기억하고 있었다. 산 지 반년이 다 되어 이제 많이 작아진 그의 지우개였다.

"주워줘서 고마워. 나도 모르는 사이에 떨어뜨렸나 보군."

"내 자리까지 굴러와서 하는 수 없이 주워준 거야."

못을 박듯이 단호하게 쏘아붙이는 시미즈.

니시노의 책상에서 떨어진 지우개를 가져다주려고 찾아온 모양이었다.

대화를 시작한 지 얼마 되지도 않았는데, 벌써 고개를 홱 돌리고 있었다.

"그래, 그 점은 충분히 이해하고 있으니까 걱정 안 해도 돼."

니시노의 자리에서 두 자리 떨어져 있는 그녀가 자기 자리에 굴러온 지우개의 출처를 어떻게 정확히 알고 있었던 것인가. 본인에게 직접 물어봐도 그 의문에 대한 정확한 답은 돌아오지 않을 것이다.

"그나저나 니시노, 너도……."

곧바로 이어서 반장이 니시노에게 무언가 질문을 던지려고 입을 열었다.

그 말을 끊듯이 2학년 A반에 우렁찬 환호성이 울려 퍼졌다.

"오오, 대박! 진짜 로즈가 춤추고 있잖아!"

그 환호성이 들려온 곳은 학년 최고의 마조히스트, 츠쿠모토 코스케의 자리였다.

아니, 엄밀히 말하자면 그의 자리 옆에 서 있는 그의 친구에게서 터져 나온 목소리였다.

그들은 츠쿠모토의 자리에 놓인 노트형 단말기를 함께 쳐다보고 있었다. 그 시선은 화면에 나타난 영상을 주시하고 있었다. 교실에 울려 퍼진 커다란 목소리에 다른 학생들의 시선이 그쪽으로 쏠렸다. 자연스럽게 그 단말기에 재생 중인 영상도 모두의 시야에 들어갔다.

"이거 혹시 타케우치가 나갔던 댄스 동영상이야?"

그들 곁으로 다가간 한 여학생이 영상을 보고 물었다.

그 지적대로 화면에는 댄스 이벤트의 무대 영상이 흘러나오고 있었다.

이 말을 듣자마자 순식간에 학생들이 츠쿠모토의 자리로 몰려들기 시작했다.

순식간에 교실이 떠들썩해졌다.

"대박, 진짜네! 로즈 진짜 귀엽다!" "로즈가 치어리더 의상으로 춤추다니, 이거 진짜야?" "아아, 나도 가서 봤어야 하는데!" "그건 그렇고 타케우치는? 타케우치는 어디 있어?" "타케우치는 없는 거 아냐? 다 여자 같은데." "뭐? 진짜?"

어느 학교의 교실에서나 1년에 한 번쯤은 볼 수 있는 광경. 오타쿠 남학생의 소유 아이템이 교실에서 찬란하기 빛나는 순간이었다. 어느새 츠쿠모토의 자리 주변으로 남녀를 불문하고 수많은 학생들이 모여들어 있었다.

"그러고 보니 니, 니시노도 참가했다면서? 저 댄스 대회."

반장과 니시노 사이에서 그토록 꿈꿔 오던 토크 이벤트가 발생했다. 그녀는 사전에 어디선가 정보를 입수한 모양이었다. 덕분에 평범남은 놀라지 않을 수 없었다. 설마 반장이 브레이크댄스 이야기를 꺼낼 줄은 생각 못 했었던 것이다.

“그래, 잠깐 도와주게 됐어.”

“그랬구나.”

두 사람의 의식도 저절로 츠쿠모토의 자리 쪽으로 향했다.

자기도 영상을 보러 갈까 하는 마음에 평범남은 자리에서 일어섰다. 하지만 그곳에는 이미 수많은 학생들이 몰려들어 있어서 접근하기가 쉽지 않아 보였다. 별로 크지 않은 노트북 컴퓨터 화면을 보는 건 무리가 있을 듯했다.

그런 상황에서 벌어진 일이었다.

“그런데 이 날라리 같은 애는 누구지?” “우리 학교 학생은 아닌 것 같은데?” “그렇지? 학교에서 이런 애는 본 적 없으니까.” “진짜 잘 노는 애 같지 않아?” “그러게.” “그런데 화장이 진한 것치고, 팔다리는 피부가 엄청 좋아 보이는데.” “아, 나도 그 생각 했어.”

의외로 화제가 된 날라리 니시노.

보아하니 그녀들은 그 날라리가 누구인지 정체를 알아채지 못한 것 같았다.

그 말을 듣고 기다렸다는 듯 입을 여는 타케우치.

“아아, 그거 니시노야.”

훈남으로서는 한 배를 탄 사이인 평범남만 빠져나가게 둘 수는 없다는 생각이었다.

자신의 여장 사실이 들통나기 전에 니시노를 제물로 던지기로 한 것이다.

그 말이 나오기가 무섭게 교실에 있던 모두의 시선이 은근히 피부가 깨끗한 남학생에게 쏟아졌다. 단 한 명의 예외도 없이, '그게 무슨 말도 안 되는 소리야'라는 반응이었다. 설마 영상 속 날라리가 지금 눈앞에 있는 볼품없는 동정남일 줄은 생각도 못 했던 것이다.

그리고 훈남의 말을 들은 한 학생이 움직였다.

2학년 A반의 선봉장, 익살꾼이었다.

그는 눈 깜짝할 사이에 거리를 좁혀서 니시노의 책상 앞, 반장 옆으로 움직였다. 순간적으로 은은하게 번지는 시미즈의 체취에 사타구니가 전율했다. 그 향긋한 스멜에 한층 더 사기가 오른 그는 교실 끝에서 다른 쪽 끝까지 울려 퍼질 만큼 쩌렁쩌렁한 목소리로 내뱉었다.

"뭐라고? 여자아앙? 남자가 징그럽게 그게 뭐야아아아!"

선봉장답게 거침없는 기세로 눈앞에 있는 평범남 사정없이 들이받았다.

익살꾼의 익살스러운 목소리가 교실 가득 울려 퍼졌다.

그는 최고의 소재를 손에 넣었다고 생각했다. 이제 익살꾼으로서의 교내 지위를 확고히 할 수 있으리라는 생각에 마음속으로 안도의 한숨을 내쉬고 있었다. 사실 요즘 들어 일상적으로 익살을 부리는 것에 피로를 느끼기 시작한 익살꾼이었다.

하지만 그런 그의 판단이 이번에는 완전히 빗나갔다.

"뭐? 이번에는 나도 같이 여장하고 참가했는데?"

"어……?"

익살꾼을 향해 타케우치의 싸늘한 시선이 날아들었다.

두 사람 사이의 역학관계는 일방적이었다. 그들 사이에는 절대 넘을 수 없는 벽이 존재했다. 얼굴이 잘생겼느냐, 잘생기지 않았느냐 하는 벽이었다. 훈남의 날카롭고도 아름다운 시선에 그다지 아름답지 않은 익살꾼의 눈이 경악에 차서 휘둥그레졌다.

이어서 여학생들의 목소리도 터져 나왔다.

"그렇지? 역시 제일 오른쪽에 있는 키 큰 사람이 타케우치였지?" "아, 나도 왠지 그런 것 같았어! 어쩐지 키가 크다 싶더라니까!" "그나저나 댄스 대회에 여장하고 나가다니 너무 재밌다!" "스패츠를 입은 타케우치이라니, 나도 봤어야 했는데."

훈남을 감싸는 말들이 잇따라 쏟아져 나왔다.

학급 여학생들에게 사랑받는 남학생들만이 받아들여지는 다정한 공간.

"이 동영상 속 타케우치, 비주얼 밴드 멤버 같아서 멋있지 않아?" "아, 무슨 말인지 알 것 같아." "의상만 바꾸면 가랑이가 촉촉해질 것 같아." "뭐야, 네 얼굴로 그런 소리하지 마." "나는 치어리더 의상도 나쁘지 않은 것 같은데."

타케우치를 둘러싸고 한층 더 소란스러워지는 2학년 A반.

익살꾼의 발언권은 완전히 상실되었다.

"……."

이제 그가 할 수 있는 일이라고는 창백해진 얼굴로 자기 자리에 돌아가는 일뿐이었다.

그 쓸쓸한 뒷모습에 말을 붙이는 사람은 아무도 없었다.

익살꾼의 길은 험난한 법.

일단 한번 그 길에 발을 들여놓으면 다시는 되돌아갈 수 없다. 자신보다 카스트가 낮은 이를 소재로 삼아서 항상 남들을 웃겨야만 한다. 어떤 위안도 없고 유예도 주어지지 않는다. 그저 학교를 졸업할 때까지 고독하게 익살꾼 노릇을 계속해야만 한다.

아무리 마음이 피폐해져도 익살꾼은 멈춰 설 수 없다. 타인을 깎아내리는 것에 양심의 가책을 느껴도 그것을 거부할 수는 없다. 그러지 않으면 자신이 더 나락으로 떨어질 것임을 잘 알기 때문이다.

그 가련한 뒷모습을 보며, 시미즈는 가만히 중얼거렸다.

"재는 웃기기는 한데 입이 좀 험해서 탈이라니까……."

"너무 그러지 마, 반장."

"미리 말해두는 거지만, 이건 너한테 하는 말이기도 해, 니시노."

"……."

어떤 평범남이 반을 휘저어 놓는 바람에 날이 갈수록 규율이 흐트러져 가는 2학년 A반. 마츠우라의 등교 거부도, 익살꾼의 의기소침도 그저 시작에 불과했다는 것을, 학급의 그 누구도 아직 눈치채지 못하고 있었다.

◇◆◇

그날 오후 수업이 끝난 직후, 점심시간에 벌어진 일이다.

로즈의 도시락 배급을 기다리던 니시노를 찾아온 한 학생이 있었다.

"니시노, 나랑 잠깐 얘기 좀 할 수 있어?"

리사였다.

4교시 수업이 끝나기가 무섭게 찾아온 것이었다.

"나는 괜찮은데, 무슨 일이지?"

그러자 늘 그렇듯, 둘 사이의 거리감을 깡그리 무시하는 말이 교실에 울려 퍼졌다. 말을 건 사람의 신경을 인정사정없이 긁어 버리는 말투였다. 니시노, 우리가 그 정도까지 친한 사이는 아니잖아? 그런 말이 목구멍까지 솟구쳐 올랐지만, 리사는 그것을 애써 꾹 되삼켰다.

덕분에 학급 학생들의 이목은 한층 더 모여들었다.

로즈가 전학 오면서 영향력이 감소했다고는 해도, 리사는 원래 학교의 마돈나로 군림했던 여학생이었다. 그런 그녀가 교내 최하층에 있는 평범남에게 말을 걸었으니, 무슨 일인가 싶어서 기웃거리는 학생들도 적지 않았다.

"니시노 저거, 이번에는 리사한테도 집적거린 건가?" "진짜? 뭐 저렇게 막 들이대는 놈이 다 있어?" "혹시 리사도 니시노한테 약점을 잡힌 거 아닐까?" "진짜? 너무해!" "니시노 쟤, 완전 쓰레기네." "리사가 불쌍해!"

그런 소란에서 도망치듯이, 리사는 니시노의 팔을 붙들었다.

의자에 앉아 있는 그를 억지로 일으켜 세우려 했다.

"잠깐 같이 가서 얘기 좀 해."

"그래, 알았어."

두 사람은 종종걸음으로 2학년 A반을 나섰다.

리사에게 이끌려 온 곳은 2학년 A반이 속해 있는 교사 옥상이었다.

평범남과는 여러모로 인연이 깊은 곳이었다. 최근에는 로즈와 함께 점심을 먹는 데 이용하고 있다. 점심시간이 되면 도시락을 든 그녀와 함께 이 옥상으로 향하는 것이 일과가 되어 있었다. 그 사실은 다른 학생들 사이에서도 제법 소문이 난 상태였다.

"지난번 일은 다른 애들한테 절대 얘기하지 마."

"……무슨 일을 말하는 거지?"

"시, 시치미 떼지 마! 내가 파더 콤플렉스라는 거 말야!"

"아아……."

의외로 순순히 털어놓은 리사였다.

그녀는 자신의 성적 취향이 일반적으로 받아들여지기 힘들다는 점을 정확하게 이해하고 있었다. 그렇다고 해서 그 취향을 바꿀 생각은 티끌만큼도 없었다. 왜냐하면 지금의 자신이 정상이라고 믿고 있는 데다, 만족스러운 나날을 보내고 있기 때문이었다.

그녀는 이불 속에서 밤마다 자기 아버지를 덮치는 망상에 젖어 있었다.

더불어 그녀에게 있어 니시노는 상대할 가치도 없는 최하층 카스트의 존재일 뿐이다.

"어떻게 할 거야?"

"부모 자식 간에 정답게 지내는 건 좋은 일이지."

"……죽고 싶어?"

리사의 눈매가 날카로워졌다.

그 표정에서는 알 수 없는 박력이 느껴졌다.

"걱정할 것 없어. 배를 가르는 한이 있더라도, 네 취향에 대해서는 얘기 안 할 테니."

"정말……?"

"정말이고말고. 이 왼쪽 눈을 걸고 맹세하지."

로즈에게 받은 파란 눈동자를 손가락으로 가리키며 거들먹거리는 니시노. 그것은 숙적에게서 일방적으로 받아 본인 입장에서는 마냥 고맙게만 생각할 수만은 없는, 그러면서도 다소 빚을 졌다고 생각하고 있는 여러모로 복잡한 선물이었다.

그래서 약간 함부로 다루고 싶어진 시니컬남이었다. 그렇게 하면 오히려 애착이 생겨날지도 모른다는 성가시기 짝이 없는 사고 구조였다. 자연스럽게 입을 놀려서 폼 잡는 태도로 지껄이고 있었다.

사정을 모르는 리사 입장에서는 더할 나위 없이 짜증이 솟구치는 일이었다.

"니시노는 사람들 짜증을 돋우는 데 일가견이 있다니까."

"아니, 그럴 생각은 털끝만큼도 없는데……."

"……."

반장보다도 훨씬 더 솔직하게 감상을 표현하는 리사.

하지만 그녀의 감상은 그에게 전해지지 못했다. 진심으로 미안한 듯 풀 죽어 있는 평범남의 태도는 한층 더 그녀의 짜증을 부채질했다. 상대에게 악의가 없다는 것과 그것을 허용할 수 있는지는 별개의 문제였다.

"어젯밤 일이 마음에 걸렸다면 사과하지. 미안하다."

"너 말야, 그런 얘기가 아니라……."

"그게 아니면 무슨 얘기지?"

"니시노는 대화하기 귀찮은 성격이라는 말 자주 듣지 않아?"

"아니, 그런 얘기는 아직 들어 본 적 없는데."

"……."

리사는 니시노와 몇 번 말을 섞어 보고 더 이상의 문답은 시간 낭비일 뿐이라고 판단했다. 그녀는 반장만큼 니시노에게 관대하지 않았다. 할 말은 다 했으니 냉큼 대화를 끝내려고 들었다.

"뭐, 그렇다면 상관없지만, 다른 애들한테 내 얘기는 절대 하지 마."

"걱정할 것 없어. 이미 잘 알고 있으니까."

근엄한 표정으로 진중하게 고개를 끄덕이는 니시노.

무슨 짓을 해도 모양이 나지 않는 것은 오로지 그의 안면 평균점이 평범하기 짝이 없기 때문이다. 두툼한 외꺼풀 눈은 항상 그의 의지를 2, 3레벨 낮은 수준으로 상대에게 전달했다. 나름 진지한 표정을 지어 봤자, 평소의 퉁명스러움이 한층 더 두드러질 뿐이었다.

그러다 보니 리사에게서는 의심 가득한 시선이 쏟아졌다.

이건 어쩔 수 없는 일이었다.

그런데 바로 그때, 다른 곳에서 날아든 목소리가 둘 사이의 대화에 끼어들었다.

“어머나, 니시노가 콘도의 어떤 비밀을 알아냈기에 그래?”

“어?!”

로즈였다.

계단실로 이어지는 문 정면에 어느새 금발 로리타가 서 있었다. 그 곁에는 금붕어 똥처럼 은발 로리타의 모습도 보였다. 여전히 로즈를 뜨거운 시선으로 바라보는 가브리엘라는 요 며칠간 줄곧 껌딱지처럼 그녀에게 달라붙어 있었다.

“안녕, 콘도.”

“어, 로즈? 네, 네가 왜 여기 있어? 여기서 뭐 하는 거야?”

“그 애랑 같이 점심 먹으러 온 건데, 콘도는 어떻게 할래?”

“그건 혹시……?”

리사의 시선은 로즈가 들고 있는 상자 형태의 보따리 쪽으로 향했다. 그녀의 뇌리에는 최근 학생들 사이에서 파다하게 돌아다니는 니시노와 로즈의 관계에 대한 소문이 떠올랐다. 그 소문은 당연히 그녀의 귀에도 들어와 있었다.

“그거? 뭘 말하는 건데?”

상대의 얼굴을 빤히 응시하는 로즈.

그 시선에서는 그녀가 가진 결연한 의지가 엿보였다. 선처럼 가느다란 니시노의 눈과는 천지 차이였다. 본인의 의사와 무관하게 억지로 여기 온 사람의 눈빛이 아니었다. 로즈의 눈빛에서는 그녀 자신의 의지로 쌓아 온 확고한 마음이 느껴졌다.

그리고 뛰어난 커뮤니케이션 능력을 갖춘 리사는 그런 로즈의 마음이 어디를 향하고 있는지 단번에 알아챘다.

"응? 아, 아니, 난 이제 갈 거야. 방해해서 미안해."

눈앞에 있는 상대에게서 자신과 동일한 무언가를 느꼈기 때문이리라.

혼자만의 착각에 빠져서 흙탕물을 뒤집어썼던 반장과는 상황이 달랐다.

"후후후, 괜히 쫓아낸 것 같아서 미안한걸."

"미안하긴, 니시노를 빌려서 내가 더 미안하지."

"아니, 마음 쓸 것 없어."

"그래?"

"그래, 정말이야. 너랑은 괜찮은 관계를 맺을 수 있을 것 같은걸, 콘도."

"로즈가 그렇게 말해주니까 나도 기뻐."

리사는 빙긋 웃으며 니시노의 곁에서 떨어졌다.

그 발걸음은 더없이 가벼웠다.

"그럼 나는 이만 가 볼게!"

파더 콤플렉스 소녀는 종종걸음으로 옥상을 떠났다. 그 뒷모습은 빠르게 계단실 너머로 사라졌고, 오래 지나지 않아서 발소리도 사라졌다. 떠나면서 남긴 말대로, 리사는 로즈와 가브리엘라와 니시노의 상황을 굳이 엿보려고도 하지 않고 순순히 교실로 돌아갔다.

그 사실을 확인하고, 니시노는 천천히 입을 열었다.

"어디까지 들었는지는 모르겠지만, 방금 들은 얘기는 남들에게는 얘기하면 안 돼."

"그래, 물론이지."

"그렇다면 다행이지만……."

로즈는 니시노 이외의 다른 사람에게는 별 관심이 없었다. 카스트 상위층에 속하는 여학생이 특이한 성적 취향을 갖고 있든 말든 알 바 아니었다. 당장 내일만 돼도 잊어버릴지도 모른다. 딱 그 정도의 관심이었다.

한편 니시노는 니시노대로 로즈와 의논할 일이 있었다.

방금 자리를 떠난 리사와도 조금 관계가 있는 일이었다.

"그런데 식사 전에 할 얘기가 있어."

"무슨 얘긴데?"

"치아 교정을 해 볼까 해서. 그래서 그에 드는 비용을 빌리고 싶어."

"안 돼."

"……."

로즈의 판단은 재빨랐다.

니시노가 말하기가 무섭게 거부 의사를 표현했다.

하지만 평범남은 굴하지 않고 말을 이었다.

"자기 부담으로 치료하면 상당한 돈이 드는 건 맞아. 하지만 그 효능은 이루 헤아릴 수 없을 정도지. 물론 외모의 개선 효과도 있지만, 신체 운용 능력 면에서도 그에 못지않은 메리트가 있어.”
“안 돼.”
“치아 교합의 정도는 수면의 질에도 영향을 끼친다고 하더군. 수면의 질이 향상되면 더 적은 수면만 취하고도 활동할 수 있지. 가동률 상승은 경제 상황 개선으로 이어지는 법이야. 게다가 앞으로 치아 치료에 드는 시간도 줄일 수 있어. 종합적으로 보면 플러스인 셈이지.”
“안 돼.”
“반장이 그랬어. 치열에는 사회적 신용을 얻는 데 있어서 필요한…….”
“절대로 허락 못 해.”
“…….”
무슨 말을 해도 로즈는 거절의 의사만 보였다.
덕분에 니시노는 조바심에 빠졌다.
빈털터리 신세인지라 어제는 마키스에게 돈을 빌려서까지 찾아가 검진 기회를 얻은 것이었다. 니시노에게 있어 반장과의 대화는 그만큼 기쁜 일이었다. 그렇기에 이 기회를 살리고 싶다고 절실하게 원하고 있었다.
누군가와 얘기하고 싶어서 안달이 나 있을 때 먼저 말을 걸어준 반장.
자신이 교정기를 끼고 등교하면 그것이 대화의 발단이 될 수도 있지 않을까. 어쩌면 그녀도 치아 교정을 해 본 적이 있는 것일지도 모른다. 공통의 화제를 얻으면 대화의 폭은 한층 더 넓어질 수 있으리라. 그런 행복한 미래가 그의 머릿속에 펼쳐지고 있었다.

"실은 어제 치료 계약까지 하고 왔다만."

"계약은 파기하면 그만이야."

"……."

하지만 금발 로리타는 굽히지 않았다.

니시노의 필사적인 프레젠테이션에도 고개를 끄덕일 기색은 보이지 않았다.

오늘 이 교섭을 통해 빌린 비용을 회수할 꿍꿍이였던 평범남은 예상치 못한 상황에 당황해서 횡설수설하고 있었다. 이러다가는 반장이 해준 조언을 살리는 건 고사하고, 리사의 아빠와 한 약속까지 깨게 될 위기에 빠진 것이다.

"이제 얘기 끝났어?"

"어, 그렇기는 한데……."

"그럼 점심이나 먹자. 배고프잖아?"

"……."

어제 그랬던 것처럼 로즈는 지극히 평온한 태도로 점심 준비를 시작했다.

그녀는 니시노의 치열 교정을 허락할 생각이 손톱만큼도 없었다. 할 수만 있다면 그의 치아를 모조리 뽑아버리고, 자기가 씹은 음식을 입으로 먹여 주는 식으로 사육하는 게 그녀의 이상이었다. 그런 마당에 교정을 통해 가지런한 치열을 갖게 하는 건 목이 잘리는 한이 있어도 용납할 수 없었다.

"혹시 아직 배 안 고파?"

"……아니, 먹지."

리사의 아빠와 나누었던 다음 주의 진찰 예약.

그날은 영원히 찾아올 수 없다는 걸 깨닫자, 니시노의 가슴이 쓰라렸다.

◇◆◇

그날, 니시노는 수업이 끝나자마자 로즈의 집으로 귀가했다.

원래는 브레이크댄스 동호회에 들러서 새로운 기술을 연습할 생각이었다. 하지만 종례가 끝나기가 무섭게 2학년 A반으로 들이닥친 로즈가 막무가내로 닦달하는 해서 어쩔 수 없이 귀가할 수밖에 없었다.

지금 그에게는 부활동에 참가할 자유조차 없었다.

"그래서, 할 얘기라는 게 뭐지?"

평범남은 소파에 걸터앉은 채, 눈앞에 앉아 있는 상대에게 물었다.

나지막한 소파 테이블을 사이에 두고 맞은편에는 우아하게 홍차를 음미하는 로즈의 모습이 있었다. 이미 교복을 벗고 짧은 원피스로 갈아입은 그녀는 이따금 다리를 꼬는 등 동정남의 사타구니를 연신 도발하면서 티타임을 즐기고 있었다.

"전에 얘기했던 일 말이야."

"……새로운 동호회를 만들겠다는 얘기 말인가?"

"역시 니시노는 말귀를 잘 알아들어서 좋다니까."

"사람 무시하지 마."

참고로 평범남 앞에는 찻잔이 없었다.

로즈에 대한 반감 때문에 차를 따라 주겠다는 그녀의 제안을 거절했기 때문이었다. 그 바람에 니시노는 심한 갈증과 입안이 바싹 마른 불쾌한 느낌에 시달리는 중이었다. 사는 곳은 호화로워졌지만 생활의 질에는 별다른 향상이 없었다.

그 모든 건 시니컬한 척하는 그의 자업자득이었다.

"그럼 단도직입적으로 말해서, 내 얘기에 대해 긍정적인 답변을 기대해도 될까?"

"이미 각오하고 있어. 약속은 약속이니까."

"어머, 기뻐라."

"하지만 브레이크댄스 동호회는 아직 정식 부활동으로 인정받은 상태가 아냐. 그리고 나와 네 약속은 브레이크댄스 동호회가 정식 부활동으로 인정받는 걸 조건으로 하고 있을 텐데."

"아직 더 버티겠다는 얘기네……."

"그럼 안 되나?"

"아니, 약속은 약속이니까."

"그럼 당분간 더 기다려."

로즈는 순순히 고개를 끄덕이며 니시노의 말을 받아들였다.

이러니저러니 해도 로즈 역시 브레이크댄스 연습에 나름 맛을 들인 상태였다. 댄스 연습을 빌미로 날이면 날마다 평범남의 몸을 마음껏 더듬거리기도 했었다. 아예 두 부활동을 병행하는 것도 괜찮지 않을까, 라는 생각까지 할 만큼 브레이크댄스의 이점을 발견한 그녀였다.

니시노의 말마따나 세상일이란 어떻게 굴러갈지 예측할 수 없는 법이었다.

"이렇게 말하면 좀 그렇지만, 이상할 정도로 순순히 받아들이는군."

"어머, 무슨 말을 그렇게 해? 나도 약속은 지키는 사람이야."

그리고 기다렸다는 듯 자신의 호감도를 끌어올리려 들었다.

물론 니시노는 그런 그녀의 꿍꿍이를 헤아릴 길이 없었다.

"……그렇군."

"그래, 그렇다니까."

설마 눈앞에 있는 사람이 자신에게 반했을 거라고는 꿈에도 생각하지 못했다.

평범남은 순진하게 감탄하고만 있었다.

"그런데 니시노, 댄스는 앞으로도 계속할 거야?"

"그건 왜 묻지?"

"이번 일을 계기로 네 호칭이 하나 더 늘었어."

"호칭이 늘었다고?"

"변태 여장 남자라는 호칭."

"……."

결국 평범남의 엉뚱한 발상에서 시작된 브레이크댄스 동호회 소동은 본인에게 아무런 이익도 주지 못하고 끝나 갔다. 여자들의 인기를 끌고 싶다는 목적은 이루지 못하고, 대신 원하지도 않았던 불명예스러운 칭호만 얻은 셈이었다.

그 끝에 무엇이 기다리고 있을지, 본인은 상상조차 하지 못하고 있었다.

"어쩔 거야?"

"……네가 만들겠다는 그 동호회에 참가하면서 차차 생각해 보지."

"현명한 생각이야."

우여곡절이 있기는 했지만, 로즈 입장에서는 모든 게 말끔히 마무리되었다.

〈부활동 10〉

며칠이 지나 휴일을 하루 앞둔 금요일 점심시간에 일어난 일이었다.

2학년 A반 교실은 소란에 휩싸여 있었다.

“이번 주만 조회 수 1억이라니 엄청난 거 아냐?” “아니, 대단하다는 말로는 표현하기 힘든 수준이지.” “그것도 그렇고, 1주일 만에 1억 번이나 재생할 수 있는 동영상 사이트도 대단하지 않아?” “사이트도 대단하긴 하지만, 동영상이 더 대단하지.” “살다 보니 정말 별일이 다 있네.”

교실에 있던 학생들은 저마다 손에 든 단말기를 쳐다보고 있었다. 그 화면에 재생되고 있는 것은 대형 동영상 사이트에 업로드된 동영상이었다. 바로 며칠 전에 타케우치가 브레이크댄스를 추었던 일로 화제가 되었던 영상이었다.

처음에는 조회 수도 별로 대단할 게 없어서 세 자릿수가 될까 말까 하는 정도였다. 적어도 교실에서 화제가 되었던 시점에는 100회도 되지 않았다. 그런데 어느새 조회 수가 폭발한 모양이었다.

“타케우치, 이제 댄서로 데뷔하는 거 아냐?” “이거 진짜 대박 아냐? 일본 사람들만 봐서는 이 조회수가 안 나올 텐데?” “댓글도 영어나 다른 나라 말들이 줄줄이 달려 있잖아.” “우와, 진짜네!” “뭐야, 뭐라는 건지 하나도 모르겠어.”

문화제 준비로 떠들썩하던 문화제 전날을 방불케 하는 떠들썩함이었다.

그리고 늘 그렇듯 화제의 중심에는 그가 있었다.

"아니, 센터에서 춤춘 건 1학년 무코우사카잖아. 나는 그냥 구석에서 춤추고 있었던 거고."

훈남은 딱 한 번 참가한 댄스 이벤트 이야기가 이렇게나 오래 화제가 될 거라고는 생각도 못 했다. 그리고 세상 돌아가는 정황에 밝은 타케우치이니만큼, 조회수가 이렇게 늘어난 이상 자기 손으로는 더 이상 통제할 수 없는 상태라는 걸 잘 이해하고 있었다.

요컨대, 이거 좀 난감하게 됐는데, 하는 생각이었다.

여장만 안 했더라면 나름 반갑게 받아들였을지도 모른다. 그의 꿈인 연예계 진출을 위해서도 더할 나위 없는 깜짝선물이 되었을 것이다. 두 팔 벌려 환영했을 게 틀림없다. 잘생긴 고등학생 브레이크댄서라니, 나쁘지 않은 울림 아닌가.

하지만 지금 이 화면 속의 그는 완전히 개그 담당이었다.

비주얼계 록밴드 같은 여장 차림으로 니시노와 사이좋게 무대 구석에서 버둥거리고 있었다. 게다가 영상 중간에는 로즈나 가브리엘라에게 걷어차이기까지 하는 등, 온갖 추태를 다 선보이고 있었다. 적어도 그가 꿈꾸던 이상과는 수천 광년 동떨어진 그림들만 가득했다.

그런 동영상이 불과 며칠 만에 1억 조회수를 달성한 것이다. 반 학생들의 말에는 애써 태연한 척을 하며 가볍게 대꾸하고 있었다. 하지만 마음속으로는 잠자리 동영상이 유출된 직장인 못지않게 초조한 심정이었다.

한편, 평범남은 남몰래 만족감에 취해 있었다.

"……."

그는 자기 자리에 앉아서 손에 든 단말기 화면을 들여다보고 있었다.

화면에서는 문제의 동영상이 반복 재생 중이었다.

"……제법 나쁘지 않은 움직임이야."

보아하니 자신의 댄스 실력에 만족해서 은근히 기뻐하는 중인 듯했다. 수십 시간에 걸친 연습 끝에 이벤트에 참가한 그였다. 그 연습의 성과가 세상 사람들의 높은 평가를 받은 것을 순수하게 기뻐하는 듯한 모습이었다.

동영상에 달린 댓글에는 그의 댄스에 대한 언급도 제법 눈에 띄었다.

저 사람은 초보인 것 같지만 제법 열심히 추고 있다. 움직임에 절도가 있다. 여장한 채 춤추면서도 어색해하는 기색이 없는 걸 보면 역시 그런 쪽 취향이 있는 것 아닌가. 아니, 치마야말로 비보이의 정장이라 할 수 있는 것 아닐까. 까놓고 말해 따먹고 싶다. 운운.

"타케우치, 니시노. 잠깐 따라와라."

그런 소란 속에서 담임 교사가 교실에 나타났다.

2학년 A반을 맡고 있는 교사, 오오타케 선생이었다.

최근에는 탈모 스트레스를 견디다 못해 자가 모발 이식을 검토 중인 인물이었다.

어느덧 근속연한이 10여 년에 다다른 만큼, 지갑 사정에는 어느 정도 여유가 있었다. 1,500가닥을 심는 데 100만 엔. 이미 혼기를 넘긴 지 한참인 그였지만, 그래도 풍성한 모발을 갖춘다면 어쩌면 현역 여학생도 어떻게 해 볼 수 있지 않을까 하는 얄팍한 꿍꿍이 하나로 허전한 두피에 투자를 고심하는 초로의 남성이다.

"네? 저요?"

"무슨 일이지, 오오타케 선생?"

그런 오오타케와 달리 대답하는 두 사람의 머리는 풍성했다.

머리카락과 머리카락 사이에 맨살이 엿보이는 일은 없었다.

"교무실로 좀 따라와라."

타케우치의 책상 위에는 근처 편의점에서 사 온 듯한, 아직 얼마 먹지도 못한 도시락이 놓여 있었다. 그럼에도 아랑곳하지 않는, 지극히 일방적인 호출이었다. 풍성한 제자들에 대해 날이 갈수록 매몰차게 구는 오오타케 선생이었다.

◇◆◇

교실이 있는 교사에서 다른 교사로 건너간 니시노와 타케우치는 잠시 더 걸어 교무실에 도착했다.

다른 교실에 비해 상당히 넓게 만들어진 공간. 두 사람의 발걸음이 향한 곳은 그 교무실 안쪽에 있는 오오타케 선생의 책상이었다. 의자에 앉아 있는 담임교사의 정면에 나란히 선 채 서로를 마주 보는 상태로 대화가 오가고 있었다.

"네? 상해 사건이요?"

언성을 높인 것은 타케우치이었다.

"그래. 너희 둘이 나온 댄스 동영상을 공개한 유튜부 부원들 사이에서 애드 센스인지 뭔지 하는 광고비를 둘러싸고 싸움이 벌어졌다나 봐. 부실에서 흉기까지 들고 싸움을 벌이다가 고문교사에게 발견됐대."

교무실에 도착하자마자 오오타케 선생은 두 사람을 호출한 이유를 얘기했다.

화제가 된 것은 조금 전까지도 2학년 A반을 떠들썩하게 했던 것과 같은 내용에서 비롯된 사건이었다. 하지만 이쪽은 약간 다른 측면에서 훨씬 심각한 교내 분쟁이었다.

"부원에게 듣자 하니 수백만 엔이나 되는 거액이 왔다 갔다 했다던데? 너희들, 그쪽에 대해서는 뭐 들은 얘기 없어? 교외 활동에 대해 교사가 왈가왈부할 생각은 없지만, 학교에 피해가 되는 짓은 간과할 수 없으니까."

"이럴 수가……."

이건 훈남도 미처 생각하지 못했던 사태였다.

적지 않은 돈이 움직일 거라는 예상 정도는 하고 있었다. 하지만 설마 학교 안에서 학생 간의 싸움으로까지 번질 줄은 미처 몰랐었다. 촬영자 쪽에서 어떤 식으로든 접촉을 시도할 거라고 막연하게 생각만 했었는데, 예상도 못 한 쪽에서 얘기가 날아든 것이다.

"저기, 혹시 경찰에 신고는……."

"신고는 무슨! 그랬다가 일이 커지면 어쩌려고?"

"……."

"너희들은 아직 어려서 모르겠지만, 절도나 횡령은 피해액이 100만 엔을 넘으면 아무리 초범이라도 집행유예가 안 나오고 실형 선고가 나오게 돼 있어. 알아들어? 징역이란 말이다! 같은 학교 학생이 소년 형무소에 들어가게 된다 이거야!"

오오타케는 이 학교에 뿌리를 내린 교사였다. 정년까지 여기서 버틸 작정이었다. 퇴직하라고 해도 학교를 떠날 생각 따위는 티끌만큼도 없었다. 그렇기에 학교의 대외적 평판은 자신의 수입과 직결되는 더없이 중요한 문제였다. 외부 수사를 받는 상황은 어떻게든 피해야만 했다.

교감과 교장으로부터의 평가 하락을 막기 위해서도, 그것만은 반드시 막아야만 했다. 학생주임을 겸임하고 있는 상황에서 담당 학년 학생이 얽힌 일로 경찰 수사를 받게 되면 더 이상의 승진도 어려워질 것이다. 경우에 따라서는 좌천당할 가능성도 있었다.

자신의 금전적 수입을 무시하고 평생을 청렴하게 살 수 있는 건 다른 사람들보다 특출한 스킬을 갖춘 사람이거나 원래 금수저를 물고 태어난 사람, 혹은 그 모든 것을 포기한 사람뿐이다. 적어도 오오타케 선생은 그 범주에 속하는 사람은 아니었다.

"대회장 내 촬영에 대한 규제는 딱히 없었다던데, 너희들은 댄스 동영상을 외부에 공개할 수 있도록 다른 사람에게 허락한 적 있나? 동영상을 사이트에 업로드한 본인은 이건 부활동이 아니라 어디까지나 개인적인 취미일 뿐이었다고 하던데."

"아뇨, 저희도 동영상이 올라왔다는 이야기는 한참 뒤에나 알았어요."

"그럼 촬영자가 멋대로 찍었다는 거군."

알았다는 듯 팔짱을 끼고 고개를 끄덕이는 오오타케 선생.

상황을 대충 이해한 모양이었다.

"이런 말 하기는 좀 그렇지만, 학교 평판을 떨어뜨릴 짓은 하지 마. 듣자 하니 학교 이름을 내걸고 참가했다던데. 게다가 전학한 지 얼마 안 되는 가브리엘까지 끌어들이고……."

이제 할 얘기는 다 했고, 들을 얘기도 다 들었다. 그러다 보니 오오타케 선생의 입에서는 설교가 흘러나오기 시작했다. 나쁘게 표현하면 지긋지긋하고, 좋게 표현하자면 메시지성 풍부한 말이었다. 요즘 들어 그런 인상이 더 강해졌다는 게 각 학년 학생들 사이에서 나오는 평판이었다.

그런 와중에 일어난 일이었다.

드르륵 콰당하는 커다란 소리와 함께 교무실 문이 열렸다. 교무실에 있던 교사들의 시선은 자연스럽게 출입구 쪽으로 향했다. 교무실 뒤쪽에 있는 문이었다. 당연히 니시노와 타케우치, 오오타케 선생의 시선도 그 문 쪽으로 움직였다.

그리고 그 문 앞에는 피투성이가 된 여학생이 서 있었다.

얼굴이 베인 듯 오른쪽 뺨에서 피를 뚝뚝 흘리고 있었다. 철철

흐른다고 할 정도는 아니었지만, 그렇다고 피가 멎은 상태라고 할 수도 없었다. 교복 앞섶은 뺨에서 흘러내린 피로 빨갛게 물들어 있었다.

"돌려줘요! 제 노트북 빨리 돌려줘요!"

비명과도 같은 그녀의 목소리가 교무실 끝에서 끝까지 울려 퍼졌다.

그 표정은 짙은 분노로 물들어 있었다. 그녀는 부상에도 아랑곳하지 않고 힘찬 발걸음으로 성큼성큼 교무실에 들어왔다. 본인의 말마따나 노트북을 찾고 있는 모양이었다. 일단 한 번 걸음을 멈추고 교무실 곳곳을 시선으로 훑었다.

이윽고 찾고 있던 물건을 발견한 듯 빠른 걸음으로 그쪽을 향해 돌진했다. 가까이 있던 교사가 그녀에게 다가갔지만 그녀는 그 교사를 피해서 한층 더 걸음을 서둘렀다. 그 발걸음이 향하는 곳에는 누구 것인지 모를 교사용 책상이 있었다.

그 책상 위에는 귀여운 스티커를 잔뜩 붙여서 예쁘게 장식한 노트북 컴퓨터가 놓여 있었다. 다만 그 컴퓨터 곳곳에는 혈액이 묻어 있어서, 전체적으로는 오히려 엽기적인 분위기를 풀풀 풍기고 있었다.

그녀는 그 컴퓨터를 집어 들더니 양손으로 꼭 안아 들고 출입구 쪽으로 발걸음을 서둘렀다.

그러다가, 그 여학생과 타케우치의 시선이 마주쳤다.

"아……."

보아하니 둘 다 지금까지 서로의 존재를 모르고 있었던 모양이었다.

교무실에 훈남이 있는 것을 발견하고는 깜짝 놀라서 눈이 휘둥그레졌다.

빠르게 움직이던 발소리가 멎었다.

하지만 그것도 찰나의 순간일 뿐이었다.

"그 동영상은 제, 제가 찍은 거예요! 그건 제 동영상이란 말이에요!"

여학생의 격앙된 목소리가 점심시간의 교무실에 울려 퍼졌다.

그녀는 다시 복도를 향해 발걸음을 내디뎠다.

그리고 그것을 제지하려 움직이는 교사를 피해서 요란하게 교무실을 떠나갔다. 잠깐, 거기 서! 라는 교사들의 목소리도 말끔히 무시했다. 타박타박 요란한 발소리는 빠르게 복도 저편으로 멀어지더니 이내 사라져버렸다.

일련의 소동을 목격하고 가장 많이 놀란 것은 타케우치이었다.

자신을 이렇게 신랄한 태도로 대하는 여자는, 지금까지 한 명도 없었다. 훈남의 훈훈하게 훈훈한 면도 수백만 엔에 달하는 금전 앞에서는 충분한 효과를 발휘하지 못하는 모양이었다.

"오오타케 선생, 아까 얘기한 그 유튜부원이 저 학생인가?"

니시노가 늘 그렇듯 반말로 물었다.

그 거만한 태도는 조금도 개선될 조짐이 보이지 않았다.

"그, 그래, 그렇긴 한데……."

"저 상처를 그냥 두면 흉터가 남을 거야. 빨리 의사에게 데려가는 게 좋을 텐데."

"……."

이 녀석은 왜 이렇게 항상 건방진 거지?

그렇게 한마디 할 여유조차 없을 만큼, 이 사태는 오오타케 선생에 있어서도 경악스러운 일이었다.

◇◆◇

이런저런 일을 겪고 난 후, 이날의 학교 일과도 마무리되었다.

종례가 끝나자마자 니시노는 브레이크댄스 동호회의 활동 거점이 되는 교실로 향했다. 그 곁에는 타케우치도 동행하고 있었다. 문을 열고 교실 안으로 들어가니, 동호회장인 무코우사카를 비롯해서 로즈와 가브리엘라의 모습도 보였다.

"늦어서 미안하다."

"늦게 와서 미안해. 오오타케 선생님이 잔소리하느라 안 풀어 줘서 말이야."

두 사람의 도착을 끝으로, 교실에는 동호회 멤버 전원이 집합했다.

모두가 모인 계기는 무코우사카가 모든 회원의 단말기로 보낸 소집 메시지였다. 점심시간이 끝날 무렵에 오늘 수업이 끝난 후에 부실로 모여 달라는 연락이 날아든 것이다. 참고로 니시노 입장에서는 로즈에 이어 교대에서 연락처를 교환한 학생 제2호가 바로 무코우사카였다.

이에 이어서, 동호회 활동을 통해 그가 얻은 연락처는 제3호

가브리엘라, 제4호 타케우치까지 늘어났다. 하나둘 채워져 가는 단말기 주소록을 보면서 평범남은 남몰래 만족감을 느끼고 있었다.

"아뇨, 갑자기 연락해서 제가 더 죄송하죠."

"너무 대뜸 물어봐서 좀 미안한데, 혹시 그 동영상 때문에 부른 거야?"

교실에 모이기가 무섭게 주도권을 잡으려 드는 타케우치.

별로 반갑지 않은 형태로 이번 사건에 얽힌 만큼, 이 건에 대해서는 자기가 고삐를 쥐고자 하는 의사가 느껴졌다. 할 수만 있다면 당장이라도 영상을 삭제시킬 생각까지 하고 있는 그였다. 모든 게 다 여장 때문이었다. 훈남의 자업자득이었다.

"역시 이미 알고 계셨군요."

"그렇게 얘기가 쫙 퍼졌는데 당연히 알지."

"선배님들에게 폐를 끼쳐서 정말 죄송해요."

"아니, 지금은 사과나 하고 있을 때가 아니잖아? 이미 지나간 일은 되돌릴 수 없으니까, 앞으로 어떻게 해야 할지를 생각해야 하지 않겠어? 우리가 나쁜 짓을 한 것도 아니잖아."

"타, 타케우치 선배……."

타케우치를 바라보는 무코우사카의 눈빛이 초롱초롱 빛났다.

어쩐지 바지 속이 볼록해 보였다.

"오늘 낮에 오오타케 선생님한테 사정은 대충 들었어. 유혈 사태까지 벌어졌다지?"

"아, 그 일 말인데요, 제 쪽에서 연락을 취해 놨어요. 동영상을 업로드한 계정 페이지에 이메일 주소가 적혀 있어서, 메일 보는 대로 연락해 달라고 가볍게 문의를 남기는 식으로요."

"그래? 잘했어, 무코우사카."

"아뇨, 반대로 말하면 지금 할 수 있는 일은 그 정도밖에 없지만요."

"나도 서비스하는 회사 쪽에 동영상을 내려 달라고 메일 보내놨어."

"정말요? 고맙습니다, 타케우치 선배!"

별거 아니라는 듯 가볍게 얘기하는 타케우치와 미소로 화답하는 무코우사카.

사태 수습을 위해 두 훈남이 착착 대화를 이어 나갔다.

그런 그들의 대화를 제지하는 목소리가 있었다.

"뭐야, 타케우치. 동영상을 삭제할 건가?"

약간 섭섭해하는 듯한 니시노였다.

평범남은 이러니저러니 해도 이번 사태를 즐기고 있었다. 기념 동영상 하나 정도는 남겨 두는 것도 괜찮지 않을까 하는 생각을 하고 있었다. 그렇게 해 두면 몇 년 후에 동창회 때 다 함께 동영상을 보면서 술잔을 기울일 수 있지 않을까, 운운하는 생각.

원래는 그 누구보다 먼저 동영상 삭제를 요구해야 할 배경을 가진 주제에 말이다.

"뭐야, 설마 동영상을 그냥 이대로 남겨두자는 거냐?"

"……그럼 안 되나?"

"학교 안에서 유혈 사태가 벌어졌다니까? 흉기까지 나왔다고!

그걸 어떻게 그냥 내버려 둬?"

"하긴 그건 문제가 있는 일이기는 하지만……."

드러내 놓고 말하지는 않았지만, 로즈도 니시노의 입장에 대해서는 나름대로 걱정하고 있었다. 정말 괜찮을까? 하고 마음속으로 중얼거렸다. 하지만 정작 본인은 어차피 여장하고 있으니까 괜찮을 거라는 식으로 가볍게 여기고 있었다.

하지만 타케우치가 이렇게 나오는 이상, 니시노로서는 어떻게 해 볼 도리가 없었다.

"그럼, 동영상은 삭제시키는 방향으로 진행할게. 불만 없지?"

전원에게 확인을 취하듯 의견을 취합하는 타케우치.

딱히 반론하는 사람은 없었다.

니시노도 다른 부원들의 반발을 사면서까지 동영상 존속을 원하는 건 아니었다.

"그럼 이런 방향으로 진행할 테니까, 그렇게 알아 둬."

전원의 뜻을 확인하고, 타케우치는 만족한 듯 힘차게 고개를 끄덕였다. 빠르게 부원들의 의견을 하나로 모은 것에 안도하고 있었다. 이제 자기가 보낸 삭제 신청이 받아들여지면 문제의 여장 영상도 1주일 동안의 화제로 끝날 거라고, 자신의 마음을 다독였다.

인생은 길다. 살다 보면 한 번쯤은 이런 일도 겪는 법 아니겠는가.

"그건 그렇고, 동호회를 부활동으로 인정받는 일은 어떻게 되고 있어?"

타케우치의 얘기가 일단락된 것을 확인한 후에 로즈가 입을 열었다.

그 눈동자는 무코우사카를 빤히 응시하고 있었다.

"아, 그, 그게 실은…… 죄송합니다……."

"무슨 문제라도 있었어?"

"쉬는 시간에 신청서를 접수해서 수리되긴 했는데 월말 회의 때 논의하겠다는 식으로 대답하셨으니까, 어쩌면 이번 사건이 영향을 미칠지도 모르겠어요."

"……그랬구나."

무코우사카의 대답을 듣고 니시노와 타케우치는 떨떠름한 표정을 지었다. 원래부터 의욕에 불타고 있었던 니시노는 물론이고, 어찌 됐든 최선을 다해 임했던 훈남 역시 부활동 그 자체에 대해서는 절대 부정적이지 않았다.

한편 로즈는 이 말을 듣고 기분이 좋아졌다.

"그렇다면 동호회의 존속도 위태로워지겠네……?"

보란 듯이 심각한 표정을 지으며 말했다.

하지만 마음속은 웃음이 가득했다.

"……."

"그래도 활동 그 자체는 멋진 추억이 되지 않았어?"

"그, 그건 그렇죠!"

로즈는 다소 우격다짐을 써서라도 브레이크댄스 동호회를 정리하려 들었다.

그리고 지금까지의 흐름으로 미루어볼 때, 그와 거의 동시에 가브리엘라도 찬동할 상황이었다. 언니 말씀이 맞아요, 하는 식으로 동의의 뜻을 표현해서 어떻게든 로즈에게서 점수를 따려 들 상황임이 틀림없었다.

하지만 오늘 가브리엘라는 이렇다 할 반응을 보이지 않았다.

대신, 그 시선은 평범남 쪽을 연신 힐끔거리고 있었다.

무대 위에서 걷어찬 걸 아직 마음에 담아 두고 있는 걸까. 아니면 뭔가 다른 생각이 있는 걸까. 과거에 보였던 순수한 공포에서 우러나온 반응과 비교해 봐도, 어쩐지 결이 달라 보이는 태도였다.

"그럼 당분간은 얌전히 지내는 걸로 하면 되겠지?"

"그게 좋겠네요. 월말 회의가 끝날 때까지는 이 교실에서 하는 활동도 자제하는 방향으로 갈게요."

당분간의 활동 방침이 만장일치로 의결되었다.

그런데 바로 그때였다.

니시노의 단말기가 갑자기 부우우웅 진동했다.

"……잠시 실례."

바지 주머니에서 단말기를 꺼낸 그는 디스플레이에 표시된 발신자 이름을 확인했다. 그리고 그 화면에는 익숙한 바텐더의 이름이 표시되어 있었다.

그 이름을 확인하기가 무섭게 그는 전화를 받을 생각도 하지 않고 다시 바지 주머니에 집어넣었다.

"안 받아도 돼?"

"그래, 스팸 전화야. 안 받아도 돼."

마침 바로 옆자리에 있었기 때문에 로즈도 화면을 슬쩍 볼 수 있었다. 그녀가 보기에는 함부로 무시해도 될 전화가 아니었다. 하지만 정작 본인은 조금도 개의치 않는 듯이 태연하게 말을 이었다.

"부활동 얘기하는데 끊어서 미안하게 됐어."

지금의 평범남에게는 일보다 부활동이 더 중요했다.

하지만 오늘의 마키스는 끈질겼다.

착신을 알리는 진동음은 니시노가 전화를 끊은 뒤에도 두세 번 반복해서 다시 울렸다. 그때마다 평범남의 바지 주머니 속에서 단말기가 부우우웅 진동해서 전화가 왔다는 것을 주위 사람들에게 알렸다. 비록 벨소리가 나는 건 아니었지만, 조용한 교실에서는 그 진동음만으로도 이목을 끌기에 충분했다.

"니시노, 그것 좀 어떻게 해 봐."

타케우치에게 한 소리 듣고 말았다.

문화제 준비를 하던 때에도 이것과 비슷한 일이 있었다.

그러니 이번에도 비슷한 일일 거라고 그는 판단했다.

일부러 알람을 설정해서 뭔가 바쁘게 전화라도 온 것처럼 연기하던 평범남. 적어도 타케우치는 그렇게 생각하고 있었다. 보나마나 이번에도 동영상에 대한 자기 의견이 받아들여지지 않은 것에 앙심을 품고 이러는 거겠지. 그 정도로만 생각했다.

이것도 다 항상 시니컬한 척을 하는 평범남의 인과응보였다.

"……그래."

타케우치가 그렇게 나오자 평범남은 그 말을 무시할 수 없었다.

마지못해 바지 주머니에서 단말기를 꺼냈다.

"미안하지만 잠시 자리를 좀 비우도록 하지."

이런 상황에서도 남의 짜증을 돋우는 말투였다.

자리에 있던 이들에게 짤막하게 양해를 구한 뒤, 니시노는 교실을 나섰다. 문을 지나 복도로 나온 그는 단말기를 조작해서 전화를 받았다. 그러기가 무섭게 마키스의 굵직한 목소리가 들려왔다.

"이제야 받는군."

"무슨 용건이지? 지금 좀 바쁜데……."

무례하기 짝이 없는 말투였다.

언짢은 기색이 노골적으로 드러나는 대응이었다.

"미안하지만 할 얘기가 있어. 오늘 밤에 우리 가게에서 만나고 싶은데."

"너무 갑작스러운 거 아냐?"

"올 수 있나?"

"그냥 여기서 얘기하면 되는 거 아닌가?"

"너한테는 미안하지만, 이건 직접 만나서 해야 하는 얘기야."

마키스의 목소리는 전에 없이 진중했다.

그래서인지 이번에는 니시노도 순순히 고개를 끄덕이고 대답했다.

"……그렇게 하지."

"고마워. 오늘 밤에는 꼭 와야 해."

"……."

한참을 이어졌던 단말기 진동 소리와는 딴판으로, 통화 자체는 불과 몇 분도 걸리지 않았다.

평범남은 예정에 없었던 방과 후 일정이 생겼다.

◇◆◇

동호회에서 회의를 마치자마자, 니시노는 롯폰기로 향했다.

학교에서부터 근처 역까지는 걸어서 몇 분 거리.

그가 현재 걷고 있는 곳은 차도와 인도의 구분이 애매하고 길폭도 3, 4미터 정도밖에 되지 않는 좁은 길이었다. 차량 통행은 그다지 잦지 않아서 인근 주민들의 차량이 이따금 왕래하는 정도였다. 어디에나 흔히 있는 한적한 통행로의 풍경이었다.

그 길을 걷고 있을 때였다.

학교 근처 역까지 수백 미터를 앞두고 있을 때쯤, 니시노 뒤에서 달려오는 오토바이 한 대가 있었다. 차체는 중형 스포츠 바이크. 탑승자는 전신 가죽 슈트에 풀페이스 헬멧을 장착한 평범한 몸집의 남성이었다.

얼핏 보면 그저 거리를 오가는 평범한 차량 중 하나로 보였을 것이다.

하지만 그 오토바이가 평범남의 후방 일정 거리까지 다다랐을 때, 운전자의 움직임에 변화가 나타났다. 오른손을 핸들에서 떼더니 짐칸에 묶어 둔 가방으로 뻗었다. 그리고 재빠른 손놀림으로 측면에 묶어 두었던 길쭉한 물체를 뽑아 들었다.

그것은 대형 나이프였다.

오토바이는 속도를 줄이지 않고 니시노의 후방으로 접근했다. 니시노의 목을 노리듯 나이프를 일정한 높이로 든 채였다. 차량이 이동하는 속도를 이용해서 단번에 숨통을 끊어 버리겠다는 의도가 엿보였다.

채 몇 초가 되지 않아, 나이프가 니시노의 목으로 육박했다.

"으악……!"

그 칼날이 살갗에 박히는 바로 그 순간, 깡 하는 날카로운 소리가 울려 퍼졌다.

비명이 들린 것은 차량 위였다.

그 직후, 넓은 폭의 나이프가 뿌리 부분부터 산산이 흩어졌다. 파편은 엄청난 속도로 차도 쪽을 향해 튀었고, 바이크에 탑승한 남자의 헬멧에 부딪혀 타닥타닥 시원한 소리를 냈다. 운전자가 놀라는 바람에 차체가 거세게 흔들려서, 하마터면 자빠질 뻔했다.

오토바이는 아무 일도 없었다는 듯 그대로 통과해 지나갔다.

니시노는 그 뒷모습을 보면서 한심하다는 듯 한숨 섞인 목소리로 뇌까렸다.

"……실력이 형편없군. 앞에 있는 집 창문에 다 비치는 것도 모르고."

남자가 떠나간 쪽을 바라보며 혼잣말처럼 뇌까렸다.

그렇게 대수롭지 않은 듯 반응할 수 있었던 건, 항상 머릿속으로 그런 생각만 하면서 지내기 때문이었다. 그걸 음습한 취미로 받아들일지 아니면 유익한 습관으로 받아들일지, 그 판단은 때와 장소에 따라 크게 달라질 것이다.

적어도 학교 안에서 시미즈가 그 모습을 봤다면, 뭐야, 니시노 너 진짜 음침한 애구나, 하는 평가를 면할 수 없었을 것이다. 하지만 이렇게 실제 상황에 처하고 보면, 나름 무시할 수 없는 생활 습관인 셈이었다. 그의 일상에 한정해서 보면 결코 무익한 일은 아니었다.

"……."

발걸음을 멈춘 니시노는 자연스럽게 도로 쪽으로 손을 뻗었다.

거기에는 칼날이 깨져 버린 나이프 칼자루가 떨어져 있었다.

오토바이를 타고 습격한 인물이 떨어뜨린 모양이었다. 그걸 집어 들고 따분하다는 듯 응시했다. 한 손을 바지 주머니에 찔러 넣고 폼을 잡는 그 동작은 이미 무의식적인 레벨에 도달한 거동이었다. 폼 잡는 게 몸에 밴 것이다.

"……뭐, 알아낼 수 있는 건 없을 것 같군."

그는 짤막하게 뇌까리고는, 손에 들고 있던 금속제 칼자루를 내던졌다.

땡그랑 하는 메마른 소리가 인기척 없는 골목에 울려 퍼졌다.

다시 걸음을 옮기기 시작한 평범남의 발걸음은 조금 전과 마찬가지로 학교 근처의 역을 향해 성큼성큼 나아갔다. 예기치 못한 습격을 받고도 동요한 기색은 조금도 찾아볼 수 없었다. 마키스를 만나면 이 일에 대한 의문도 다 풀릴 거라 생각하며, 니시노는 롯폰기를 향해 걸었다.

◇◆◇

통학로에서 습격을 받은 이후로는 이렇다 할 사건이 일어나지 않았다.

그렇게 니시노는 롯폰기에 있는 바에 도착했다. 그는 바 카운터석을 사이에 두고 마키스와 마주하고 있었다. 점포 출입구에는 폐점 간판이 걸려 있었고, 가게 안에 다른 사람의 모습은 찾아볼 수 없었다. 지금 여기에는 그들 둘뿐이었다.

“그래서, 무슨 일인데 굳이 여기까지 부른 거지?”

“그래, 그게 말이지…….”

늘 그렇듯 평범남의 손에는 술잔이 들려 있었다.

잔 바닥에는 2, 3센티미터 정도의 호박색 액체.

그 액체를 홀짝홀짝 기울이면서 대화하는 중이었다.

“예전에 내가 했던 얘기, 기억하고 있나?”

한편 마키스는 그저 가만히 카운터 너머에 서서 담담하게 말을 건넸다. 그 눈빛은 니시노를 정면으로 응시하고 있었는데, 선글라스를 낀 그 눈은 깜박이는 것조차 잊은 듯 평범남의 일거수일투족을 살피고 있었다.

“요즘 워낙 잔소리가 많아서 잘 모르겠는데. 이번에는 어떤 잔소리를 두고 하는 말이지?”

“지난번에 네가 일하다가 보호했던 여자애에 관련된 이야기 말이야.”

“아아, 그 여자와 얽히지 말라고 단단히 못을 박았었지.”

"그래, 그거야."

니시노는 며칠 전에 있었던 일을 떠올렸다.

그때도 오늘처럼 마키스의 호출을 받아 이 가게로 왔었다. 가게에서 마키스는 무거운 목소리로, 앞으로 무슨 일이 있어도 그 여자에게 절대로 관여하지 말라고 충고했었다.

그 일과 오늘의 호출 사이에 무슨 관계가 있는 걸까.

해답이 나오기까지는 그렇게 오래 걸리지 않았다. 브레이크댄스 이벤트장에서 일어났던, 그녀의 미간을 노리고 날아든 저격. 그리고 바로 조금 전에 일어났던 노상 습격. 니시노의 머릿속에서 일련의 사건들이 하나로 이어졌다.

"내가 함정 카드를 뽑은 모양이군."

"그렇게 된 거다."

가만히 고개를 끄덕이고 술잔을 기울이는 평범남.

둘밖에 없는 바에서, 꿀꺽, 하고 술이 목울대를 넘어가는 소리가 어쩐지 크게 들렸다.

"나도 일단 살고 봐야 해서 말이지. 미안하지만 앞으로 너와는 거래를 끊어야겠어."

"……."

그렇게 말하는 마키스의 목소리에는 반론을 용납하지 않는 박력이 있었다.

허세나 농담으로 하는 소리는 아닌 것 같았다.

"그 술도 오늘로 끝이야."

"……그건 아쉽게 됐군."

한편 평범남은 애써 농담으로 받아치려 애쓰고 있었다.

두 사람은 어디까지나 집주인과 임차인 같은 관계인 만큼, 막무가내로 밀어붙일 수도 없는 사이가 아니었다. 그러려면 다소나마 신뢰 관계가 필요했다. 그렇기에 마키스가 거절 의사를 보인 이상, 니시노는 더 이상 아무것도 요구할 수 없었다.

동시에 그는 눈앞에 있는 이 남자가 자신을 가게로 부른 이유를 이해했다.

저절로 뒤이은 말이 흘러나왔다.

"안쪽에 있는 손님에게도 안부 전해줘."

"윽……."

의자에서 일어서는 동시에 은근슬쩍 그런 말을 건넸다.

이렇다 할 증거도 없이 한 번 떠 본 것이었다. 하지만 상대방은 그가 생각했던 것보다 훨씬 더 두드러지는 반응을 보였다. 그 넓은 어깨가 움찔하는 모습은 보는 이의 눈에 짙은 인상을 남겼다.

덕분에 니시노도 쉽게 판단할 수 있었다.

마키스가 지금 어떤 것을 떠안고 있는지를 이해하고, 일찌감치 물러나기로 결심했다.

"그동안 신세 많이 졌어, 마키스."

더 이상 오래 있는 건 서로에게 좋지 않은 결과를 초래할 게 불 보듯 뻔했다. 뒤집어 말하자면, 지금 이 순간에 연을 끊기만 하면 앞으로 눈앞에 있는 겁 많은 바텐더가 불이익을 겪을 일도 없을 것이다. 평범남은 그런 결론을 내렸다.

"……."

그리고 그의 추측은 사실이었다.

카운터를 사이에 두고 뭔가 할 말이 있는 듯한 눈빛을 보내왔다. 하지만 그 입은 더 이상 열리지 않았다. 가게 안쪽 방에 들어앉아서 감시카메라를 통해 홀의 상황을 지켜보는 누군가의 존재가 한 발짝 나서고자 하는 마키스의 의지를 꺾어 놓고 있었다.

"……잘 있어."

니시노는 그 모습에 안도하면서도 마음 한구석으로는 쓸쓸한 기분에 휩싸였다.

딸랑딸랑.

출입구에 달린 종에서 해맑은 소리가 울려 퍼졌다.

〈부활동 11〉

이튿날 아침 이른 시간, 로즈의 집 거실에는 가브리엘라가 있었다.

그 이유는 니시노가 불렀기 때문이다.

지금 당장 내가 지정한 지점으로 가라. 그러지 않으면 목숨을 보장할 수 없다. 눈을 뜨자마자 그런 문구를 접한 가브리엘라는, 메시지를 보낸 사람의 이름을 확인하자마자 아침 식사도 거른 채 여기로 달려왔다.

"니시노, 그 여자가 왜 여기 있어?"

덕분에 집주인은 곤혹스러울 따름이었다.

왜 이 여자가 자신의 집까지 왔단 말인가.

여기는 나와 니시노의 성역인데.

"내가 불러서 온 거야."

"지금 그걸 물어본 게 아니잖아."

교내 카스트 최하층에서 버둥거리는 평범남이 어떻게 카스트 최상층인 가브리엘라의 연락처를 알고 있는 것인가. 그건 다 브레이크댄스 동호회 활동 덕분이었다. 이벤트 출전을 준비하는 과정에서 브레이크댄스 동호회 멤버들끼리 연락처를 교환했던 것이다.

불과 몇 주 전까지만 해도 그의 주소록에 학교 관계자의 연락처는 전무했지만, 이제는 가브리엘라를 비롯해서 타케우치, 그리고 후배 무코우사카까지 더해져서 제법 북적거리게 되었다. 가브리엘라에게 연락을 취할 때도 평범남은 그 주소록을 보면서 자기도 모르게 싱글싱글 웃었다.

"미안하지만 이 여자와 데이트를 좀 다녀와야겠어."

"……뭐?"

"밤에는 돌아올 거야."

"자, 잠깐, 니시노. 그게 대체 무슨 소리야?!"

로즈가 평범남에게서 들은 것은, 밑도 끝도 없는 데이트 보고였다.

휴일의 나들이.

게다가 자기가 아닌 다른 여자와 단둘이.

니시노의 입에서 그런 말이 튀어나올 줄은 생각도 하지 못했던 만큼, 로즈는 당황해서 어쩔 줄을 몰랐다. 가브리엘라를 불러온 걸 본 순간부터 뭔가 일이 있을 거라고 짐작하긴 했지만, 이건 그녀의 예상을 아득히 벗어난 일이었다. 평범남의 행동은 언제나 종잡을 수 없었다. 게다가 행동력까지 뛰어나니 더 골치아른 노릇이었다.

"잠깐만요. 제가 왜 당신과 데이트를 해야 하죠? 저는 언니랑 데이트하고 싶어요. 아니, 데이트까지는 바라지도 않아요. 그저 같이 목욕하고 한 침대에서 자기만 해도 괜찮아요."

"너는 좀 가만히 있어."

로즈는 늘 그렇듯 정신 나간 소리를 하는 가브리엘라를 꾸짖은 후, 니시노를 향해 말했다.

그 표정은 진지하기 그지없었다.

“이유를 좀 들어 봐야겠어, 니시노.”

“너도 당분간은 나에게서 거리를 두는 게 좋을 거야.”

“……무슨 소리야?”

“자세한 건 프랑시스카에게 물어봐. 이 상황에 대해서는 나보다 더 잘 알고 있을 테니까.”

“…….”

예상 못 하게 등장한 프랑시스카의 이름. 그 말을 들으니 로즈도 막연하게 짐작 가는 게 있었다. 게다가 가브리엘라가 얽힌 일이니 더더욱 그랬다. 평소에는 그저 같은 반에서 생활하고 있을 뿐이지만, 그 배경에 대해서는 아직 모르는 점이 많았다.

“갑작스러운 얘기라 미안하지만, 실례하지.”

“아…….”

니시노가 가브리엘라의 팔을 잡아끌었다.

그러자 그 즉시 그녀의 의수가 사출되었다. 푸슉 하는 소리와 함께 오른쪽의 팔뚝 부분이 니시노의 손에 붙들린 채로 본체에서 분리되었다. 본체는 평범남에게서 거리를 벌리듯이 바닥을 박차고 몇 미터 뒤로 물러섰다.

하지만 이 정도에 동요할 평범남이 아니었다.

“얌전히 따라오는 게 좋을 거야.”

“으…….”

그가 가진 신비로운 힘으로 그녀의 육체를 결박했다.

그러자 몸이 붙잡힌 것도 아닌데 그녀의 발걸음은 한 발짝, 또

한 발짝 그쪽으로 걸어갔다. 불과 몇 초도 되지 않아서 그의 바로 옆까지 끌려가는 신세가 되었다.

바닥에 떨어진 의수를 줍는 것도 잊지 않았다.

"이, 이러지 마세요! 저는 당신 같은 남자는 질색이에요!"

"나는 너 같은 여자가 좋아. 그러니까 잠자코 따라와."

"으윽……."

저런 농담을 듣다니, 이렇게 부러울 수가.

로즈의 뇌혈관은 가브리엘라에 대한 분노로 터져 나가기 직전이었다. 한 번이라도 좋으니까, 농담이라도 좋으니까 나도 저런 말을 들어 봤으면. 늘 그런 생각을 품고 있는 그녀는 분노해서 이를 악물고, 잇몸까지 짓이겼다.

"……."

두 사람의 뒷모습이 시야에서 떠나기가 무섭게 그녀는 행동을 개시했다.

로즈는 프랑시스카에게 연락하기 위해서 단말기를 들고 전화를 걸었다.

◇◆◇

로즈의 집에서 나온 니시노와 가브리엘라는 아키하바라로 향했다.

마침 휴일이기도 해서 아키하바라는 수많은 사람들로 북적이고 있었다. 요즘은 아시아권의 관광객들이 늘어나서 그런지 한층 더 왁자지껄했다. 큰길의 교차점 부근은 수없이 많은 사람들 때문에 제대로 움직이기가 힘들 지경이었다.

"무슨 꿍꿍이로 저를 이런 곳에 데려온 거죠?"

"꿍꿍이 같은 건 없어. 데이트와 쇼핑을 즐기려는 거지."

"드디어 머릿속에 구더기가 들끓기 시작한 건가요?"

"이 동네는 외국 사람들에게 인기가 많다고 들었는데, 마음에 안 드나?"

"애니메이션이나 만화 광고판만 가득하고 사람만 지긋지긋하게 많은 지저분한 동네가 대체 뭐가 좋다는 거예요? 동네 모습 정도는 그리 큰 비용을 안 들이고도 다른 곳에 얼마든지 재현할 수 있겠어요. 꼭 못생긴 여자가 두꺼운 화장으로 떡칠한 것 같은 동네예요."

"흐음, 그거 절묘한 평가군."

"정말로 멋진 동네란 여행하면서 들러도, 종말의 순간에 머물러도 언제나 좋다고 느껴지는 곳을 말하는 거예요. 그런데 이런 곳을 보고 좋다고 찾아오는 사람이 있다니, 저는 도무지 이해를 못 하겠네요."

"……그렇군."

"여자를 이런 곳에 데려오는 남자도 도저히 무슨 생각을 하는 건지 모르겠어요."

"……."

돌이켜보면, 니시노는 난생처음으로 여자와 함께 나들이를 하러 나왔다.

데이트라는 말 자체는 늘 그랬듯이 농담조로 던진 말이었지만, 데려올 장소에 대해서는 나름대로 상대를 배려해서 선택한 것이었다. 그렇기에 이렇게 일방적인 경멸의 말을 듣자 동정남은 적잖이 충격을 받았다.

아키하바라를 선택한 게 잘못이었나.

“그렇다면 반대로 네 이상을 듣고 싶은데…….”

“이제 와서 그런 걸 물어본다구요?”

“다음에 또 여자에게 데이트 신청할 기회가 있으면 활용하고 싶어서.”

“여자에게 굶주려 있다는 소문이 사실이었군요.”

“부정은 못 하겠군.”

“…….”

현재 위치는 아키하바라역 부근, 칸다 쪽에서 스에히로초 쪽으로 가면서 만세이바시 다리를 건넌 지점이었다.

수많은 사람들이 지나는 길거리에서 평범남과 절세의 미소녀가 마주보고 있었다. 미소녀의 존재감 때문에 길을 오가는 사람들의 시선이 그들에게로 쏠렸다. 아무리 외국에서 오는 관광객이 늘어났다고 해도 백인 미소녀는 눈에 띄는 존재였다.

“더 이상 여기저기 돌아다니기 싫으니까 그냥 빨리 끝내요. 대체 이 지저분한 동네의 어디를 어떻게 안내하겠다는 거죠? 썩 대단한 게 있을 것 같지는 않은데요.”

“……따라와 보면 알아.”

시작부터 난도가 엄청나게 높아진 듯한 데이트 에스코트.

이것도 전부 다 평소에 안 쓰던 단어를 입에 담은 니시노의 실수였다.

◇◆◇

니시노가 가장 먼저 향한 곳은 게임센터였다.

그것도 길거리와 접한 점포의 1층에 설치된 인형 뽑기 게임기 앞이었다. 투명한 플라스틱 너머에는 힘없어 보이는 크레인이 달랑달랑 매달려 있고, 그 밑에는 동물 봉제 인형들이 한가득 깔려 있었다.

"뻔한 레퍼토리네요."

정확한 지적이었다.

하지만 니시노는 개의치 않고 말을 이었다.

"손을 쓰지 말고 잡아 봐."

"그게 무슨 말이에요?"

"팔다리를 움직이는 것과 같은 방식으로 말이야."

"……."

니시노의 거만한 태도에 기어이 울컥 분노가 치민 것이리라.

말이 끝나기가 무섭게 가브리엘라가 움직였다.

인형 뽑기 기계 안에 들어있는 봉제 인형들이 들썩거리기 시작했다.

하지만 들썩거리는 게 끝이었다.

"왜 그러지?"

"윽……."

그녀의 새빨간 눈동자가 옆에 서 있는 니시노를 쏘아보았다.

"지, 지금 뭘 어쩌려는 거예요?"

"경품을 하나라도 꺼내면 데이트는 이 자리에서 끝내도록 하지. 당장이라도 그 여자에게 돌아가면 돼. 하지만 내가 기계에 달린 크레인으로 먼저 상품을 따내면 네가 지는 거야. 그러면 데이트는 이대로 속행하는 거지."

보아하니 평범남이 신비로운 힘을 사용해서 인형을 꺼내려 하는 그녀의 행위를 저지한 모양이었다. 보이지 않는 무언가가 투명한 플라스틱 벽 안에서 힘겨루기를 하고 있는 것이다.

"어, 얼마든지요!"

가브리엘라는 그다지 고민도 하지 않고 순순히 도전을 받아들였다.

최근 계속 로즈와의 교류를 방해받은 탓도 있었을 것이다. 진지하기 그지없는 눈길로 투명한 플라스틱 벽 너머의 인형들을 응시했다. 무슨 일이 있어도 끄집어내고 말겠다는 결의가 느껴지는 표정이었다.

한편, 니시노는 그런 그녀에게 머뭇머뭇 말했다.

"그래서 말인데, 미안하지만 동전 좀 빌려주면 안 될까?"

"……뭐라고요?"

"한 판에 200엔이야."

"……."

설마 데이트하면서 용돈을 요구받을 거라고는 생각도 못 했다.

가브리엘라는 반사적으로 표정을 숨기지 못했다.

"지금 가진 돈이 없어서 그래. 조금만 빌려줬으면 좋겠어. 언젠가 갚을 테니까."

"……."

여자에게 데이트 신청을 해 놓고 게임 한 판을 즐길 200엔도 못 내는 남자, 그게 바로 니시노 고교였다.

이건 다 로즈와 한 약속 때문이었다. 지금 그에게는 경제 활동에 참여할 자유조차 없었다. 업무상 경쟁 상대에게 계속 허세를 부리다가 생활필수품마저 전부 현물로 지급받는 신세가 된 것이다.

한동안 서로를 응시하고 있다가 이윽고 가브리엘라의 팔이 움직였다.

어깨에 메고 있던 가방에서 지갑을 꺼내서 평범남에게 건넸다. 여성용 고급 명품 브랜드 지갑이었다. 그것도 점포에서는 구입할 수 없는 주문 제작 상품이었다. 츠누마 고등학교 학생 식당에서 꺼냈을 때는 주위 여학생들 사이에서 꺄아꺄아 환호성이 터져 나왔었다.

설마 지갑을 통째로 건네줄 줄은 몰랐던 평범남은 위축된 기색으로 그것을 받아들었다. 지금 자신의 행동이 얼마나 볼품없는 짓인지 잘 이해하고 있는 모양이었다. 명실공히 기둥서방 그 자체의 모습이었다.

"……미안하다. 고맙게 쓰지."

"……."

니시노를 쳐다보는 가브리엘라의 시선은 마치 아마존 오지에서 도감에도 나오지 않는 희귀 생물과 마주친 것 같은 눈빛이었다. 아무 말도 하지 않은 채 그의 얼굴을 빤히 응시하고 있었다. 눈앞에 있는 상대의 존재 그 자체를 도저히 믿을 수가 없다는 듯이.

천하의 니시노도 그 눈빛은 견디기 힘들었던 모양이다.

여자에게서 지갑을 받아서 쓰는 행위는 남자의 체면을 중시하는 그에게 있어 더없이 자극적인 경험이었다. 게다가 이제 그는 그 지갑에서 지폐를 꺼내서 동전 교환기에 넣어 동전으로 바꾼 다음, 다시 지갑을 돌려주는 작업까지 해야 하는 신세였다.

평범남은 화폐의 소중함을 피부로 느꼈다.

가까운 시일 안에 로즈와 교섭의 자리를 마련해 봐야겠다고 다짐한 순간이었다.

어쨌거나 니시노는 그렇게 무사히 동전을 손에 넣었고, 두 사람의 대결이 시작되었다.

"그럼, 이제 시작하지."

"알았어요."

니시노가 말하기 무섭게 가브리엘라의 의식이 투명한 플라스틱 벽 너머에 깔려 있는 봉제 인형 하나로 향했다. 진지하기 그지없는 그 표정에서는 무슨 일이 있어도 먼저 인형을 따내서 니시노와의 데이트를 끝내고자 하는 의지가 엿보였다.

다른 한쪽에서는 니시노의 팔 움직임에 맞춰서 크레인이 이동하기 시작했다.

상하 좌우, 버튼 조작에 따라 크레인이 이동했다. 플레이를 시작한 그의 마음속은 여유로 가득했다. 너무 빨리 이겨버리면 굳이 이 자리를 마련한 의미가 사라진다. 적당히 봐 주면서 플레이할 생각이었다.

그러다 보니 니시노는 별다른 생각 없이 크레인을 움직이게 되었다.

그런 그의 옆에서, 가브리엘라는 케이스 안에 있는 봉제 인형을 향해 계속 힘을 보내고 있었다. 그 표정은 필사적이었다. 빨리 평범남 곁을 떠나서 자유의 몸이 되어 로즈 곁으로 돌아가고 싶다고 말없이 호소하는 것 같았다.

"너는 힘을 너무 막무가내로 써. 조금 더 섬세함을 의식하는 게 좋을 거다."

"다, 당신이 뭘 안다고 그렇게 잘난 척이에요?"

"억울하면 인형 하나라도 뽑아서 손에 넣어 봐."

"윽……."

하지만 아무리 강하게 힘을 보내도 봉제 인형은 꿈쩍도 하지 않았다.

니시노의 힘이 그녀의 힘을 압도하고 있는 것이다.

하지만 그 역시 순풍에 돛 단 듯 잘 풀리고 있는 건 아니었다.

왜냐하면 평범남은 지금까지 인형 뽑기를 해 본 적이 없었기 때문이다.

처음 기계 앞에 섰을 때는 하나 정도는 쉽게 뽑을 수 있을 거라고 생각했다. 딱히 목표물을 정하지도 않고 대충 버튼을 눌러서 크레인을 조작하고 있었다. 그건 어디까지나 의례적인 시간 끌기였다. 바로 뽑아버리면 의미가 없기 때문이었다.

하지만 슬슬 승부를 내려고 본격적으로 게임에 달려들기 시작했을 때.

"……."

그는 깨달았다.

눈앞에 있는 이 게임의 난도가 상상했던 것 이상으로 높다는 것을.

"하나 물어보고 싶은데, 혹시 아직 못 뽑았어요?"

"윽……."

심지어는 가브리엘라가 재촉할 지경이었다.

수십 분 동안 도전한 끝에, 보아하니 그녀는 인형 획득을 단념한 모양이었다. 힘이 잔뜩 들어가 있던 몸에서 긴장이 풀리고, 그 얼굴에는 슬픈 표정이 감돌고 있었다. 인형 뽑기 안에서 벌어지던 둘 사이의 힘겨루기도 어느새 사라져 있었다.

그런데 니시노는 아직도 인형을 못 뽑고 있었다.

케이스 안에 가득 깔려 있는 푹신푹신 포근포근한 물체들을 도무지 뽑을 수 없었다.

하지만 아까 그렇게 폼을 잡아 놓은 마당이라, 포기한다는 선택지는 차마 고를 수 없었다. 지금 포기하는 구차한 꼴은 보이기 싫었기에 이제는 오히려 그가 가브리엘라보다 더 필사적이었다.

"미안하지만 지갑 좀 빌려줘."

"……."

고독한 싸움이 시작되었다.

아무리 동전을 투입해도 좀처럼 뽑히지 않는 인형들. 수도 없이 가브리엘라에게서 지갑을 빌려서 동전 교환기와 인형 뽑기 게임기 사이를 왕래했다. 평범남이 처음에 그려 두었던 큰 그림은 이 시점에 이미 와해한 셈이었다.

나아가서는 가브리엘라가 조언까지 해 주는 지경이 되었다.

"조금 더 왼쪽이요! 아이 참! 거기 말고요! 더 왼쪽으로 움직이세요!"

"으윽, 하지만……."

"답답해 죽겠네! 더 왼쪽이라니까요!"

"크레인의 힘이 너무 약해. 그리고 그 위치에서는 사이로 집어넣기 힘들어."

"그게 아니에요! 크레인이 손을 펼치는 힘을 이용해서……. 아아, 그렇게 하는 게 아니라니까요!"

"크윽, 이것도 실패하다니……."

"폼 잡을 생각 말고 제대로 조작이나 하세요!"

점점 더 흥분해 가는 두 사람.

그럼에도 니시노는 좀처럼 인형을 뽑지 못했다.

얼마쯤 시간이 흐르자 가브리엘라의 지갑에 들어있던 현금이 바닥났다.

몇 장 들어 있었던 만 엔짜리 지폐가 모조리 100엔짜리 동전으로 변해 사라졌다. 그럼에도 인형이 그쪽으로 올 기색은 찾아볼 수 없었다. 오히려 니시노가 휘저어 놓는 바람에 난도가 더 올라가 있었다.

“미안하지만 저기에 있는 저 편의점에서 현금을 좀 찾아다주면 안 될까?”

니시노는 게임 센터 정면에 있는 편의점을 시선으로 가리키며 말했다.

편의점 유리창을 통해 안에 ATM이 있는 것을 알 수 있었다.

“이 오락실은 카드는 못 쓰나요?”

“보통 이런 시설은 현금 사용이 기본이니까 말이지.”

“나 참, 이래서 아시아가 싫다니까요. 여기서 잠깐만 기다리고 있어요.”

카드를 들고 게임 센터를 나서려 하는 가브리엘라.

그런 그녀의 등 뒤에서 누군가가 눈치를 보듯 조심스럽게 말을 걸었다.

“소, 손님, 죄송합니다. 아무래도 인형 배치에 문제가 있었던 것 같네요. 정말 죄송합니다. 혹시 괜찮으시면 원하시는 경품을 하나 드리고 싶은데…….”

결국 두 사람은 게임 센터 점원의 동정을 사는 지경이 되었다.

◇◆◇

인형 뽑기 대결은 흐지부지 끝나고 말았다.

“이번 대결은 비긴 걸로 하지.”

뻔뻔하게 말하는 니시노.

그 팔에는 점원이 인형 뽑기 게임기 안에서 꺼내 준 봉제 인형이 안겨 있었다. 그리고 인형은 가브리엘라의 손에도 있었다. 다만 이쪽은 품에 안고 있다기보다는 인형 한쪽 끝을 붙잡고 달랑달랑 매달고 있는 것에 가까웠다.

"……."

"왜 그러지?"

"……아무것도 아니에요."

의기양양하게 말하는 그를 가브리엘라는 떨떠름한 눈으로 쳐다볼 뿐이었다.

하고 싶은 말은 산더미처럼 쌓여 있었지만, 무슨 수를 써도 평범남을 이길 수 없는 건 명확했기에 별말 없이 얌전히 굴고 있었다. 평범남의 오른쪽 뒤쪽에서 조용히 따라 걷는 그 모습에서는 여전히 짜증보다 공포가 더 두드러져 보였다.

"그럼, 이제 어디에 갈 건데요?"

가브리엘라는 잔뜩 지친 얼굴로 물었다.

한편 니시노의 대답에는 여전히 의욕이 넘쳤다.

"조금 이르지만 식사부터 하지."

"……알았어요."

가브리엘라는 모든 걸 체념한 듯 고개를 끄덕였다.

오늘 하루 동안 같이 다니는 걸 받아들인 기색이었다.

그렇게 니시노의 주도하에 둘이 함께 걸어간 곳은 역에서 약간 떨어진 곳에 있는 대형 상업 시설이었다. 주로 가전제품이나 컴퓨터를 취급하는 가게들이 모여 있는 시설인데, 그 가장 위층에는 식당가가 있었다. 아키하바라에 왔으면 거기서 점심을 먹는 게 정석이라고 생각한 평범남의 선택이었다.

수많은 쇼핑객들이 오가는 가운데, 두 사람은 식당가에 즐비한 음식점들을 둘러보았다.

"혹시 못 먹는 음식 있나?"

"남자랑 같이 먹는 음식이요."

"그럼 뷔페는 어때? 꼬치 튀김이 메인이지만 다른 음식도 많다는 모양인데."

"……."

평범남은 앞쪽 가게에 걸려 있는 간판을 보며 말했다.

한편 함께 걷는 가브리엘라는 여전히 떨떠름한 표정이었다.

"혹시 식욕이 왕성한 편인가요?"

"아니, 그런 편은 아닌데……."

"그럼 다른 가게로 가는 게 나을걸요. 이런 가게는 질보다 양을 우선시하는 곳들이에요. 그리고 무엇보다, 조리라고 부를 수 있는 과정을 거치지도 않고 재료를 꼬치에 꽂기만 해서 제공하는 데다 이걸 고객이 직접 튀기도록 하다니, 이런 건 요리라고 부를 수도 없어요."

"자기 손으로 직접 튀기는 것에 정서적 만족감과 기쁨을 느끼는 사람도 있는 것 아닌가?"

"당신이 데이트를 신청한 여자는 그런 것에서는 아무런 가치를 못 느끼는 사람이에요."

"……."

상대가 그렇게 나오니 니시노도 꼬치 튀김을 고집하기 힘들었다. 두 사람은 발걸음을 멈추지 않은 채 계속 걷고 있었기 때문에 그가 제안했던 가게는 순식간에 뒤쪽으로 멀어져 갔다.

딱히 식사량이 많은 것도 아니건만, 뷔페라는 외래어가 외식 경험이 많지 않은 평범남의 호기심을 자극했다. 결국은 과식해서 부른 배를 부여잡고 다른 가게로 갈 걸 그랬다고 후회하게 되리라는 걸 알면서도 자기도 모르게 그쪽으로 가고 싶은 충동에 휩싸였다.

그 눈에는 꼬치 튀김에 대한 미련이 가득했다.

반면에 가브리엘라가 흥미를 느낀 것은 라멘 가게였다.

"……그런 걸 먹고 싶다고?"

"라멘은 한 그릇에 1달러도 안 하는 인스턴트 제품도 팔고, 한 그릇에 2천 달러를 넘는 상품도 여기저기에 널려 있잖아요. 그리고 양쪽 모두 값이 아깝지 않을 정도의 맛을 갖추고 있죠. 충분히 관심을 가질 만한 요리예요. 아니, 문화라 해도 과언이 아닐 정도죠."

"하지만 이건……."

"라멘의 원조인 일본에서, 그것도 일반 일본인들이 먹는 가게에서 먹는 것에 의미가 있어요."

데이트 중인 상대방은 라멘에 푹 빠져 있었다. 이 식당가에 라멘 가게라고는 이곳뿐이어서 다른 가게에 눈길을 돌리는 기색도 없었다. 그 얼굴에는 무슨 일이 있어도 라멘을 먹고야 말겠다는 굳은 의지가 느껴졌다.

평범남은 한마디 해 주고 싶은 충동을 참을 수 없었다.

"라멘의 원조는 중국이야."

"그럼 수정할게요. 그 말씀대로 라멘의 원조는 중국이 맞아요. 하지만 중국에서 라멘의 위치는 이 나라의 인스턴트 국수 정도예요. 이 나라는 그 나라에게 전자 산업 기술자를 빼앗긴 대신, 라멘이라는 식문화를 얻은 셈이라고나 할까요? 국가적인 투자의 방향성 면에서는 글러 먹었다고 할 수 있지만, 그게 재미있는 점이기도 하죠."

"……."

가브리엘라는 끝까지 라멘을 고집했다.

의외로 이런저런 귀찮은 생각들을 하면서 사는 여자였군. 그녀의 말을 들은 니시노는 그렇게 생각했다. 돌이켜보면 이렇게 둘이 잡담을 나눈 것은 이번이 처음이었다. 평범남은 이제야 그녀의 가치관과 사고방식을 파편적으로나마 이해한 기분이었다.

"……알았어. 그럼 여기로 들어가지."

"당연히 그래야죠."

결국 니시노가 먼저 꺾였다.

왜냐하면 오늘 그는 지갑을 가지고 있지 않았기 때문이다. 자신의 처참한 경제 사정이 원망스러울 따름이었다. 지금의 평범남에게는 앞장서서 가게로 들어가는 가브리엘라를 붙잡을 권리가 없었다.

◇◆◇

점심 식사를 마신 니시노와 가브리엘라는 왁자지껄한 전자 상가 부근으로 돌아왔다.

"제법 나쁘지 않은 라멘이었어요."

"……그렇다면 다행이군."

수긍하기 힘든 게 한둘이 아니었지만, 니시노는 일단 고개를 끄덕였다.

평범남은 굳이 따지자면 요코하마식 라멘이 취향이었다. 맛은 진하고 면은 단단하고 기름기 적은 건강한 맛에 시금치를 듬뿍 넘은 스타일이 취향이었다. 하지만 애석하게도 점심때 먹은 라멘은 시커먼 국물이 특징인 로컬 라멘이었다.

"그럼 이제 어디 갈 거예요?"

"글세……."

가브리엘라가 체념 섞인 목소리로 말했다.

니시노는 짐짓 생각에 잠긴 시늉을 하며 거리를 좌우로 훑어보았다. 사전에 준비해 둔 오후 계획이 있긴 했지만, 바로 그곳으로 가기에는 시간이 조금 일렀다. 원래 그는 한 시간쯤을 윈도 쇼핑으로 때울 생각이었다.

하지만 아키하바라에 대한 데이트 상대의 태도는 냉랭했다.

애니메이션 상품을 파는 가게나 장난감 가게에 가 봤자 딱히 좋은 반응을 얻을 가능성은 없어 보였다. 아무리 동정남이라도 이 정도는 짐작할 수 있었다. 하지만 그 둘을 제외하면 선택지가 극단적으로 줄어드는 것이 그와 그녀가 찾아온 이 동네의 특징이었다.

될 수 있으면 조금 더 시간을 보내고 싶었다.

어디 영화관이라도 없을까 하는 생각에 평범남은 근처를 기웃거렸다.

"어, 너 혹시 니시노 아냐?"

그런 그에게 누군가가 말을 걸었다.

어쩐지 귀에 익은 목소리였다. 일상적으로 들어 온 목소리인 것 같은 느낌이 들었지만, 그렇다고 목소리만 듣고 누구인지 단번에 떠올릴 수 있을 정도는 아니었다. 그런 목소리가 이름을 부르는 소리에 그는 목소리가 들려온 쪽으로 고개를 돌렸다.

그러자 거기에는, 2학년 A반이 자랑하는 익살꾼의 모습이 있었다.

"여기서 만나다니 별 우연도 다 있군, 마키노."

"너, 여기서 뭐 해?"

교실에서의 익살스러운 모습은 온데간데없이 놀란 얼굴로 물었다.

교내 유력자의 시선이 있느냐 없느냐에 따라 행동거지가 달라지는 것이 익살꾼의 특징이다. 그리고 지금 그 앞에 있는 건 평범남과 가브리엘라 둘뿐. 그 외에 아는 사람의 시선이 없다는 걸 확인한 그는 굳이 익살에 연연하지 않고 두 사람을 상대하고 있었다.

"게다가 옆 반의 가브리엘라도 같이……."

익살꾼의 시선은 자연스럽게 옆 반의 미소녀 전학생 쪽으로 향했다.

눈앞에 있는 평범남과 함께 있기에는 도저히 안 어울리는 인물이었다.

"나도 의외인걸. 그렇게 말하는 마키노는 가전제품이라도 사러 온 건가?"

"아, 음, 그렇지, 뭐……."

가브리엘라는 두 남학생의 대화를 말없이 쳐다볼 뿐이었다.

로즈를 제외하고는 학교의 인물들에게 별 관심이 없는 듯했다.

"설마 둘만 같이 온 건 아니겠지? 다른 사람도 같이 왔어?"

"보다시피 데이트하는 중이다만."

"엇……."

니시노는 주저 없이 대꾸했다.

가브리엘라의 시선이 바로 옆에 있음에도 불구하고 의식하는 기색은 전혀 없었다. 시원시원하게 느껴질 정도였다. 덕분에 익살꾼은 더더욱 놀라서 평범남이 데이트 중이라고 소개한 상대를 쳐다보았다.

"뭐? 진짜?"

"억지로 끌려 나온 것뿐이에요."

가브리엘라는 곧바로 니시노의 말을 정정했다.

불복하는 기색이 역력했다.

"그, 그렇지? 놀라서 간 떨어지는 줄 알았잖아."

"……."

가브리엘라의 이런 반응 정도는 예측하고 있었지만 평범남은 조금 씁쓸한 기분이었다.

하지만 그에게는 그녀의 말을 정정할 자격이 없었다. 오늘 그는 완전히 기둥서방 그 자체였다. 게임 센터에서 쓴 비용이나 점심으로 먹은 라멘 값도 모두 가브리엘라가 냈을 뿐 아니라, 심지어 교자까지 시켜 먹었다. 그리고 지금부터 있을 오후 데이트 비용도 몽땅 가브리엘라에게 의존할 예정인 거지남이었다.

이것도 다 로즈와의 용돈 교섭을 일방적으로 파기한 평범남의 잘못이었다.

"그런데 마키노, 교실에서 볼 때와는 분위기가 좀 다른데."

"그, 그게 뭐 어때서?!"

니시노의 물음에 익살꾼의 눈썹이 쭈뼛 경련했다.

본인도 의식하고 있는 점이었다.

익살꾼이 익살을 자제하니 진짜 인격이 드러났다. 과연 그것이 좋은 것인지 나쁜 것인지, 익살꾼 본인도 아직 명확한 해답을 내지 못하고 있었다. 평판이라는 건 주위에서 내리는 것이라는 게 그의 지론이었기 때문이다.

그리고 익살꾼이라는 껍질을 벗은 그는 지극히 평범한 학생이었다.

"불쾌했다면 사과하지. 악의는 없었어. 솔직한 의견이었을 뿐이야."

"그러는 너는 학교에서 볼 때랑 똑같네……."

"그런가?"

“그렇다니까. 보고 있으니 부러울 정도야.”

“같은 반 학생에게 부럽다는 말을 듣다니, 이런 경험은 처음인 것 같군.”

“…….”

그리고 익살꾼의 말대로 니시노는 평소와 다를 바 없는 태도로 대꾸했다. 게다가 그 태도는 놀라우리만치 친근했다. 마치 오랜 친구를 대하는 것 같은 태도였다. 둘 사이의 과거를 떠올린 익살꾼은 적잖은 죄책감을 느꼈다.

그런 경위가 있어서인지, 그는 저도 모르게 발걸음을 돌렸다.

“그, 그럼 나는 간다!”

“그래, 월요일에 학교에서 보지.”

“윽…….”

헤어지면서 니시노가 건넨 말은 마키노의 마음을 거세게 뒤흔들었다.

◇◆◇

결국 니시노는 아이쇼핑을 생략하고 다음 목적지로 이동하기로 했다. 이제 와서 뜸을 들여 봤자 평가만 더 깎일 뿐이라는 사실을 정확하게 이해했기 때문이다. 그러느니 차라리 곧장 목적지로 가는 게 낫겠다고 판단한 것이다.

그렇게 해서 두 사람이 향한 곳은 아키하바라에 얼마 없는, 서브컬처와는 무관한 데이트 코스.

"……왜 하필이면 올빼미예요?"
"신기하지 않나?"
"……."
최근 들어 도쿄에 급증한, 동물과 접촉할 수 있는 것을 세일즈 포인트로 삼는 카페. 그중에서도 비교적 메이저한 편인 올빼미 카페였다. 숲속을 방불케 할 만큼 나무가 우거진 가게 안 여기저기에 크고 작은 올빼미들이 있는 것을 알 수 있었다.
비록 카페의 간판을 걸고 있지만 얼핏 보면 그냥 사육실 같은 인테리어였다. 손님이 열 명만 들어오면 비좁게 느껴지는 공간이었다. 가게 중앙에는 벤치가 놓여 있고, 그 벤치를 둘러싸듯 서 있는 나무들에는 다리에 끝을 묶은 수십 마리의 올빼미들이 앉아 있었다.
"올빼미, 싫어하나?"
"싫어하는 건 아니에요."
"그런 것 치고는 기분이 언짢아 보이는데."
"그걸 새삼스럽게 얘기해줘야 해요?"
"……."
아무리 상대가 동업자라고 해도 가브리엘라는 젊은 여자아이이다. 귀여운 동물을 보면 어느 정도 기분이 좋아지지 않을까 하는 게 평범남의 생각이었다. 그래서 다소 자신을 갖고 이 가게로 데려온 것이었다.
하지만 막상 올빼미를 앞에 두니 상대의 반응은 뜨뜻미지근했다. 한 그릇에 700엔 하는 라멘을 먹던 때가 훨씬 기분이 좋아

보였었다. 참고로 이 가기의 입장료인 1인당 890엔도 가브리엘라의 지갑에서 나왔다. 둘이 합쳐서 1,780엔.

"……온은 언젠가 갚을게."

"필요 없어요."

"올빼미가 아니라 고양이로 할 걸 그랬나?"

"……."

어젯밤은 어제 조사를 통해, 근처에 고양이 카페도 있다는 것도 알고 있었다. 어느 쪽이 나을지 고민한 끝에 더 리얼리티가 있어 보이는 올빼미 카페 쪽을 선택한 것이었다. 여차하면 지금이라도 자리를 옮길까 하는 생각까지 하기 시작했다.

그런 그에게 가브리엘라가 말했다.

"왜 저를 신경 쓰시는 거죠?"

로즈의 집을 나선 뒤부터 지금까지, 가브리엘라는 줄곧 의문을 느끼고 있었다.

하지만 그런 순수한 의문도 여성과 나들이를 한답시고 시니컬한 척에 심취한 니시노에게는 닿지 않았다. 보란 듯이 터무니없는 소리를 지껄여댔다.

"나오기 전에 얘기했을 텐데? 나는 널 좋아한다고."

"당신이 좋아한다는 그 여자는 지금 당장이라도 돌아가고 싶다고 생각하고 있어요. 언니 곁으로 돌아가고 싶다고 염원하고 있어요. 이럴 때는 좋아하는 여자의 마음을 우선해서 배려해 주는 게, 진짜 남자다운 것 아닌가요?"

"무슨 말을 하고 싶은 건지는 알겠어. 하지만 그럴 수는 없어."

"왜죠?"

"나쁜 남자에게 걸렸다고 생각하고 포기해."

"으……."

전에 없이 강렬한 짜증이 가브리엘라의 마음속에서 솟구쳐 올랐다.

상대가 평범남만 아니었다면 다짜고짜 목을 따버렸을 것이다. 수많은 사람들이 돌아다니는 길거리 한복판인데도, 그녀는 반사적으로 칼을 뽑고 싶은 충동에 휩싸였다. 전학 첫날의 그 일을 겪지 않았더라면 틀림없이 행동에 나섰을 것이다.

그렇게 둘이 옥신각신하는 사이에 점원이 두 사람에게로 다가왔다.

"어서 오세요. 올빼미는 처음 보시나요?"

어쩌면 두 사람 사이의 분위기가 험악한 걸 보고 걱정돼서 온 건지도 모른다.

명랑한 미소를 지으며 니시노와 가브리엘라에게 물었다. 나이는 20대 중반, 셔츠에 청바지라는 털털한 차림이었다. 어깨까지 닿는 단발머리는 갈색으로 염색하고 있었다. 사람 좋아 보이는 미소가 인상적인 점원이었다.

점원의 이름은 사치코였다.

사치코는 이 가게에서 일하는 점원들 중에서도 중견 정도에 해당하는 점원이었다. 고등학교 재학 중에 부모님의 학대를 견디다 못해 홀로 상경한 그녀는 출장 마사지 일을 하면서 돈과 살 집을 얻었지만, 그 대신 심신이 망가졌다. 그래서 요양하던 중에 고객이었던 오타쿠 남자의 소개로 이 올빼미 카페에 왔다가 마음의 위안을 얻었고, 취직까지 해서 오늘에 이르렀다.

"혹시 괜찮으시면 올빼미에 대해 설명해 드릴까요?"

"올빼미는 이번에 처음 봐. 설명을 좀 들어 보고 싶군."

늘 그렇듯 거침없이 대답하는 니시노.

그 이상하기 짝이 없는 말투에 사치코는 잠시 움찔했다. 하지만 그의 곁에 있는 가브리엘라를 보고는 바로 상황을 이해했다. 분명 좋아하는 여자 앞에서 폼을 잡으려고 그러는 것일 거라 지레짐작한 것이다.

손님의 마음을 헤아린 그녀는 부드러운 말투로 물었다.

"저기 있는 아이를 얹어 보시겠어요?"

"그래도 될까?"

"올빼미는 얌전한 새예요. 사람 팔에 올려도 얌전히 있으니까 걱정하실 필요 없어요. 혹시 무서우시면 억지로 하실 필요는 없지만, 괜찮으시다면 한번 해 보시는 게 어때요? 분명 올빼미를 좋아하시게 될 거예요."

빙긋 웃으며 말하는 사치코.

그렇게 해서 나도 출장 마사지 일을 그만둘 수 있었지, 하고 그녀는 과거의 자신을 돌아보았다. 유흥업소를 졸업할 때는 각종 성병 검사를 받았고, 다행히 모두 음성이었다. 그렇게 해서 깨끗한 몸으로 지금 이 시간을 만끽하고 있었다. 현재의 목표는 연 수입 500만 이상의 잘생긴 남자와 결혼하는 것.

이것도 다 올빼미 덕분이라고, 사치코는 믿어 의심치 않았다.

러브, 부엉이.

"어떻게 하시겠어요?"

"그렇다면 부탁하고 싶군."

사치코의 권유를 받은 니시노는 그녀의 호의를 받아들이기로 했다.

이 평범남은 언제나 도전 정신을 중요하게 여기는 남자였기 때문이다.

"그럼, 거기 계신 예쁜 손님은……."

사치코는 가게 안의 새들을 바라보며 찬찬히 음미하듯 발걸음을 옮겼다. 그녀는 잠시 고민에 잠겼다가 이윽고 각기 다른 종류의 올빼미 두 마리를 데리고 두 사람에게 돌아왔다. 가브리엘의 손에는 흰올빼미를, 니시노의 손에는 미국수리부엉이를 얹어주었다.

"의외로 가벼운데."

"……올빼미를 팔에 얹어 보는 건 처음이에요."

올빼미들이 두 사람의 팔로 옮겨 왔다.

냄비 집개 같은 걸 팔에 차고 그 위에 올빼미를 얹는 식이었다. 그리고 올빼미의 한쪽 다리에는 금속 고리가 채워져 있고, 거기서 실이 뻗어 있었다. 그 실 한쪽 끝을 부엉이가 앉은 쪽 손으로 붙들고 있는 것이 이 가게의 규칙이었다.

"다리에 달려 있는 실은 꼭 붙잡고 계셔야 해요. 그리고 올빼미를 쓰다듬을 때는 손등으로 살살 부드럽게 쓰다듬으셔야 해요. 너무 세게 만지면 올빼미가 깜짝 놀라니까요."

"그러지."

"그리고 올빼미는 어디까지나 동물이라서, 갑자기 배설하는 경우도 있어요. 그러니까 팔을 좀 멀리 뻗어서……."

사치코가 막 설명하고 있을 때 사건이 터졌다.

범인은 가브리엘라의 팔에 올라타고 있던 올빼미였다.

그 꽁지깃이 부르르 떨리는가 싶더니 마치 뿜어져 나오듯이 분변이 튀어나왔다. 푸직 하는 소리와 함께 질척질척한 액체가 튀었다. 하얀색과 검은색이 뒤섞인 그 액체는 다른 조류의 배설물과 별반 다르지 않았다.

그리고 아직 팔을 굽히고 있었기에 새똥은 가브리엘라의 옷을 직격했다.

"아……."

마치 이 세상의 종말이라도 맞이한 것 같은 사치코.

왜냐하면 가브리엘라가 입고 있던 고스로리 복장이 척 봐도 바싸 보였기 때문이었다. 아니, 실제로도 비쌌다. 고급 브랜드 로고가 들어가 있어서 문외한인 사람이 봐도 가격대를 충분히 상상할 수 있었다. 시중에서 파는 고스로리와는 차원이 다른 고스로리였다.

대형 저가 의류점에서 전신을 코디하는 평범남과는 하늘과 땅 차이였다. 왜 하필이면 저 애가 실수를 한 거야? 그것이 올빼미를 건넨 사치코의 솔직한 생각이었다. 남자애 쪽이었다면 전신의 옷을 다 합쳐도 만 엔도 안 됐을 텐데.

"죄, 죄송해요!"

그녀는 허둥대며 고개를 숙였다. 당장이라도 울음을 터뜨릴 것 같은 표정이었다.

반면에 피해자인 가브리엘라의 태도는 차분했다.

"괜찮아요."

"바로 가서 수건 가져올게요!"

사치코는 당황해서 허둥지둥 가게 안쪽으로 달려갔다.

만약 변상해야 한다면, 최소 수만 엔은 물어내야 할 게 틀림없었다. 가게에서 내주면 그나마 다행이지만, 그렇지 않으면 이번 달 알바비가 날아가버리는 셈이었다. 금전적인 여유가 없는 그녀 입장에서는 사활이 걸린 문제였다.

사치코는 살짝 올빼미가 싫어졌다.

그 모습에 주위에 있던 다른 손님들이 힐끔힐끔 가브리엘라 쪽을 힐끗거리기 시작했다. 지금까지도 충분히 주목을 받던 그녀였지만, 의복에 올빼미 똥을 맞는 바람에 한층 더 많은 주목을 받게 되었다.

니시노와 가브리엘라, 두 사람은 매장을 떠나는 사치코의 뒷모습을 말없이 바라보았다.

그 모습이 직원 대기실로 사라진 걸 보고, 니시노가 가브리엘라를 향해 입을 열었다.

"만약에 네가 그 옷을 세탁이라도 한 것처럼 천에서 올빼미 똥을 말끔하게 떼어낼 수 있다면, 데이트는 이 자리에서 해산해도 돼. 어때? 한 번 도전해 볼 생각 없나?"

"그게 말이 되는 소리예요? 지금 저 놀리는 거예요?"

"거절인가?"

"당신은 갈수록 더 마음에 안 드네요."

"……너는 조금 더 끈질긴 여자인 줄 알았다만."

어쩐지 쓸쓸해 보이는 목소리로 중얼거리는 니시노. 그 시선이 가브리엘라의 드레스로 향했다.

그리고 그 직후에 배설된 올빼미의 분변에 변화가 생겼다.

의복에 찰싹 달라붙어 있던 올빼미 똥. 그 일부분이 어느새 살짝 의복에서 떨어져 있었다. 멀리서 보면 알아보기 힘들 정도로 미세하기 그지없는 수준이었지만, 분명히 의복 천과 새똥 사이에는 공간이 생겨나 있었다.

떠오른 분변 밑에는 젖은 흔적조차 찾아볼 수 없는 천이 있었다. 섬유와 섬유 사이에 물들어 있던 극소량의 액체마저도 말끔하게 분리되어 있었다. 방금 니시노가 했던 말마따나, 그야말로 세탁이라도 한 것처럼 원래 천이 지니고 있던 윤기가 돋보였다.

"어?!"

그것은 그야말로 작디작은 현상이었다. 드레스를 착용한 본인밖에 알 수 없을 만큼 미세한 변화였다. 다른 사람이 보면 무슨 일어난 건지 알아챌 여지조차 없었다.

하지만 목격자인 가브리엘라 입장에서는 경악할 수밖에 없는 현상이었다.

"네가 힘을 쓰는 방식에는 섬세함이 약간 부족해."

가브리엘라의 눈이 휘둥그레진 것을 확인하고, 니시노는 기다렸다는 듯 몰아붙였다.

의기양양한 얼굴로 잇따라 말을 던졌다.

"올빼미 똥이 아니라 다른 거라도 상관없어. 녹은 치즈도 좋고, 자신만 있다면 간장이나 마요네즈도 좋고, 뭐든 좋으니 연습해 보도록 해. 그 힘은 물건을 부수는 데에만 쓸 수 있는 게 아냐. 신은 디테일에 있다는 말이 있는데, 참 좋은 말이야."

"윽……!"

달콤하게 속삭이는 듯한 그 징그러운 충고를 들은 가브리엘의 온몸에는 소름이 좌르륵 돋았다. 두려움 때문이 아니었다. 순수하게 징그러웠기 때문이었다. 하지만 그럼에도 그녀는 아무런 대꾸도 하지 못했다.

"앞으로 더 정진하도록. 그러면 나를 넘어서는 것도 꿈은 아닐 테니."

"……."

그가 할 수 있는 것을 그녀는 하지 못했다. 지금 가브리엘라가 할 수 있는 건 공포에 몸이 얼어붙은 채 분노와 짜증에 전율하는 것뿐. 니시노에게 찍히는 바람에 마음 편할 날이 없는 그녀였다.

그러는 사이에 사치코가 수건을 들고 돌아왔다.

"정말 죄송합니다! 바로 닦아 드리겠습니다!"

"괜찮아요. 제가 닦을게요."

"하지만……."

"이건 올빼미가 실수한 거니까 당신이 당황스러워할 필요는 없어요."

"저, 정말 죄송합니다……."

점원이 준 수건을 받아 들고, 그녀는 자기 손으로 옷에 묻은 새똥을 닦았다.

올빼미가 저지른 실수를 마음에 두지 않고 있다는 건 사실인 듯했다. 담담하게 옷에 묻은 분변을 닦아냈다. 수건을 들지 않은 손에 아직 올라타 있는 올빼미에 대해서도 딱히 짜증을 내거나 하는 기색은 없었다.

올빼미보다는 니시노에 대한 짜증이 더 컸다.

"옷이 더러워진 것보다 내가 더 화가 나는 건, 날개를 가진 생물을 이렇게 좁은 곳에 가두어 놓았다는 점이에요. 이 올빼미도 원래는 드넓은 숲과 하늘을 자유롭게 날아다녀야 하는 생물이니까요."

가브리엘라는 딱히 누군가를 탓한다기보다는 그저 혼잣말처럼 뇌까렸다.

그녀의 시선 너머에는 그녀의 팔에 올라탄 흰올빼미의 모습이 있었다.

"네?"

어리둥절한 사치코의 목소리.

그녀를 대신해서 옆에 앉아 있던 평범남이 대답했다.

"너무 그러지 마. 1억 수천만 년 전만 해도 오히려 포유류가 조류의 조상들에게 잡아먹히던 신세였으니까. 우리 인류도 그렇고, 세상은 강한 자들이 위로 향하도록 되어 있어. 그 순리에는 이런 시설도 포함되어 있는 셈이지."

늘 그렇듯 거드름 피우는 말투였다.

시니컬하기 짝이 없었다.

"뭐라도 안다는 듯이 얘기하시네요."

"너희 집에서 너에게 어떤 교육을 해 왔는지는 나도 몰라. 아마 수준 높은 최고급 교육을 받아 왔겠지. 하지만 밑에 있는 사람들은 지금 이 시간을 살아가기에도 급급해. 아니면 설마 이 올빼미들이 꼬치에 끼워져서 접시 위에 놓여있는 걸 보고 싶은 건가?"

"……."

아, 이 커플, 뭔가 정상이 아닌 것 같아.

지금 이 시간을 살아가기에도 급급한 사치코는 두 사람 사이에 흐르는 불온한 기운을 느꼈다. 괜히 이 근처에서 얼쩡거리다가 아까 한 번 용서 받았던 올빼미 똥에 대해 다시 추궁받기라도 하면 큰일이었다. 니시노와 가브리엘라 사이에서는 그런 생각이 들 만큼의 어마어마한 긴장감이 느껴졌다.

사치코의 발걸음은 자연스럽게 두 사람의 근처를 떠나 뒷걸음질 치기 시작했다.

그녀는 연신 고개를 조아리면서 도망치듯 직원 대기실로 떠나버렸다.

사랑스러운 올빼미 두 마리는 그 자리에 남겨졌다.

"뭐, 그래도 그런 마음가짐은 나쁘지 않다고 생각하긴 해."

"……당신 의견 따위 관심 없어요."

자리에 남겨진 것은 뭐라 형언할 수 없는 분위기가 감도는 젊은 커플.

지금까지 두 사람의 모습을 힐끗거리던 주위 손님들도 노골적으로 다른 쪽으로 의식을 기울이기 시작했다. 그것을 알아챈 것은 그와 그녀의 손에 올라타고 있던 두 마리 올빼미뿐이었다.

◇◆◇

가브리엘라의 고스로리 의상이 더러워지는 것으로 끝난 올빼미 카페.

그곳을 떠난 두 사람은 그 후로는 딱히 뭔가를 하지도 않고 칸다의 길거리를 바라보며 도쿄 방면으로 걸었다. 미리 짜 둔 데이트 계획이 바닥난 니시노가 근처를 같이 걷지 않겠느냐고 제안했기 때문이었다.

만세이바시를 지나 칸다타초 지역에 이르러 마루노우치 방향으로 향했다. 늦은 오후, 부드러운 가을바람에 머리카락을 나부끼며 몇 마디 말도 없이 거리를 걷는다. 큰길을 벗어나서 차량 통행이 적은 골목으로 걸었다.

그렇게 얼마를 걸었을까.

묵묵히 발걸음을 옮기던 가브리엘라가 우뚝 멈춰 섰다.

"왜 그러지?"

"……."

그 시선은 앞쪽이 아닌, 길 구석 쪽을 향하고 있었다.

뭔가 신기한 거라도 있나 싶어서 니시노 또한 그녀가 바라보는 쪽으로 시선을 옮겼다. 그곳에는 빌딩과 빌딩 사이의 3미터쯤 되는 공간에 마련된 작고 아담한 신사가 있었다.

깔끔하게 청소는 되어 있었지만, 건자재로 이용된 목재는 부식이 심하고 사당의 칠은 벗겨져 있었다. 신사를 둘러싸고 있는 나무 울타리도 여기저기가 부서지거나 변색해 있어서 오랜 역사를 짐작게 했다.

나무 울타리 중간에 나 있는 출입구에는 금속제 문이 달려 있었는데, 신사 부지 안으로 들어가지는 못하게 막혀 있었다. 애초에 신사 경내가 좁아도 너무 좁아서 성인 한두 명이 들어가면 답답하게 느껴질 정도였다. 그만큼 조그마한 신사였다.

"이건 뭔가요?"

"보면 모르나? 신사야. 너희들로 치면 교회 같은 거지."

"정말 작네요. 그리고 오랜 역사가 느껴져요."

가브리엘라는 감탄 어린 눈길로 신사를 바라보고 있었다. 옆에서 바라보는 니시노 입장에서도 관심이 갈 수밖에 없는 표정이었다. 오늘 데이트하면서 가장 많이, 점심에 라멘을 먹을 때보다도 더 강렬한 호기심을 느끼고 있는 것 같았다.

"봉납한 사람의 이름으로 보아하니 제2차 세계대전 전에 만들어진 것 같군."

평범남은 신사 경내 한쪽 구석에 있는 명판 쪽을 시선으로 가리키며 말했다.

그가 지적한 대로, 명판에는 누군가의 이름으로 보이는 글자들이 늘어서 있었다. 최소 1930년대, 혹은 그보다 더 오래전에 적힌 것으로 보이는 글자들이었다. 개인과 법인이 반반, 명판의 수는 40개 정도.

"……."

봉납자 명판을 보며 가브리엘라는 한층 더 깊이 감탄한 표정이었다.

뭐가 그리 즐거운지 때 묻은 나무판자 하나하나를 꼼꼼하게 훑어보고 있었다.

"왜 그러지? 뭐 마음에 걸리는 거라도 있나?"

"그렇게 오래전부터 있었던 건가요?"

"당연한 거 아닌가? 신사란 대게 다들 그래."

"도쿄는 공습으로 불탔던 것 아닌가요?"

"모조리 다 불탄 건 아냐. 칸다와 마루노우치, 그리고 다른 몇몇 지역은 공습의 피해를 면했다고 들었어. 반대로 우에노나 아사쿠사 같은 번화가는 완전히 불타버려서, 그쪽에 있는 신사나 사찰들은 비교적 최근에 새로 만든 것들이 많아."

"……."

"오래된 신사를 보고 싶으면, 도쿄보다는 지방으로 가는 편이 더 많이 볼 수 있을 거야."

니시노가 태어나고 어린 시절을 보낸 지역에도 이렇게 2, 3백 년쯤 된 유서 깊은 신사나 사적들이 여기저기서 일상에 녹아들어 있었다. 평소에 놀이터처럼 쓰던 곳들이 얼마나 오래전부터 거기에 있었던 건지, 수업 시간에 조사해 보고서야 알았다.

"가자."

“아, 아니, 잠깐만요.”
“왜 그러지?”
“조금 더 보다 가고 싶어요.”
그렇게 부탁하는 가브리엘라의 눈빛은 평소와는 달리 진지하기 그지없었다. 평범남과의 데이트에 진절머리를 치던, 조금 전까지의 그녀와는 전혀 다른 표정이었다. 니시노에게 기다려 달라고 부탁하는 말투에서도 다소 솔직한 느낌이 묻어났다.
덕분에 니시노도 조금이나마 그녀의 인격을 이해한 것일까.
“……좋을 대로 해.”
그도 가브리엘라 옆에 서서 신사를 바라보며 시간을 보냈다.

◇◆◇

니시노와 가브리엘라가 로즈의 집으로 돌아온 것은 이제 슬슬 해가 저물어 가는 시간이었다. 정다운 남녀 사이라면 그대로 저녁을 같이 먹고 나아가서는 호텔에라도 갔을 것이다. 하지만 애석하게도 그와 그녀는 그 정도로 친밀한 사이는 아니었다.
저녁 식사는 로즈의 집 식당에서 집주인인 로즈와 함께 셋이 먹었다. 그리고 차례대로 목욕을 하고 거실에서 영화를 보기도 하고 브레이크댄스 연습을 하기도 하는 등, 저마다 적당히 시간을 보내고 있자니 시간은 빠르게 흘러갔다.
니시노에게 끌려다닌 마음고생이 심했던 것이리라. 로즈의 집에서 묵는다는 절호의 기회임에도 불구하고, 가브리엘라는 딱히 특별한 행을 하지 않고 손님방으로 갔다. 많이 피곤했는지 그 얼굴은 대충 보기에도 상당히 지쳐 보였다.

그렇게 거실에는 로즈와 니시노, 둘만 남겨졌다.

“내가 왜 내 집에서 저 여자를 재워야 하지?”

자기가 좋아하는 남자가 가브리엘라를 불러들인 것에 잔뜩 화가 난 로즈가 니시노에게 따져 묻고 있었다. 소파에 걸터앉아서 소파 테이블을 사이에 두고 대화를 주고받았다. 평범남을 바라보는 그녀의 표정은 더할 나위 없이 매서웠다.

“여기가 제일 안전하다고 판단했으니까.”

“안전……?”

평범남의 말에 고개를 갸웃거리는 로즈.

그는 그런 그녀를 향해 담담하게 말을 이었다.

“모르고 있었나?”

“모르다니, 뭘?”

“지난번 댄스 이벤트 때, 저 여자는 저격을 당했어.”

“…….”

보아하니 모르고 있었던 모양이다. 예쁜 눈썹이 꿈틀 경련했다. 하지만 로즈의 반응은 그게 전부였다. 그게 자기와 무슨 상관이냐는 듯 뒤이은 그녀의 말은 담담하기 그지없었다.

“내 입장에서 그건 듣던 중 반가운 소리인데?”

“너무 그러지 마. 그래도 같은 학교 학생인데.”

그러자 늘 그렇듯 엉뚱한 배려심을 선보이는 니시노였다.

처음 만났을 당시였다면 이렇게까지 그녀에게 마음을 쓸 일도 없었을 것이다. 하지만 전학 온 뒤 어느 정도 시간이 흐른 지금, 이미 그에게 있어 가브리엘라는 '같은 학교에 다니는 학생'이라는 포지션을 차지하고 있었다.

가브리엘라 본인에 대한 감정을 배제하더라도, 그 존재가 사라지는 것에 의한 부정적인 추억이 자신이 꿈꾸는 이상적인 청춘에 섞이는 게 싫었다. 그런 자기중심적이면서도 완벽주의적인 사상이 그를 움직이고 있었다.

"넌 정말 학교를 좋아하는구나."

"그러면 안 되나?"

"안 된다고 한 적은 없어."

김이 피어오르는 찻잔을 소파 테이블에서 집어 들고 홀짝 마시는 로즈. 아름다운 그녀가 그렇게 하니 그야말로 한 폭의 그림 같은 광경이 되었다. 창문 너머로 펼쳐지는 드넓은 도심의 풍경까지 더해지니 그야말로 영화의 한 장면이 따로 없었다.

"덧붙이자면, 오늘 하루만 해도 총 다섯 번의 저격 시도가 있었어."

"저 여자는 알고 있어?"

"글쎄."

"애 보는 취미가 있는 줄은 몰랐는걸."

로즈가 했던 것처럼 니시노도 테이블로 손을 뻗었다. 일부러 다리를 꼬거나 하는 등, 충분히 뜸을 들이면서 찻잔을 입으로 가져갔다. 최대한 분위기를 잡으면서 차를 목구멍으로 꼴깍 넘겼다.

물론 안 어울렸다.

반장이 그 자리에 있었더라면, 보나 마나 얼굴을 찌푸렸을 것이다.

"그런 위험한 여자를 내 허락도 없이 내 집에 재웠다는 거네."

"여기는 최소한의 보안 장치가 갖춰져 있으니까. 상대가 막무가내로 들이닥친다면 어떻게 될지 장담할 수 없지만, 그러지 못하도록 나름대로 못을 박아 두었어. 놈들도 바보는 아닐 테니까 무모한 짓까지는 안 할 거야."

"나는 이 일에 얽히기 싫은데."

"너는 한 발 떨어져서 보고 있기만 하면 돼."

"상황이 눈에 보이는 자리에 서 있다는 것 자체가 이 일에 얽힌 거라는 생각 안 들어?"

"……그 점은 미안하게 생각해."

일방적으로 로즈를 얽었다는 건 자각하고 있는 모양이었다. 니시노는 힘없이 고개를 숙이고 사과의 말을 입에 담았다. 상대가 개인이라면 선수를 칠 수도 있었겠지만, 아무래도 이번에는 그럴 상황이 아닌 모양이었다.

"저 애를 버린다는 선택지는 없어?"

"없어."

"바로 대답하네."

"……."

니시노는 가브리엘라의 처우에 대해서는 한 발짝도 양보할 생각이 없어 보였다. 그걸 확인한 로즈는 체념한 표정이었다. 최근 몇 주 동안 함께 지내면서, 그가 한 번 고집을 부리면 꺾기 힘들다는 것 정도는 이미 파악하고 있었다.

"알았어. 오늘 이 빚은 나중에 돌려받을 테니까 그렇게 알아."

"그 점은 잘 알고 있어. 뭐든지 말만 해."

"어머나, 듣던 중 반가운 말인걸."

그리고 거실에서는 한밤중의 티타임이 한동안 더 이어졌다.

◇◆◇

장소가 바뀌어, 이곳은 2학년 A반이 자랑하는 반장의 집.

니시노와 로즈가 고급 아파트에서 우아하게 홍차를 홀짝이고 있던 그 사간, 시미즈는 다다미 여섯 장짜리 자기 방에서 노트북형 단말기를 앞에 두고 기묘한 춤을 추고 있었다. 그 배경에서는 그녀가 좋아하는 밴드의 음악이 흐르고 있었다.

보아하니 댄스 영상을 촬영하고 있는 모양이었다.

그녀가 격렬하게 움직일 때마다 다다미에서는 부스럭부스럭 소리가 났다. 그 정면에서는 카메라로 촬영된 그녀의 모습이 단말기 화면에 재생되고 있었다. 그리고 그 영상에는 시미즈의 모습과 함께 몇몇 개의 댓글도 표시되어 있었다.

인터넷을 통해 춤추는 모습을 생중계하는 중인 듯했다.

하지만 시청자 수는 그리 많지 않았다.

현역 여고생의 댄스 교실.

그런 타이틀에 낚인 수십 명의 남자들.

"점프 좀 더 높이 해 봐, 점프." "나는 아까 그 브리지를 한 번 더 보고 싶은데." "스패츠 귀여워, 스패츠." "다 됐고 빨리 팬티나 보여줘." "그나저나 마스크는 왜 쓰고 있어? 얼굴 좀 보여줘." "진짜 귀엽다."

아무렇게나 지껄이는 댓글들이 오른쪽에서 왼쪽으로 흘러가고 있었다.

그중 몇몇 댓글은 신랄했지만 동시에 몇몇 댓글은 따뜻했다. 쉴 새 없이 흘러가는 댓글들을 보며, 시미즈는 자기가 생각했던 것보다도 훨씬 더 열심히 춤추고 있었다. 방송 규약이 허락하는 선 안에서라면 시청자들의 요구에 최대한 부응하고 있었다.

"이, 이렇게 하면 돼요?"

"귀여워! 귀여워!" "오오, 스패츠에 갈라진 자국이! 갈라진 자국이!" "현역 여고생은 진짜 끝내주네요." "몸매 진짜 좋네." "몸매 제법 날씬한데? 따먹고 싶다." "혹시 학교에서 운동부에 소속되어 있어?"

"으……."

별 생각 없이 한 동작 하나하나에 대한 평가가 곧바로 돌아오는 데다 그 반응이 하나같이 노골적이었다. 그것은 정기 시험 점수에 비할 바가 아니었다. 시청자들과의 그런 교류는 지금까지 시미즈가 겪어 본 적 없는 자극적인 경험이었다.

덕분에 반장의 영리한 두뇌는 지금 최고의 컨디션이었다.

나, 지금 찬란하게 빛나고 있어.

니시노와 타케우치의 댄스 영상이 교실을 뒤흔들었던 며칠 전

사건이 그녀의 등을 떠밀어주었다. 우리 반 애들도 그런 걸 했는데 나라고 도전하지 말라는 법은 없잖아, 하는 생각이었다.

평생에 단 한 번, 딱 3년밖에 경험할 수 없는 여고생 생활.

그걸 마음껏 즐기지 않는다면 손해 아닐까, 하는 생각.

"……저, 정말 제가 그렇게 귀여워요?"

"당연히 귀엽지!" "귀여워! 귀여워!" "귀여우니까 팬티 좀 보여줘! 팬티!" "스패츠는 벗어버려!" "거기 보고 싶어! 아무것도 안 입은 거기!" "하다못해 얼굴이라도 보여줘! 얼굴 보여주면 더 귀여울 텐데!" "진짜 예뻐!"

남자들의 욕망이 직접적으로 날아들었다.

그래도 반장은 기분이 나쁘지 않았다.

사람들이 나를 원하고 있어. 진심으로 나를 원하고 있어.

지능 수준이 조금 낮아진 채 가슴이 두근거리고 있었다.

하지만 그렇다 해도 그녀는 2학년 A반의 주춧돌인 반장, 똑똑한 여학생이었다. 시청자들이 치켜세운다고 해서 팬티를 노출하거나 하는 짓은 하지 않았다. 어디까지나 애플리케이션의 이용 규약을 준수해 가면서, 치마 속에 받쳐 입은 스패츠까지만 노출하고 있었다. 물론 얼굴에는 마스크를 쓰고 있었다.

"그럼 조금 더 춰 볼게요! 여러분, 지켜봐주세요!"

반장이 그렇게 의욕적으로 임한 덕분에 생방송은 한참을 더 이어졌다.

중간에 가끔씩 토크를 섞어 가면서 대략 한 시간쯤 이어간 것이다.

본인은 모르고 있었지만 그것은 생각보다 야한 방송이었다. 얇은 셔츠에 짧은 스커트, 거기에 스패츠를 받쳐 입은 채 춤추다 보니 그 몸매의 굴곡이 여실히 드러났다. 가슴의 형태나 가랑이에 움푹 파인 자국까지 또렷하게.

"여러분, 제 방송을 봐주셔서 고맙다냥!"

방송 마지막에 반장은 골 비어 보이는 마무리 멘트를 시청자들에게 던졌다.

방송을 위해 켰던 애플리케이션을 닫았다.

순간적으로 정적에 잠기는 방.

댄스의 여운 때문에 심장의 고동이 빨라진 몸.

"……뭐야, 나도 마음만 먹으면 충분히 할 수 있잖아."

난생처음 경험하는 흥분 때문에 반장은 인생의 흑역사를 만들어 가고 있었다. 골이 비어 보이는 마무리 인사에서도 엿보이듯이 완전히 도취한 상태였다. 지금 이 순간, 그녀는 니시노를 타박할 수 없는 몸이 되었다.

잠깐의 충동적인 일탈.

어차피 생방송이니까, 모두 금방 잊을 거라는 안이한 생각.

젊은 소녀의 작은 모험.

그것이 미래에 어떤 결과를 불러올지, 반장은 아직 모르고 있었다.

〈부활동 12〉

새로운 한 주가 시작된 다음 날, 니시노는 교장실로 불려 갔다.

조회가 시작되기 직전에 담임교사인 오오타케 선생을 통해 당장 교장실로 가 보라는 연락을 받은 것이었다. 그리고 교장실로 불려온 것은 그뿐만이 아니었다. 타케우치도 같이 가라는 지시를 받았다.

서둘러 교장실로 가니, 거기에는 이미 로즈와 가브리엘라, 무코우사카의 모습도 보였다. 불려 온 멤버들의 면면을 보고, 그들은 자신들이 무슨 용건으로 불려 온 건지를 바로 이해했다.

교장실 집주용 책상 옆에 서 있는 교장.

그리고 손님용 소파에는 어른 두 명이 더 앉아 있었다.

한쪽은 말끔한 정장을 차려입은 30대 전반의 훈남이었다. 말끔하게 다듬은 7대3 가르마 머리에 자신감 넘치는 눈매가 마치 능력 있는 영업사원 같은 분위기를 풍겼다.

그리고 7대3 가르마 옆에 앉아 있는 또 한 명의 인물은――.

"이 두 분이 너희들에게 할 얘기가 있다는구나."

교장 선생은 남자들 옆으로 걸어가며 말했다.

그 모습을 보고, 지금까지 소파에 앉아 있던 두 사람이 일어섰다.

"여, 여어, 오랜만이네."

"……."

먼저 입을 연 것은 7대3 가르마가 아닌 쪽 남자였다.

그자는 니시노와 안면이 있는 사람이었다.

평범남의 표현을 빌리자면, 록 음악의 공주님 오가타야 타로스케였다.

"왜 당신이 여기 있지?"

반사적으로 질문이 튀어나왔다.

니시노의 의문은 당연한 것이었다.

평범남뿐만이 아니었다. 뜻하지 않게 만난 인기 밴드맨의 모습에 타케우치와 무코우사카의 눈도 경악에 휘둥그렇게 벌어져 있었다. 타케우치는 존경과 선망 때문에, 무코우사카는 과거에 몇 번 그의 사진을 자위에 이용한 적이 있었기 때문에.

반면 로즈는 영 언짢은 표정이었다. 이런저런 구실을 붙여서 사사건건 니시노와 얽히려 드는 타로스케의 존재는 항상 훼방꾼처럼 느껴졌을 뿐, 긍정적으로 느낀 적은 지금껏 단 한 번도 없었다.

가브리엘라는 여기 불러온 것에 관심 자체가 없는 듯했다. 지금도 교장실 한쪽 구석에 있는 어항을 쳐다보며 그 안에서 헤엄치는 금붕어를 시선으로 뒤쫓고 있었다.

"만나 뵙게 되어 반갑습니다. 저는 이런 사람입니다."

평범남의 의문에 대답하듯, 7대3 가르마의 남자가 한 발짝 앞으로 나섰다.

그가 건넨 것은 명함이었다.

거기에는 국내 굴지의 연예 기획사로 알려진 기업의 명칭과 그

기업의 치프 매니저라는 직함, 그리고 남자의 이름이 기재되어 있었다.

원래는 자기 입으로 직접 이름을 얘기하는 게 상식이련만, 명함을 건네며 뜸을 들이는 그 모습에서 그 자아와 자존심이 얼마나 강한지를 엿볼 수 있었다.

"이게 어떻게 된 거지?"

니시노는 명함을 받아 들기가 무섭게 타로스케 쪽으로 시선을 돌렸다.

늘 그렇듯 두꺼운 외꺼풀 눈에 귀여운 구석이라고는 찾아볼 수 없는 무뚝뚝한 표정이었다. 입술 사이로 엿보이는 고르지 못한 치열에서는 그리 유복하지 못했던 그의 가정환경이 엿보였다. 당연히 그 표정에서 관록 따위는 찾아볼 수 없었다. 남들이 보기에는 우습기 짝이 없는 언동이리라.

하지만 그 질문을 받은 훈남은 그 실체를 알고 있었다.

"아아, 아, 아니, 그게 말이지, 업계에서 너랑 꼭 한 번 얘기를 해 보고 싶다는 사람이 있어서 말이야. 듣자 하니 무슨 춤을 췄다면서? 게다가 그 동영상이 국내외에서 엄청난 화제가 됐다던데?"

긴장한 기색이 역력한 타로스케.

그건 평범남 옆에 로즈와 가브리엘라가 있는 걸 확인한 영향이 컸다. 지난번에 납치당해서 일방적으로 살해당할 뻔했던 사건은 이 훈남에게 결코 지울 수 없는 트라우마를 남겼다.

참고로 7대3 가르마의 명함은 타케우치가 바로 낚아챘다.

"그래, 그랬다더군."

"나는 너랑 면식이 있는 사이이기도 하니까, 이 기획사랑 너희들을 알선해주려고 온 거야. 그래도 뭐, 정 내 얼굴을 보기 싫다면 당장 교실로 돌아가도 상관없어. 그냥 네 마음대로 하면 돼."

타로스케는 속사포처럼 말을 쏟아냈다.

마치 빨리 교실로 돌아가라고 종용하는 것 같은 태도였다.

"귀찮은 얘기 같군."

"그래. 귀찮기 짝이 없는 얘기야! 보나 마나 귀찮을 게 분명해!"

그러면서 연신 고개를 끄덕이는 타로스케.

당연히 7대3 가르마에게서 의문이 날아들었다.

"타로스케, 이 학생들과 저희를 중개해 주겠다고 하시지 않으셨나요?"

남자는 어리둥절한 표정이었다. 이건 다 니시노에 대한 타로스케의 근거 없는 배려 때문이었다. 타로스케는 이 업계에서 상당한 거물이었다. 지금까지 횡포를 부리면서 걷어찬 의자가 한둘이 아니었다.

그런 그가 일개 학생 그룹을 대하는 태도치고는 지나칠 정도로 조심스러운 대응이었다.

"이 아이들의 본분은 학업이야. 강권하는 건 그리 좋지 않아. 안 그래?"

"하지만 이번 안건은 이미 저희 기획사 쪽에서 추진을 결정한 사안입니다."

"아니, 내 생각에는 아무리 그래도 본인들의 의사를 존중해야 할 것 같은데."

"……."

타로스케는 노골적으로 소극적이었다.

그 이유는 역시 로즈와 가브리엘라의 존재였다. 타로스케가 중개 역할을 맡겠다고 나선 건 섣불리 그녀들을 자극했다가 니시노에게까지 불똥이 튈 걸 걱정했기 때문이었다.

이 업계는 아직도 구태적인 악습이 통하는 세상이었다.

자아가 강한 소녀들의 반감을 살 게 불 보듯 뻔했다.

그리고 타로스케도 이 업계에 오랫동안 몸담아 온 사람이었다. 그는 업계를 향한 두 소녀의 반감이 자신에 대한 니시노의 인상에 영향을 끼치지 않을지 염려하고 있었다. 더불어 이건 평범남을 만나러 올 좋은 구실이 되기도 했다.

"어쨌든 일단 확인부터 하죠."

7대3 가르마는 타로스케에게 양해를 구하고 타케우치 쪽을 쳐다보았다.

아마 학급 최고의 훈남을 이 팀의 리더로 인식한 모양이었다.

"저희 제안은 간단합니다. 저희에게 댄스 프로듀싱을 받아 보실 생각 없습니까?"

츠누마 고등학교 댄스 동호회가 프로 데뷔를 앞두게 되었다.

◇◆◇

1교시 수업 시작을 알리는 종소리가 이미 울렸는데도 불구하고, 교장실에서는 7대3 가르마와의 대화가 계속되고 있었다. 타로스케는 연신 수업에 복귀하도록 권했지만, 타케우치와 무코우사카가 제안에 흥미를 보이는 바람에 무시당했다.

7대3 가르마의 제안은 얼마 후에 있을 국내 음악 이벤트에 참가하지 않겠느냐는 것이었다.

"네? 혹시 그거, 해마다 오다이바에서 열리는……."

"네, 잘 아시는군요. 절대 작은 규모의 이벤트는 아니라고 자신하고 있습니다. 국내에서 열리는 음악 페스티벌 중에서는 다섯 손가락 안에 꼽힐 정도일 겁니다. 그 오프닝 무대의 일환으로 여러분의 댄스 공연을 올리고 싶습니다."

"아……."

7대3 가르마가 언급한 것은 국내 전체를 통틀어서도 손꼽히는 규모의 일렉트로닉 댄스 뮤직 이벤트였다. 관객들은 해마다 증가 추세를 보이고 있으며, 3일 동안 열리는 페스티벌의 관객 규모만 해도 수십만 명에 이르렀다.

"그렇게 대단한 이벤트인가?"

니시노가 타케우치에게 질문을 던졌다.

척 보기에도 음악 페스티벌과 인연이 없어 보이는 평범남은 실제로도 그런 이벤트에 대해서 아는 게 없었다. 반면에 질문을 받은 타케우치는 음악 페스티벌이라는 이름이 붙은 이벤트라면 기본적으로 뭐든지 관심을 가지고 있었다. 그런 이벤트는 인싸들의 필수 과목이었다.

"저, 저희가 그런 무대에 설 정도는 아닌데요……."

타케우치는 평범남의 질문을 무시하고 7대3 가르마와의 교섭을 이어 갔다.

제아무리 학급 넘버 원 훈남이라도 상대가 언급한 이벤트의 관객 수를 생각하면 움츠러들 수밖에 없었다. 그도 그럴 것이, 그들이 지난번에 참가했던 지역 댄스 이벤트의 관객 수와는 자릿수가 세 자릿수나 다르다. 당연히 공연 참가자들도 하나같이 일류들이다.

이벤트는 3일 동안 열리게 되어 있다. 그 1일권 티켓 가격만 해도 평범남의 평상복 상하의는 물론, 신발까지 살 수 있을 정도였다. 그만큼 인기 있는 이벤트인 것이다. 관객들도 일본인뿐 아니라, 전 세계에서 각양각색의 사람들이 몰려든다고 했다.

"여러분의 댄스는 저희도 이미 확인했습니다. 참 훌륭한 댄스더군요. 여러분 정도의 실력이라면 충분히 잘 해내실 수 있을 거라 확신했습니다. 지난번 댄스 대회 때처럼만 춰주시면 됩니다. 어떻습니까? 한번 도전해 보시겠습니까?"

니시노와 브레이크댄스 동호회 부원들의 승인을 받는 게 7대3 가르마의 임무였다. 그 승인을 받느냐 마느냐에 따라서 그에 대한 상부의 평가가 달라진다. 소년 소녀의 학업 따위 알 바 아니었다. 유급을 하든 재수를 하든, 조금도 관심이 없었다.

그래서 그는 이 학교 교장이 눈앞에 있건 말건, 개의치 않고 권유를 계속했다.

그 끈질긴 권유에 타케우치의 마음도 다소 흔들렸다.

그는 가업을 이어 의사가 된다는, 지극히 건실한 장래 설계를 세우고 있었다. 하지만 한편으로는 아직 연예계 진출을 꿈꾸는

17세 소년이기도 했다. 7대3 가르마가 들고 온 제안은 아득히 멀게만 느껴졌던 찬란한 미래에 한 발짝 다가가는 계기가 되기에 충분한 것이었다.

"……무코우사카, 네 생각은 어때?"

"네? 아, 제 생각이요?"

저도 모르게 고개를 끄덕이려다가, 그는 곁에 있는 후배에게 말을 돌렸다.

7대3 가르마가 원하는 게 뭔지는 타케우치도 알고 있었다. 그가 원하는 건 츠누마 고등학교 브레이크댄스 동호회가 갖고 있는 화제성이었다. 멤버 중 한 명이 제안을 받아들인다고 해서 성사될 얘기가 아닌 것이다.

"이건 원래 네가 시작한 일이니까 네가 결정하는 게 맞을 것 같아서 그래."

"아뇨, 하지만 무사히 그 이벤트에 참가한 건 니시노 선배 덕이었으니까……."

"그건 아니지. 리더는 어디까지나 무코우사카 너잖아?"

무코우사카의 입에서 뜬금없이 튀어나온 평범남의 이름. 그걸 들은 타케우치는 황급히 말을 끊고 궤도 변경을 시도했다. 그는 이 상황에서 니시노에게 발언권을 줄 만큼 어리석지 않았다. 자칫 잘못하면 지금 이 순간에 모든 게 백지로 돌아갈 가능성도 있었다.

"그래도 선배님들 덕분에 이렇게 부활동을 계속할 수 있었던 거니까 저 혼자 결정할 수는 없죠. 선배님들은 이제 대학 입시 준비도 하셔야 할 계절이니까, 1학년인 제가 결정하는 것보다는 선배님들 사정에 맞춰서 결정하시는 게 좋을 것 같아요."

"그럼 다수결로 결정하는 게 어때? 무코우사카, 너 개인적으로는 어떻게 하고 싶은데?"

"네? 저요? 뭐, 그야 저는 당연히 관심이 있기는 한데……."

교내 카스트 서열의 힘을 믿고 적극적으로 주도권을 휘어잡는 타케우치. 무코우사카에게 물어보면 어떤 대답이 돌아올지 미리 짐작하고 다수결을 제안한 것이었다. 이 시점에서 찬성표는 두 표가 됐다.

이렇게 되면 여기부터는 일사천리일 거라는 게 훈남의 계산이었다.

"나는 싫어."

하지만 그런 그의 꿍꿍이가 무색하게도 로즈에게서 반대표가 나왔다.

3대3 가르마와 타로스케, 두 사람을 앞에 두고도 동요하는 기색은 조금도 찾아볼 수 없는 당당한 대답이었다. 그 목소리를 들은 타로스케의 눈썹이 움찔 경련했다. 역시 이렇게 나오는구나, 하고 그는 마음속으로 중얼거렸다. 처음부터 예상했던 결과였다.

그가 중개자 역할을 자처하고 나선 것도 7대3 가르마와 그녀의 충돌을 회피하기 위해서였다.

"응? 로즈는 나가기 싫어?"

타케우치도 로즈의 반응에 놀란 기색이었다.

대형 이벤트에서 선보이는 댄스 공연. 수많은 관객들에게서 쏟아지는 박수갈채. 업계의 유명 인사들과 쌓이는 인맥. 어쩌면 연예계 데뷔의 길이 기다리고 있을지도 모른다. 요즘 여고생이라면 누구나 탐낼 법한 기회인 것이다.

아무리 인종이 다르다고 해도, 여고생들이라면 누구나 가질 법한 만국 공통의 꿈이라는 게 있는 법이다. 훈남은 로즈도 그 점에서는 예외가 아닐 거라고 믿었다. 하지만 이 금발 로리타의 가치관은 일반인들과는 전혀 달랐다.

"이제 입시 준비도 해야 하니까 학업에 주력하는 게 맞다고 봐."

만약 이벤트에 참가했다가 자신이 좋아하는 남자에게 팬이 생기기라도 하면 큰일이었다. 니시노는 여성 경험이 전무하다시피 하니 경박하고 문란한 여자에게 속아서 그 육봉을 허락할지도 모른다는 생각에 안절부절못하고 있었다.

로즈는 무슨 수를 써서라도 그의 동정을 맛있게 잡아먹고 싶었다.

"저도 언니 의견에 찬성이에요."

로즈가 말하기가 무섭게 가브리엘라도 그녀의 전수를 따기 위해 나섰다.

그녀 입장에서는 7대3 가르마도 타로스케도 브레이크댄스 동호회도 안중에 없었다. 사랑하는 언니가 까마귀는 흰색이라고 한다면, 세상에 있는 까마귀를 모조리 죽여서라도 까마귀는 흰색이라고 교과서에 실리게 만들 기세였다.

하지만 그런 그녀의 노력에 성과가 있었는지를 묻는다면, 의심스러운 게 사실이었다.

바로 며칠 전 휴일에 했던 아키하바라 데이트. 니시노가 막아낸 다섯 발의 탄환 중 세 발은 로즈가 쏜 것이었다. 니시노가 아무리 뛰어난 이능력을 갖고 있다고 해도, 원거리에서 공격하는 저격범의 정체까지는 알아내기 힘들었다.

참고로 두 사람의 위치는 그의 일용품에 심어 둔 GPS 발신기를 이용해서 알아냈다.

결과적으로 다수결 투표는 2대2 상황이 되어서 최종 국면을 맞이했다.

그리고 그 마지막 한 표를 쥔 것이 하필이면 평범남이었다.

"니, 시시노, 넌 어떻게 할 거야?"

왜 이 녀석의 확인을 받아야 하는 거야?

타케우치의 가슴속에 분노가 용솟음쳤다.

하지만 다수결을 제안한 장본인이 바로 그였다. 이제 와서 철회할 명분이 없었다. 니시노의 판단에 최종적인 결정을 맡긴다는 최악의 상황을 맞이한 훈남은 머리를 싸쥐고 싶은 충동에 휩싸였다.

"글쎄……"

그리고 이제야 발언 기회를 얻은 평범남은 최대한 시간을 질질 끌며 뜸을 들였다. 일부러 턱에 손을 짚는 등, 정말이지 눈 뜨고 못 봐줄 지경이었다. 만약 지금 반장이 옆에 있었더라면 제발 그런 짓 좀 하지 마, 라고 한 마디 던졌을 것이다.

"저기, 니, 니시노 선배, 하기 싫으시면 억지로 안 하셔도 돼요. 저는 지난번 이벤트 때 춤춘 것만 해도 충분히 만족하고 있으니까요. 선배 덕분에 좋은 추억을 많들었어요. 그러니까 더 이상은 제 걱정 안 해주셔도 돼요."

기특하기 그지없는 발언이었다.

마음에도 없는 소리를 하는 것 같지는 않았다.

그리고 그 말을 들은 선배는 그런 것에 사족을 못 쓰는 성격이었다.

불과 며칠 전에 난생처음 선배 대접을 경험하게 해준 1학년 후배. 후배가 건넨 감사의 말이 선배는 진심으로 기뻤다. 자기 행동이 선배로서 합격 판정을 받은 것만 같아서 더할 나위 없이 흡족한 기분이었다.

그러니 이 쉬운 선배의 결론은 정해져 있는 거나 마찬가지였다.

"쉽지 않은 기회인데, 한번 도전해 보는 것도 괜찮지 않을까?"

니시노의 시선이 로즈에게 향했다.

그리고 늘 그렇듯 거만한 말투로 그녀에게 말했다.

"이것도 다 좋은 추억이 될 거야. 평생에 한 번뿐인 청춘이니까 참가해 보는 것도 나쁘지 않을 것 같은데. 그리고 한 발짝 더 나아가 보면 뭔가 새로운 것을 발견할 수 있을지도 모르잖아? 그건 분명 그 무엇과도 바꿀 수 없는 추억이 될 거야."

다른 때보다도 더 유치한 소리를 내뱉으며 찬성에 한 표.

다수결은 2대3으로 결정되었다.

"뭐야, 니시노, 지금 진심으로 하는 소리야?"

"잠깐, 니, 니시노!"

로즈뿐만 아니라 타로스케도 놀라서 소리쳤다.

하지만 평범남은 개의치 않고 마음껏 폼을 잡으며 일장 연설을 늘어놓았다.

"그리고 약속했을 텐데. 동호회를 부활동으로 승격시킬 때까지 함께하겠다고. 이번 일이 학교 측의 인정을 받으면 지난번 소동을 무마할 수 있을지도 몰라. 그렇게 되면 브레이크댄스 동호회는 정식 부활동으로 승격할 수 있겠지."

"으……."

유일하다시피 한 약점을 찔리는 바람에 로즈는 더 이상 반박하지 못했다.

그걸 본 니시노는 기다렸다는 듯 7대3 가르마에게 말을 이었다.

자기가 모두의 의견을 대표하기라도 하듯 의기양양한 말투였다.

"폐를 끼칠 것 같기는 하지만, 당분간 우리를 지원해줬으면 좋겠군."

"……."

이 자식, 왜 이렇게 태도가 건방져?

벌써 업계 사람이라도 된 것처럼 굴잖아.

시니컬하기 짝이 없는 니시노의 말에 7대3 가르마는 진심으로 기분이 더러워졌다.

◇◆◇

니시노 일행이 교장실에서 이런저런 의논을 벌이고 있는 동안,

반장은 조바심에 어쩔 줄 몰라 하고 있었다.

사건의 발단은 조회 시간에 별생각 없이 단말기를 켜서 동영상 투고 사이트 메인화면을 들여다본 것이었다. 그 메인화면에 다름 아닌 자신의 모습이 대문짝만하게 걸려 있었던 것이다. 어젯밤에 방에서 촬영한 댄스 생방송이 어째선지 일반 동영상으로 공개되어 있었다.

당황한 반장은 꾀병을 부려서 1교시 수업을 쉬었다.

그녀의 발걸음은 요리실이나 가정실 등, 전문 과목 교실이 늘어선 교사의 여자 화장실로 향했다. 수업 소리가 멀리서 들려오는 화장실로 들어간 그녀는 변기에 걸터앉는 동시에 황급히 단말기를 꺼냈다. 그리고 절박한 표정으로 그 내용을 확인했다.

"어, 어떡해……."

그녀는 자신이 어젯밤 했던 방송을 제삼자가 녹화해서 공개했다는 것을 깨달았다. 본인은 실시간으로만 나가는 생방송일 거라는 생각에 온갖 대담한 짓을 했는데, 시청사는 그걸 가차 없이 저장해서 업로드한 것이다.

게다가 업로드된 그 동영상에는 터무니없는 제목까지 붙어 있었다.

그 제목이란 바로, 현역 여고생의 변태 스패츠 댄스.

난생처음으로 인터넷 너머에 도사린 악의를 접한 시미즈 치카코, 16세.

더 큰 문제는 그 영상의 어마어마한 조회수였다.

리벤지 포르노가 널려 있는 요즘 세상에서 그런 동영상이 올라와 봤자 조회수는 기껏해야 수만 번 정도 나오면 잘 나오는 편이라 할 수 있었다. 그런데 어째선지 이 동영상에는 수십만 번이라는 어마어마한 조회수가 찍혀 있었다.

덕분에 본의 아니게 오늘의 조회수 랭킹에 입성하게 된 것이다.

"아……."

그것을 확인한 반장은 즉시 판단했다. 동영상을 삭제시켜야겠다고.

그녀는 동영상을 재생해 보고 절실히 깨달았다. 자신이 어젯밤에 얼마나 민망한 꼴을 보였는지를. 심야의 감성에 몸을 맡긴 결과, 누가 봐도 민망하기 그지없는 댄스 영상이 유출되었고, 그 충격이 한없이 가라앉아 있던 아침의 두뇌를 강렬하게 직격했다.

어젯밤에는 신나서 생방송을 했던 시미즈였지만, 이렇게 차분하게 동영상을 보고 나니 자신이 생각했던 것 이상으로 볼썽사납고 상상했던 것 이상으로 처참했다는 것을 깨달았다. 게다가 어딘가 은근히 야하기까지 했다. 이내 후회가 그녀의 마음을 가득 채웠다.

"여러분, 제 방송을 봐주셔서 고맙다냥!"

귀에 끼고 있는 이어폰을 통해 들어온 마무리 멘트가 그녀의 머릿속에서 연신 메아리쳤다.

"으……."

친구들이 이걸 보기라도 한다면 나는 더 이상 못 살 거야. 요즘 여학생들 사이에서 흔히 볼 수 있는 가벼운 생사관이 머릿속

가득 번져서 초조함을 한층 더 부채질했다. 중퇴니 유흥업소 전락이니 하는 단어들이 어마어마한 기세로 머릿속을 휘젓고 다녔다.

마스크로 얼굴을 가리고 있었다는 게 불행 중 다행이었다. 그녀의 개인정보를 언급하는 댓글도 아직은 찾아볼 수 없었다. 하지만 가까운 사람이 동영상을 보기라도 하면 안전을 장담할 수 없다.

사람들이 부추겨도 마스크를 안 벗기를 잘했다. 생방송이니까 조금 정도는 얼굴을 드러내도 되지 않을까 하는 생각도 했었지만, 결국 끝까지 안 벗은 채로 마무리해서 정말 다행이었다. 그런 알량한 안도감을 품은 채, 그녀는 부지런히 단말기를 조작했다.

"지워야 해. 빠, 빨리 지워야 해……."

황급히 동영상 사이트 여기저기를 둘러보며 동영상 삭제 방법을 찾아다녔다. 도움말과 Q&A를 경유하며, 저작권, 초상권 운운하는 어려운 단어들이 가득한 페이지를 샅샅이 살펴서 삭제에 필요한 절차를 확인했다.

그리고 그 절차가 그녀의 생각보다 훨씬 복잡하다는 것을 깨달았다.

"삭제하는 게 왜 이렇게 어려운 건데?!"

아무도 없는 여자 화장실에서 분노에 찬 그녀의 목소리가 메아리쳤다.

그러다가 어느새 찾아낸 개인정보 입력 페이지.

지금까지 알아낸 정보가 정확하다면, 영상 삭제를 요청하려면 여기서 필요 정보를 입력해야 했다.

"어……."

거기에는 신청자의 본명뿐만 아니라 연락처와 주소까지 입력하게 되어 있었다. 게다가 그 입력 페이지 끝에는 입력한 내용은 법적 의미를 갖게 되니 책임을 져야 한다는 둥, 10대 젊은이가 보기에는 상당히 위압적인 문구까지 적혀 있었다.

"도, 도대체 왜 피해자가 집 주소까지 입력해야 하는데?!"

반장의 정신은 한계에 도달해 있었다.

동영상뿐 아니라 본명과 주소까지 노출되기라도 한다면 사회적으로 매장당할 게 분명하다. 그렇게 생각하니 마음이 찢어질 것 같았다. 지금 이 순간, 그녀는 세상 누구도 믿을 수가 없었다. 텍스트 입력란이 원망스러워서 견딜 수가 없었다. 할 수만 있다면 손톱으로 갈기갈기 찢어버리고 싶었다.

"……."

하지만 그녀에게 다른 선택지는 없었다.

이런 외국계 사이트에서는 전화 상담을 잘 받지 않는다는 것을 현대의 여고생인 시미즈는 잘 알고 있었다. 효율화, 자동화, 비용 절감, 그런 시대의 흐름 덕분에 생겨난 쿨하고 세련된 최고의 서비스가 가진 위력을 온몸으로 실감하게 되었다.

"알았어, 하면 될 거 아냐……."

마치 도마 위의 생선이 된 기분이었다.

마음을 다잡고 본명과 주소를 입력하는 반장.

화면을 터치하는 손가락이 바들바들 떨리고 있었다.

정말 괜찮은 걸까? 여기 입력한 개인정보가 유출될 걱정은 없는 걸까? 애초에 이렇게 문의한다고 해서 동영상을 삭제해주기는 할까? 역시 인간적인 면에서 이런 건 전화로 직접 문의하는 게 나을 텐데, 운운.

가슴속에 불안이 가득했다.

그렇다고 다른 사람에게 의논할 수도 없는 문제였다.

자기 힘으로 해결하는 수밖에 없었다.

시미즈 치카코, 난생처음 겪는 고독한 싸움의 순간이었다.

"……."

반장은 제법 긴 시간을 들여서 사이트의 안내문에 적힌 대로 개인정보 입력을 마쳤다.

내용에 착오가 없는 것을 확인하고, 마지막으로 제출 버튼을 눌렀다.

그러자 화면이 바뀌어, 문의가 정상적으로 처리되었음을 알리는 페이지가 디스플레이에 표시되었다. 에러 메시지가 나오지 않은 것에 안도하고 가슴을 쓸어내렸다.

그런데 바로 그 직후, 단말기가 부르르 진동했다.

"어?!"

예상치 못한 진동에 반장의 몸이 얼어붙었다.

순간, 단말기를 떨어뜨릴 뻔했다.

아니, 떨어뜨렸다.

변기에 퐁당.

"……."

하필이면 다리를 벌린 채 앉아 있었고, 손에서 떨어진 단말기가 두 다리 사이로 빠지더니 딱 소리를 내며 변기에 부딪친 끝에 변기 구멍에 걸린 채 가라앉아 있었다. 단말기 크기를 고려하면 구멍 저편으로 흘러갈 염려는 없어 보였지만, 그렇다고 변기 물에 빠졌다는 사실이 달라지는 건 아니었다.

그녀는 경악한 눈으로 변기 속에 있는 자신의 단말기를 쳐다보았다.

단말기는 변기 속에서 여전히 진동하고 있었다.

사전 탑재된 애플리케이션의 성능은 형편없지만, 이상하리만치 방수 성능 하나는 뛰어난 일제 단말기였다.

"으, 으으……."

반장은 절망의 나락에 빠져 있었다.

건질 것인가, 건지지 않을 것인가.

물론 지금의 그녀에게 건지지 않는다는 선택지는 존재하지 않았다.

"……."

반장은 태어나서 처음으로 변기 속에 손을 집어넣었다.

변기 속에서 꺼낸 단말기를 손에 든 그녀는 눈물이 그렁그렁한 채 화장실 휴지를 뜯어 단말기 표면을 닦았다. 자기보다 전에 이 칸을 사용한 사람이 큰일을 본 게 아니었기를. 그런 이기적인 소원을 빌며 열심히 물기를 닦았다.

몇 분쯤 부지런히 손을 움직였을까.

겨우 물기가 완전히 사라진 단말기 전원 버튼을 눌러 보았다.

그러자 화면에 문자 도착을 알리는 알림이 보였다. 발신자 이름으로 보아, 방금 보낸 문의에 대한 자동 답변이 그녀의 번호로 발송된 모양이었다.

"뭐, 뭐야. 깜짝 놀랐잖아……."

반쯤 체념한 심정으로 문자를 확인했다.

그녀의 짐작대로 문자의 내용은 전형적인 자동 발신 문구였다. 지극히 사무적이고 담담한 내용이었다. 문의사항에 대해 조사하려면 다소 시간이 걸릴 수도 있고, 경우에 따라서는 확인 전화를 할 수도 있다는 내용이 적혀 있었다.

"……."

현역 여고생의 사회적 생명이 걸려 있는 문제인데 조금 더 성의 있게 대처해도 되는 것 아닐까. 인간미라고는 찾아볼 수 없는 그 문자를 본 반장의 가슴속에는 일방적인 울분이 솟구쳐 올랐다.

평소에는 '그냥 인터넷으로 하면 되잖아'라느니 '왜 귀찮게 전화로 얘기해야 해?'라는 식으로 쿨하게 굴던 요즘 여고생 시미즈. 하지만 막상 본인이 궁지에 내몰리고 나니, 전화 상담 최고. 일본어 전화 상담이야말로 고객 만족. 여보세요. 여보세요.

여보세요, 라고 말하고 싶었다.

사람의 온기를 느낄 수 없는 의사소통에 반장의 마음은 싱숭생숭했다.

◇◆◇

그날 수업이 끝난 후, 브레이크댄스 동호회 멤버들은 활동 장소인 교실에 집합했다.

찬성 다수로 결정된 음악 이벤트 참가. 그에 따른 앞으로의 활동 방침에 대해 의논하기 위해서였다. 오늘 오전에 교장실에서 7대3 가르마가 얘기해 준 이벤트 스케줄에 맞추어, 앞으로 일지일 동안의 일정을 결정할 필요가 있었다.

“그, 그럼 회의를 시작하겠습니다.”

전원이 모인 것을 확인한 무코우사카가 말했다.

여러 번 이벤트에 참가한 경험을 가진 그도 이번에는 긴장한 기색이 역력했다.

동호회 멤버들이 이벤트 참가를 승인한 직후에 7대3 가르마가 그들에게 얘기한 주문 때문이었다. 그는 의논을 마치고 헤어지기 직전에 인터넷 사이트에 업로드된 것과 같은 레퍼토리로 쇼케이스 무대를 꾸며 달라는 게 그의 요구였다.

이 주문에는 타케우치도 당혹감을 감추지 못했다.

덕분에 그의 생각은 처음과는 달리 이벤트 불참 쪽으로 기울어 있었다.

“무코우사카, 역시 이건 거절하는 게 낫지 않았을까?”

“……여, 역시 그렇겠죠?”

무코우사카와 타케우치는 어른들의 지저분한 술수를 피부로 느꼈다.

뛰어다니고, 몸을 날리고, 걷어차이고, 나가떨어졌던 그때의 그 무대를 똑같이 재현하는 건 타케우치로서는 도저히 불가능했다. 그도 그럴 것이, 일련의 액션은 훈남의 의지로 이루어진 것이 아니었기 때문이다. 그때 그는 그저 볼링공에 맞은 볼링핀 같은 신세였을 뿐이다.

한편 니시노는 조금도 개의치 않는 기색이었다.

"이미 한 번 무대에서 공연해 봤으니까 너무 움츠러들지 말고 도전해 보는 게 어때? 귀한 기회이기도 하고, 실수한다고 해서 죽는 것도 아냐. 우리도 최대한 도와줄 생각이고."

근처 편의점이라도 가는 듯 가벼운 분위기였다.

긴장감이라고는 찾아볼 수 없었다.

따지고 보면, 지금까지 평범남이 해 온 일들에 비하면 이 정도는 압도적으로 쉬운 내용이었다. 게다가 실수한다고 해서 엄청난 대가를 치르는 것도 아니니 굳이 긴장할 필요도 없었다. 체육 수업 때 탁구 시합에 나서는 것과 별반 다르지 않은 감각이었다.

타케우치 입장에서는 그 태도가 영 거슬렸다.

이 녀석은 왜 이렇게 차분한 거야, 하고 스트레스가 솟구쳐 올랐다.

만약 방금 그 말을 타로스케가 들었더라면, 니, 니시노가 그렇다면 그렇게 해야지, 라는 둥 중얼거리면서 순순히 따랐을지도 모른다. 하지만 타케우치는 사정이 달랐다. 평범남이 도와준다고 해서 마음이 놓일 훈남이 아니었다.

"로즈는 어떻게 생각해? 아무래도 너무 무리하는 건 좀 아닌 것 같아. 공연이 망한다고 해서 죽는 건 아니겠지만, 앞으로 살아가면서 사람들에게 이런저런 시선을 받을지도 모르잖아? 공연은 영상으로도 남을 테고, 입시 준비에도 악영향을 끼칠지도 몰라."

타케우치는 니시노를 무시하고 로즈를 향해 물었다.

그는 어떻게든 참가를 중지하고 싶은 심정이었다. 비록 연예계 진출을 꿈꿔 온 그였지만, 볼링핀 신세로 진출하는 건 의미가 없었다. 게다가 7대3 가르마의 주문대로 하면, 지난번 이벤트 때 그랬던 것처럼 여장하고 춤춰야 한다는 뜻이 되지 않는가.

하지만 로즈에게서 돌아온 대답은 그의 기대를 벗어나는 것이었다.

"아니, 일단 하기로 결정했으니까 끝까지 하는 게 좋을 것 같아."

"……끄, 끝까지 하겠다고? 로즈는 아까 반대에 한 표 던지지 않았어?"

타케우치의 말을 들으면서 로즈는 퍼뜩 떠올렸다.

이게 절호의 기회가 될 수도 있다는 것을.

"어쨌거나 흔치 않은 기회를 얻었으니까, 도전해 보는 것도 나쁘지 않을 것 같아서."

"그, 그래?"

그리고 그녀를 끌어들이면 가브리엘라도 저절로 같이 낚여 오는 것이 현재 브레이크댄스 동호회의 다수결 사정이었다. 로즈의 가슴과 허벅지를 훔쳐보고 있던 시선이 그 자리에 있던 부원들에게로 옮겨갔다.

"언니가 참가하신다면 저도 참가할게요."

"그래? 마음대로 해."

"제가 안 나가면 그 남자도 활약하기 힘들 테니까요."

가브리엘라는 로즈 옆에 서 있는 니시노를 쳐다보며 말했다.

그것은 지난번 이벤트 때 그의 턱에 날렸던 발차기를 두고 한 말이었다. 그녀가 평범남에게 날렸던 그 일격이 세간의 주목을 받게 만든 아크로바틱한 액션으로 이어지는 방아쇠 노릇을 했던 것이다.

그게 빠지면 7대3 가르마의 요구를 충족시키기 힘들어진다.

"……본의로 그런 건 아니었지만, 어쨌든 저쪽의 주문은 최대한 따를 생각이야."

"자기 입으로 찬성했으니까 당연히 그 정도는 해야죠."

하지만 말은 그렇게 하면서도 그녀는 아직 위축되어 있었다. 니시노에 대한 반발심 때문에 농담을 던지기는 했지만, 아직 그가 불편하게 느껴지는 기색이었다. 표정은 웃고 있다고 해도 발언하면서 자기도 모르게 반 발짝 뒷걸음질 치고 있었다.

그리고 니시노, 로즈, 가브리엘라가 찬성에 표를 던지면서 다수결은 다시 찬성 다수로 가결되었다.

"그럼, 저, 참가하는 쪽으로 진행할 텐데요……."

무코우자카는 그렇게 말하더니 이벤트에 대비한 스케줄을 전달했다.

이러니저러니 해도 브레이크댄스에 대한 사랑과 상승 욕구가 넘치는 공격수였다. 그리고 어차피 그는 무대 중앙에서 담담하게 춤만 출 뿐, 니시노나 타케우치처럼 아크로바틱한 퍼포먼스를 선보일 필요는 없으니 딱히 부담을 느낄 필요도 없었다.

"……."

타케우치는 처음으로 학교 안에서 고독을 맛보았다.

요즘 들어 이런 일이 늘어난 것 같아, 하고 그는 마음속으로 되까렸다.

◇◆◇

그날 밤, 시미즈는 자기 방에서 파랗게 질린 얼굴로 떨었다.

"어, 어떡해. 어쩌면 좋아……."

1교시 수업을 빼먹어 가면서까지 동영상 삭제를 요청한 보람이 있는 건지, 현역 여고생의 변태 스패츠 댄스 영상은 동영상 사이트에서 내려갔다. 그 사실을 확인한 것은 점심시간이었다. 뭐야, 의외로 빨리 처리해 주잖아. 반장은 기분 좋게 오후 수업에 임할 수 있었다.

하지만 집에 돌아와서 휴식을 취하려 했을 때, 그것이 그녀의 눈에 들어왔다.

현역 여고생의 변태 스패츠 댄스.

낮에 동영상이 삭제된 곳과는 다른 사이트였다. 좋아하는 밴드의 노래를 들으면서 공부하려고 노트북 단말기로 동영상 사이트를 열었다가 그 메인화면에서 끔찍한 제목을 다시 발견한 것이었다.

"이거 혹시……."

반장은 바들바들 떨면서 단말기 키보드를 두드렸다. 검색창에 그 끔찍한 문자열을 입력했다. 굴욕감 때문에 뱃속이 타들어 갈 것 같은 감각을 느끼면서도 애써 마음을 다독이며 검색 버튼을 눌렀다.

동영상 검색.

그러자, 그녀가 염려했던 결과가 디스플레이에 표시되었다.

"아……."

각양각색의 동영상 사이트 주소와 함께, 문제의 동영상이 검색되었다.

현역 여고생의 변태 스패츠 댄스, 여고생의 변태 댄스, 현역 여고생의 스패츠 댄스, 진짜 여고생의 현역 스패츠 댄스, 변태 여고생의 현역 스패츠 댄스, 스패츠 댄스의 현역 변태 여고생, 현역 여고생의 BSD.

한두 개가 아니었다.

3개, 4개, 5개, 잔뜩.

"……."

반장의 머릿속은 새하얘졌다.

게다가 동영상 사이트들과 함께 동영상 사이트의 화제를 다루는 사이트에서 영상 스크린샷을 올린 것도 눈에 씌었다. 그녀가 춤추는 모습을 본 시청자들이 보내온, 때로는 따뜻하고 때로는 냉정한 수많은 감상들과 함께.

"이게 다 뭐야……?"

넋이 나간 채 검색 화면을 스크롤했다.

그리고 반장은 검색된 영상들 중에 브레이크댄스 동호회의 댄스 동영상이 있는 것을 발견했다. 며칠 전에 학교에서 화제가 됐던 동영상이었다. 공개 주체를 둘러싸고 학교 안에서 유혈사태까지 벌어진 바 있었다.

반장은 머뭇머뭇 페이지 내 검색창을 켰다. 생각만 해도 끔찍한 문자열을 입력해서 문자열에 강조 표시를 넣었다. 그리고 그 하이라이트는 동영상의 댓글에도 있었다. 이미 삭제된 그녀의 동영상에 대한 링크의 잔해였다.

보아하니 그 링크가 도화선이 되어서 그녀의 동영상 조회수가 집중된 모양이었다.

아직 젊은 나이건만 반장은 인터넷 사이트 검색 엔진 최적화의 중요성을 뼈저리게 깨달았다.

"빠, 빨리 지워야 해……."

기어 들어갈 것 같은 목소리로 중얼거린 반장은 마우스와 키보드를 조작했다.

그 모습은 마치 날마다 업무에 찌들어 사는 야근 시간의 직장인을 방불케 했다.

오전에 했던 작업 때문에 다소의 요령은 파악했다. 검색에 걸린 동영상 사이트를 돌며 현역 여고생의 변태 스패츠 댄스 삭제를 요청했다. 하나, 또 하나, 학교 숙제도 제쳐두고 작업을 진행했다.

현역 여고생의 주소와 본명을 거침없이 텍스트 박스에 입력했다.

그러다 어느새 날짜가 바뀌어 있었다.

그래도 그녀는 절대 포기하지 않고 작업을 계속했다. 도쿄 외국어대 지망생다운 일처리 솜씨였다. 다만, 나름대로 자신이 있던 그녀의 영어 실력도 외국 사이트 앞에서는 무용지물이었다. 덕분에 시간은 눈 깜짝할 사이에 흘러갔다.

그래도 어떻게든 해가 뜨기 전에 작업이 마무리되어 갔다.

남은 사이트는 두 개.

반장의 뇌리에 작은 희망이 보이기 시작했다.

그때 일어난 일이었다.

"이게 뭐야……."

이 마당에 그녀 앞을 가로막는 벽이 있었다.

그것도 아주 거대한 벽이었다.

"이런 게 어디 있어? 말도 안 돼! 이걸 어떻게 하라는 거야?"

사이트 메인화면을 보자마자 그녀의 육체는 절망에 전율했다.

이성을 잃은 듯이 언성을 높이는 시미즈.

그 화면에는 자신의 영상과 함께 대량의 키릴 문자가 나열되어 있었다. 도메인명도 RU로 끝났다. 사이트를 이 잡듯 뒤져 봐도 언어 선택 항목은 찾을 수가 없었다.

"으으……."

영어 사이트에 조치를 취할 때도 사전까지 뒤져 가며 한참의 시간을 들여서 겨우 작업했었다. 그런데 이건 로마자로 된 사이트도 아니니, 메일을 통해 의사소통을 하는 것만도 보통 고생이 아닐 터였다.

아니, 그 이전에 계정을 만드는 것만 해도 보통 일이 아닐 것이었다.

하물며 고객 문의를 통해 작업하는 건 그야말로 꿈만 같은 일이었다.

"우우우우……."

반장의 두뇌 용량은 결국 한계에 다다랐다.

몸에서 힘이 다 빠져나가서, 마치 진탕 술에 취한 샐러리맨처럼 의자에서 미끄러졌다. 그녀는 그대로 바닥을 뒹굴뒹굴 굴러서 드러누웠다. 치마가 걷어져 올라갔지만 그런 것에 신경 쓸 여유도 없었다.

"……."

눈가에는 어렴풋이 눈물이 맺혀 있었다.

생방송, 무서워.

동영상 스트리밍, 무서워.

인터넷, 무서워.

누가 나 좀 구해줘.

반장의 멘탈은 어느덧 한계에 가까워져 가고 있었다.

〈부활동 13〉

누군가는 기대감에 가슴이 부풀어 있었다. 누군가는 절망에 신음하고 있었다. 누군가는 한가해서 어쩔 줄 몰라 하고 있었다. 그런 사람들의 사정 따위는 개의치 않고 시간은 담담하게 흘러갔다. 어느새 며칠이 지나서, 주말이 코앞에 찾아왔다.

니시노와 브레이크댄스 동호회 멤버들 입장에서는 댄스 이벤트를 하루 앞둔 금요일이었다.

오후 6시를 조금 지난 시간이었다. 무코우사카를 필두로 한 츠누마 고등학교 브레이크댄스 동호회 멤버들은 학업을 마치자마자 곧장 오다이바로 향했다. 안내하러 온 7대3 가르마 말로는 지금부터 리허설을 할 거라고 했다.

"저기, 이, 이벤트장으로 가는 거 아니었어요?"

타케우치가 당황해서 7대3 가르마에게 물었다.

그들을 데리러 학교까지 온 차를 타고 보니, 차가 그들을 데리고 간 곳은 이벤트장이 아닌 그 근처 호텔의 호텔이었다. 브레이크댄스 동호회 일행은 정장 차림의 7대3 가르마 뒤를 따라 호텔 입구를 종종걸음으로 지나, 호텔 고층에 있는 복도를 걷고 있었었다.

리허설장은 이곳에서 조금 떨어진 야외에 있었다. 무대 설비는 이미 설치가 끝나서 조명이 켜져 있었다. 이벤트를 하루 앞두고 리허설이 한창이라 창문을 열면 사방에서 리허설 소리가 들려왔다.
"리허설 전에 인사할 사람이 있어서 말이죠."
7대3 가르마는 빠른 발걸음으로 걸으면서 대답했다.
참고로 그와는 츠누마 고등학교 교장실에서 만난 이후로 두 번째 만나는 것이었다. 정말 이 정도 준비로 괜찮은 걸까, 하고 타케우치는 내심 심란했다. 댄스 연기 자체가 신비로운 힘에 의해 성립된 것이었던 만큼, 사정을 모르는 훈남은 불안감을 감출 수 없었다.
실제로 이벤트 참가가 결정된 날부터 지금에 이르기까지, 애드리브로 이루어진 문제의 장면에 대한 연습은 한 번도 한 적이 없었다. 그들이 그동안 연습한 건 모두 다 함께 춤추는 부분뿐이었다.
그건 당사자인 로즈와 가브리엘라가 그 점은 걱정하지 말라고 호언장담했기 때문이었다. 그렇게 되니 타케우치도 더는 요구하기 힘들었다. 섣불리 강행했다가는 그렇게 얻어맞고 싶은 거냐는 이상한 인상을 심어줄 수도 있었다.
한편 니시노는 조금도 동요하는 기색이 없었다.
"호오, 그 사람 이름이 뭐지?"
7대3 가르마의 말을 듣고 의기양양하게 말했다.
그랬더니 바로 질책이 날아들었다.
"당신은 말하지 마시죠."
"……."
그들의 매니저는 타케우치보다도 더 단호하게 말하는 인물이었다. 덕분에 훈남은 약간이나마 속이 시원해졌다. 지금까지 자신들의 행동을 돌이켜보며, 어쩌면 지금까지 우리가 니시노를 너무 오냐 오냐 했던 것은 아닐까 하는 생각에 잠겼다.

"지금 만날 사람은 진짜 높은 분이시니까, 말할 때는 최대한 주의하시길."

"아, 알았어요."

7대3 가르마의 말에, 타케우치가 모두를 대표해서 대답했다.

인솔하는 그의 단호한 말투에서 훈남은 업계의 관록 같은 것을 느꼈다. 만약 타로스케가 같이 있었다면 7대3 가르마도 이렇게 거만하게 굴지는 못했을 것이다. 7대3 가르마라는 인물은 강한 자에게 약하고 약한 자에게 강한, 전형적인 이 업계 남자였다.

"여깁니다."

이 호텔에서 가장 비싼 방.

객실로 들어가는 문 앞에서 7대3 가르마의 발걸음이 멈추었다. 옆방 입구가 보이지 않는 것만 봐도 상당히 값비싼 방일 거라는 걸 짐작할 수 있었다. 당연히 거기서 묵는 사람도 상당히 높은 지위일 것이었다.

7대3 가르마가 들고 있던 카드키를 문에 갖다 댔다.

"실례합니다."

짤막하게 양해를 구하더니 복도에서 객실로 발걸음을 들여놓았다.

브레이크댄스 동호회 멤버들도 그 뒤를 따랐다.

현관홀 같은 공간을 지나서 객실 내 복도를 걸어가니, 드넓은 거실 겸 식당이 나왔다. 침실 옆에는 바 카운터와 피아노까지 놓여 있었다. 그리고 객실 내 복도 여기저기는 다른 침실로 통하는 문이 여러 개 나 있었다. 상당히 넓은 객실이었다.

발코니가 딸려 있는 객실 벽에는 전면 유리로 통창이 나 있고, 거기서 보이는 광경은 아름다운 조명이 비추는 오션뷰. 마침 해가 저물어 가는 시간이라서 반짝반짝 빛나는 레인보우 브리지의 모습이 훤히 내려다보였다.

누가 보기에도 비싸 보이는 방이었다.

문제의 인물은 그 객실 거실에 놓여 있는 소파에 걸터앉아 있었다.

"인사하세요. 이 이벤트를 주최하시는 분입니다."

7대3 가르마가 브레이크댄스 동호회 멤버들을 향해 지시를 내렸다.

그 말투는 지금까지 들었던 것보다도 한층 더 엄숙했다.

"오가타야 타로스케의 뒤를 봐주는 분이기도 하지."

갑자기 존경하는 사람의 이름이 등장하는 것을 듣고, 타케우치의 기대감이 급상승했다. 어쩌면 나에게도 기회가 올지도 모른다. 가슴이 두근두근 콩닥콩닥 뛰기 시작했다. 장래의 연예계 생활이 그의 뇌리에 그려졌다.

"아뇨, 아뇨, 젊은 사람들에게 그렇게 닦달하면 안 되죠."

그렇게 대답하는 높으신 분의 얼굴은 밝았다.

7대3 가르마가 열심히 띄워준 덕분인지, 대답도 기분이 좋아 보였다. 소파 앞에 늘어서 있는 브레이크댄스 동호회 멤버들을 보며 싱글벙글 사람 좋은 웃음을 짓고 있었다. 대충 보아하니 나이는 60대 초반 정도. 와이셔츠에 청바지를 입은 초로의 신사였다.

다만, 은근히 탄력 있고 윤기가 도는 얼굴의 피부와는 달리, 손가락 관절에는 깊은 주름이 있는 것을 보면, 실제 나이는 그보다 조금 더 위인 듯했다. 머리 난 모습이 어딘지 어색한 것으로 추측하건대 성형수술을 여러 번 거쳤음을 짐작할 수 있었다.

"이렇게 앉아서 얘기해서 미안합니다. 요즘 허리가 안 좋아서 말이죠."

노인은 한손으로 술잔을 집어 들고 유쾌하게 말했다. 그가 그렇게 기분이 좋은 이유는 단 하나, 아름다운 로즈와 가브리엘의 존재 때문이었다. 높으신 분의 시선은 자연스럽게 그녀들의 가슴이며 하복부 쪽을 흘깃거리고 있었다.

브레이크댄스 동호회 멤버들이 이곳에 불려온 것은 그 두 사람 때문이었다. 애초에 이번 이벤트에 갑자기 그들을 캐스팅한 것도 반쯤은 두 서양 로리타의 모습에 높으신 분이 흥분한 게 원인이었다. 동영상의 화제성은 허울 좋은 구실일 뿐이었다.

그렇게 한껏 들뜬 높으신 분에게 찬물을 뿌리는 녀석이 있었다.

"아아, 이 사람이 후견인인가 보군."

"으……"

니시노였다.

말조심하라고 몇 번을 말했는데. 그렇게 타박하는 듯한 7대3 가르마의 시선이 평범남에게 날아들었다. 그 표정은 마귀가 따로 없었다. 넌 제발 그냥 닥치고 있어, 라고 당장이라도 끼어들고 싶은 마음이 굴뚝같았다.

초로의 노인도 놀라기는 마찬가지였다. 상대가 이렇게 거리낌없이 반말을 던질 줄은 생각도 못 했던 모양이다. 젊은이의 경솔한 발언에는 누구보다 민감한 나이였다. 비대화한 그 자만심은 아마 죽을 때까지 낫지 않을 터였다.

"요, 요즘 젊은이들은 패기가 있어서 좋군요."

그는 바들바들 떨리는 목소리로 뇌까렸다.

그리고 그 시선은 7대3 가르마를 매섭게 쏘아보았다.

"죄송합니다! 미, 미리 주의를 줄 만큼 줬는데……."

"저는 괜찮습니다. 세상 돌아가는 이치는 이제부터 알아 가면 되니까요."

높으신 분은 싱글싱글 웃음을 유지한 채 니시노를 쳐다보며 말했다. 말투는 온화하지만 그 눈에는 조금도 웃음기가 없었다. 이 자식, 가만 안 두겠어. 이 자식, 절대 가만 안 두겠어. 그의 눈빛에서는 그런 짙은 분노의 감정이 느껴졌다.

하지만 평범남에게는 전혀 상관없는 일이었다.

"그래, 잘 부탁하지."

"으……."

니시노 입장에서 높으신 분이란 얕보이면 안 될 거래 상대 정도의 포지션일 때가 많았다. 이를테면 마키스의 바에서 만났던 의뢰인들이나, 필요한 물자를 구입할 때 거래하는 바이어들의 우두머리 같은 사람들이었다.

이번에도 그런 사람들을 대할 때와 별반 다르지 않은 태도로 이 자리에 온 것이다.

하지만 주위에 있는 어른들은 그런 식으로 생각할 수 없었다. 소파에 걸터앉아 있는 높으신 분은 일본을 대표하는 업계의 중진이었으며, 이 방에 불려 온 젊은이들은 그 밑에서 일할 수습생 신분에 불과했다. 높으신 분과 7대3 가르마는 그렇게 여기고 있었다.

그랬기에 높으신 분은 그들을 만난 지 얼마 되지도 않아서 웃음기를 유지하기 힘들어졌다. 숨길 수 없는 분노에 미간 언저리가 움찔움찔 경련하기 시작했다. 이 자리에 있는 두 사람의 의식 차이가, 시원찮던 노인의 심장 박동을 더없이 격렬하게 만들었다.

그 자리에 있던 타케우치는 안절부절 못하고 있었다.

"오, 오늘 잘 부탁드립니다!"

호들갑스럽게 고개를 숙여서 인사했다.

니시노가 계속 멋대로 굴도록 방치할 수는 없었다. 황급히 평범남을 배제하려 들었다. 이 절체절명의 자리에서 권력으로부터 몸을 지키는 데 급급했다. 배를 까뒤집고 복종을 선언하는 강아지처럼, 성심성의껏 인사했다.

"아아, 그래요. 이벤트 무대, 한번 잘해 보세요."

"감사합니다!"

그런 훈남의 모습을 보고 높으신 분은 조금이나마 기분이 나아졌다.

높으신 분은 남이 자신을 떠받드는 걸 좋아했다.

남들이 자신에게 아부 떠는 걸 좋아했다.

하지만 그보다 더 좋아하는 건 젊고 예쁜 여자였다.

"그나저나 아가씨들은 둘 다 미인들만 모였군요."

그 시선이 로즈와 가브리엘라에게 옮겨갔다.

높으신 분 입장에서는 그녀들의 존재가 진짜 용건이었다. 이렇게 일부러 면회 자리를 마련한 것도 그 때문이었다. 대륙의 문화가 국내의 문화계를 압도하고 있는 지금, 백인 로리타 둘이 자기 손에 굴러들어온 이 귀중한 기회는 더없이 매력적으로 느껴졌다.

어떻게든 그 둘을 차지하고 말겠다는 생각에 무리수인 줄 알면서도 이벤트에 그들을 끼워 넣은 것이다.

"……뭐죠?"

그 시선이 의미하는 것을 알아챈 것이리라.

로즈는 언짢은 기색이 역력한 말투로 대꾸했다.

"혹시 이 업계에 관심 있나요? 여러분만 괜찮으시다면 앞으로도 같이 일해 볼까 해서 말입니다. 그 동영상뿐만이 아니에요. 여러분은 사람들을 매료할 수 있는 재능을 갖고 있습니다."

"……."

"괜찮다면 오늘 밤에 이 방에서 자세한 이야기를 나눠 볼까요?"

높으신 분은 흑심이 가득했다.

그걸 본 타케우치도 마음에도 동요가 생겨났다. 좋아하는 여자를 눈앞에서 빼앗길 위기였다. 게다가 상대는 방금 자신이 아부를 떨었던 인물이었다. 남자 입장에서 이 정도로 꼴사나운 전개는 없을 것이다.

한편, 평범남은 기다렸다는 듯이 대화에 끼어들었다.

"그거 참 볼만하겠군. 좋은 기회이니까 한 번 도전해 보는 게 어때?"

학교 친구들과 함께 연예계 관계자를 만나는 토크 타임. 실생활에서의 충실함을 꿈꾸는 청춘 원리주의자인 그에게 그것은 놓칠 수 없는 절호의 기회였다. 막무가내로 대화에 끼어들어서는 로즈를 부추기고 들었다.

테라스 쪽으로 난 유리창 너머로 한가득 펼쳐진 화려한 야경이 니시노의 시니컬한 부분을 기분 좋게 자극했다. 멋있는 척 씨익 웃는 평범남의 기분은 점점 더 들떠 가고 있었다.

그에게 푹 빠져서 가랑이가 근질근질한 금발 로리타 입장에서는 못 견딜 노릇이었다.

"그런 농담은 안 했으면 좋겠는데."

"너 같은 사람들이 오히려 빠지기도 하는 법이야."

"왜 내가 서커스단의 원숭이가 돼야 해?"

태연한 척 농담을 주고받으면서도 그녀의 가랑이는 촉촉하게 젖어 들고 있었다.

아아, 니시노는 정말 야경에 잘 어울리는 남자 같아, 운운. 따뜻한 색감의 간접조명 덕분에 약간이나마 이목구비가 또렷해진 듯 보이는 평범남의 평범한 부분은 보는 사람에 따라서 안면 평균점이 약간 올라간 것처럼 보이기도 했다.

그러고 있으려니, 가브리엘라가 두 사람의 대화에 끼어들었다.

"당신, 그런 거 좋아했어요? 아이돌 뒤꽁무니를 쫓아다니는 게 나쁜 건 아니에요. 하지만 그런 취미에 너무 정열을 쏟다 보면 이성과의 거리가 점점 더 멀어질 뿐이에요."

"좋아하는 건 아냐. 내 말은 그냥, 무슨 일이든 경험해 볼 가치는 있다는 거지."

"……그런 얘기였군요."

니시노의 말을 들은 가브리엘라는 무언가 생각에 잠긴 표정을 지었다.

그 순간을 전후로 로즈의 눈빛이 한층 더 매서워졌다. 적극적으로 평범남에게 말을 거는 가브리엘라의 언동에 위기감을 느낀 것이리라. 반사적으로 입이 움직여서 가브리엘라의 행동을 추궁하듯 따졌다.

"그러는 너는 니시노의 취미를 알아서 뭘 어쩌려는 거야?"

"아아앙, 오해하지 마세요, 언니. 저는 언니와 함께라면 어디든 따라갈 거예요! 아, 혹시 지금 저한테 질투하시는 건가요?! 그렇다면 세상에 이렇게 기쁜 일은 없을 거예요!"

"너한테 물어본 내가 바보였어."

현장의 분위기는 어느새 동호회 부실처럼 변해 있었다.

이렇게 되니 무코우사카와 타케우치는 두려움에 떨 수밖에 없었다. 로즈와 가브리엘라의 정조가 달린 마당에 높으신 분에게 아부를 떠는 건 내키지 않았지만, 그렇다고 권력자와 적대할 수도 없는 노릇이었다.

갈수록 표정이 굳어 가는 높으신 분을 힐끔힐끔 훔쳐보면서, 부탁이니까 제발 여기서 끝내줘, 하고 마음속으로 기도만 드릴 따름이었다. 잇따른 무시 때문에 분노한 높으신 분의 얼굴은 어느덧 새빨갛게 달아올라 있었다.

"이, 일단 이 아이들에게 무대를 맡겨 보도록 하죠!"

7대3 가르마가 목청을 높여서 모두의 이목을 끌었다.

그 이마는 어느새 식은땀으로 축축하게 젖어 있었다.

"아, 아직 모자란 점이 많지만, 앞으로 잘 부탁드립니다!"

"……좋은 무대를 꾸며주세요."

"최, 최선을 다하겠습니다!"

일단은 마음을 다잡은 모양이었다. 더불어 적어도 다음 기회에 니시노를 여기 부를 일은 없어 보였다. 그리고 브레이크댄스 동호회 멤버들은 매니저의 인솔을 따라 방을 나섰다. 높으신 분과의 면접은 무사히 끝났다.

"……."

방을 나서는 타케우치의 표정은 어쩐지 떨떠름해 보였다.

오늘 이 순간, 이 훈남은 니시노에게 패배감을 느꼈다.

◇◆◇

그날, 마츠우라는 집에서 몇 정거장 떨어진 철물점에 있었다.

근처에 대형 쇼핑몰이 들어서는 바람에 가게마다 임대 딱지만 잔뜩 붙은 교외의 상점가. 그런 상점가에서 영업을 유지하고 있는 몇 안 되는 점포 중 하나였다. 그녀 말고 다른 손님의 모습은 찾아볼 수 없었다. 얼핏 보면 정말 영업을 하긴 하는 건지 의심스러울 지경이었다.

점포 자체는 상당히 오래된 곳이라, 세계 제2차 대전 전부터 있던 곳이 아닌가 싶을 분위기였다. 나무 격자에 흙을 채워 넣어서 만든 벽을 함석으로 보강하는 식으로 만든 벽에 최소한 몇 년은 수리한 적 없어 보이는 기와. 자동문이니 감시카메라니 하는 문명의 이기와는 거리가 멀어 보이는 건물이었다.

"……."

가게의 상태가 사전에 조사해 둔 그대로라는 것을 확인하고, 그녀는 상품을 구입하기로 마음먹었다. 여닫이문을 열고 점포 안으로 발걸음을 들여놓았다. 비좁은 가게 안에는, 바닥에서 천장까지 상품이 빼곡하게 진열되어 있었다. 그녀는 그 수많은 상품 중에서 자신이 원하는 물건을 찾아냈다.

품질 면에서 문제가 없는 것을 확인한 그녀는 그것을 들고 계산대로 향했다.

"이거 주세요."

종업원이라고는 점주로 보이는 할머니 한 명뿐이었다. 카운터 너머는 상품이 진열되어 있는 공간보다 약간 높게 만들어져 있고, 거기에는 다다미가 깔려 있었다. 할머니는 그 다다미에 놓인 방석 위에 정좌하고 있었다.

오랫동안 손님이 오지 않았던 탓인지, 본의 아니게 꾸벅꾸벅 졸고 있는 할머니에게 말을 거는 꼴이 되었다. 80대, 아니, 90

대 혹은 100세가 다 되어 가는 게 아닐까 싶을 정도로 고령의 노파였다. 얼굴과 손에는 주름이 가득했고, 그 움직임은 같은 사람이라고는 믿기 힘들 만큼 느릿느릿했다.

할머니는 카운터에 놓인 상품을 확인하더니 손님에게 가격을 얘기했다.

"네, 1,500엔입니다."

"이걸로 계산해주세요."

마츠우라는 지갑에서 꺼낸 5천 엔짜리 지폐로 값을 치렀다.

거스름돈을 받기까지는 2, 3분 정도나 되는 시간이 걸렸다.

"고마워요."

할머니가 주름투성이 손으로 건넨 지폐와 동전을 지갑에 챙겨 넣었다.

돈거래를 마친 할머니는 상품에 쌓인 먼지를 오래된 먼지떨이로 털어내고, 카운터 옆에 걸려 있던 비닐봉지 하나를 꺼냈다. 그리고 손가락이 건조해서 그런지 비닐봉지를 열지 못해 고전하면서도 간신히 상품을 집어넣었다.

"여기요."

"……감사합니다."

할머니는 하얀 비닐봉지에 든 상품을 건네주었다.

그걸 받아 든 마츠우라는 짤막하게 대답하고 발걸음을 돌렸다.

그런 그녀에게 할머니가 뒤에서 말을 걸었다.

"아가씨……."

"……왜 그러세요?"

마츠우라는 어리둥절해서 카운터를 돌아보았다.

거스름돈 계산에 문제는 없었다. 상품도 비닐봉지에 꼼꼼히 담아 주었다. 시대착오적인 점포 분위기로 미루어보아, 포인트제도 같은 게 있을 것 같지는 않았다. 그렇다면 뭔가 다른 용건이 있는 건가 싶어서 식은땀이 절로 났다.

"또 오세요. 다음에 또 오면 덤도 얹어줄게요."

할머니는 부드러운 미소를 머금고 말했다.

더없이 밝고 자상한 말투였다.

따스한 온기가 물씬 느껴지는 배웅의 말이었다.

"……."

마츠우라는 아무런 대꾸도 하지 않고 철물점을 나섰다.

◇◆◇

그날, 마키스는 자기가 경영하는 바에서 혼자 술을 마시고 있었다.

입구에는 폐점을 알리는 간판이 걸려 있었다.

"……."

카운터에 나와서 손님 자리에 앉는 건 오랜만이었다.

테이블 위에는 어떤 평범남이 좋아하는 라벨이 붙은 술병과 그 술을 따르기 위한 술잔이 놓여 있었다. 얼음이나 물은 가져오지 않았다. 쪼르륵 잔에 술을 따라서 그저 묵묵히 벌컥벌컥 목구멍으로 넘기고 있었다.

"……."

날짜가 바뀌기까지 얼마 남지 않은 야심한 시간이었다.

가게 문에 달린 방울이 딸랑딸랑 울렸다.

그 소리에 고개를 돌린 마키스의 시선에 들어온 것은 폐점을 알리는 간판을 무시하고 들어온 손님이었다. 2미터에 육박하는 거한이었다. 정장을 입었음에도 감추지 못할 정도로 우락부락하게 단련된 근육이 인상적인 사내였다.

"어머나? 가게에 파리만 날리는걸."

2번가의 남색가, 아담이었다.

오늘은 외출 때문인지 남성스러운 복장을 하고 있었다. 가발을 벗은 두발은 짧게 민 금발. 얼굴에서는 화장기를 찾아볼 수 없고, 입고 있는 정장도 남성용이었다. 모르는 사람이 보면 몸집 좋은 미남으로 보일 것이다. 영화배우가 따로 없었다.

"미안하지만 오늘은 영업 안 해."

"정기 휴일은 월요일인 걸로 알고 있는데?"

"……."

반응이 시원찮은 점주를 힐끗 쳐다보더니, 아담은 멋대로 발걸음을 옮겼다.

그리고 그는 마키스가 앉아 있는 곳에서 두 자리쯤 떨어진 카운터석에 걸터앉았다. 평소 같으면 술 한 잔쯤 내 주는 게 보통이었지만, 오늘은 바텐더의 컨디션이 안 좋은 듯, 술을 내줄 기색이 없어 보였다.

잠시 그를 향했던 시선도 이내 제자리로 돌아갔다.

"……참 별일도 다 보는걸."
"나가."
"우후후, 지금 그 모습, 제법 귀여운데?"
"……."
"근육질은 내 취향 아닌데, 그런데도 살짝 섰지 뭐야?"
아담은 연신 마키스에게 말을 걸었다. 상대를 놀리는 듯한 그 말투는 니시노와 무코우사카에게 화장을 가르쳐주던 때와 다르지 않았다. 그것이 타고난 성격인지, 아니면 캐릭터 만들기의 일환인지, 마키스는 그 사정을 알고 있을 만큼 나름 친밀한 사이였다.
하지만 마키스는 아무 대꾸도 없었다.
아담은 하는 수 없이 이 가게에 찾아온 이유를 솔직하게 얘기하기로 했다.
"당신 덕분에 간신히 목이 붙어 있을 수 있게 됐지 뭐야."
그는 품속에서 봉투를 하나 꺼내어 카운터에 내려놓았다.
제법 두꺼운 봉투였다.
하지만 마키스는 그걸 보고도 별 반응이 없었다. 아담의 행동을 의식하는 태도조차 보이지 않았다. 그저 조용히 술잔을 집어 들고, 꿀꺽꿀꺽 술을 목구멍으로 흘려 넣을 뿐이었다. 시선을 외면한 채 오가는 대화에도 성의가 없었다.
"그거 잘됐군."
"그러는 당신은 기분이 영 꿀꿀해 보이는데?"
"……."

"무섭기까지 할 정도라니까."
"……그럼 나가."
원래 말수가 적은 마키스였지만 오늘은 평소보다도 더 말을 아끼는 기색이었다.
척 보기에도 기운이 없어 보였다.
"왜 그래? 당신답지 않게."
"아무것도 아냐."
"……."
그 모습을 보고 있자니 아담도 짚이는 게 있었다.
최근 며칠 동안 둘 사이에서는 얘깃거리가 끊이지 않았던 것이었다.
"그러고 보니, 지난번에 나를 찾아왔었던 애들이 이번에 오다이바에서 열리는 이벤트에 참가한다는 소문을 들었어. 당신도 알고 있었어? 인터넷에서 인기가 폭발하는 바람에 무대에서까지 공연하게 됐다던데."
"그랬군."
"웃기는 얘기 아냐? 나는 무서워서 도저히 못 볼 것 같아."
"……용건은?"
마키스는 상대방의 말을 끊고 말했다.
더는 상대해주기 귀찮다는 듯, 그 목소리에서는 명백한 거절 의사가 느껴졌다. 그의 성격을 아는 사람이 그 말을 들었다면, 그가 호통을 칠 때보다 더 등골이 오싹해졌을 것이다.
"나는 서로 진 빚은 깔끔하게 청산하는 스타일이거든. 그래서 온 거야."

"기특한 생각이군."

"의리 있다고 표현해줘."

"마음대로 해. 할 얘기는 이제 끝났나?"

마키스는 이제야 아담 쪽으로 시선을 옮겼다.

그리고 상대를 빤히 응시했다.

서로의 시선이 마주쳤을 때, 2번가의 여장남자는 말했다.

"충고 하나 해줄게. 혹시 그 세입자가 벌어다주던 수입이 아까워서 그러는 거라면 깔끔하게 포기하는 게 좋을 거야. 아무리 당신이라 해도, 이번에는 상대가 안 좋아도 너무 안 좋아. 나쁜 말은 안 할 테니까, 소동이 잠잠해질 때까지 얌전히 있는 게 좋을걸?"

"어디까지 알고 있지?"

"글쎄, 어디까지일까?"

"……."

"내가 해줄 수 있는 얘기는 여기까지야."

둘의 시선이 마주친 것은 아주 찰나의 시간이었다.

자리에서 일어선 아담은 더 이상은 아무 말도 하지 않고 종종걸음으로 가게를 떠났다. 딸랑딸랑, 건조한 방울 소리와 함께 그 뒷모습은 이내 시야에서 사라졌다.

가게에 남은 것은 잔을 든 채로 웅크려 앉은 바텐더 한 명뿐이었다.

◇◆◇

그날, 리사는 방에서 공부하고 있었다.

커서는 아빠의 병원에서 치위생사가 되겠다는 꿈을 품고 열심히 공부했다. 내년이면 3학년이니, 대학 입시를 위해 진지하게 학업에 몰두해야 할 것이다. 최대한 좋은 대학에 들어가서 아빠를 기쁘게 해주고 싶었다.

하지만 아무리 열의가 넘친다고 해도, 2시간, 3시간씩 계속 공부하다 보면 피곤해지는 건 어쩔 수 없었다.

그래서 그녀는 기분 전환도 할 겸, 사랑하는 아빠와 얘기하러 가기로 했다.

콘도 클리닉은 토요일에도 쉬지 않고 영업한다. 그 대신, 영업시간은 평소보다 짧은 오전 9시부터 오후 1시까지. 그리고 이제 슬슬 점심시간이 다 되어 가고 있었다.

"헤헤헤, 토요일에는 아빠랑 같이 점심을 먹을 수 있어서 행복하다니까."

오전 업무를 마친 아빠와 같이 외식하는 것이 그녀에게 있어서는 휴일 일과 중에 가장 기쁜 일이었다. 오늘은 어디에 갈지 이런저런 생각을 하며, 사랑하는 아빠의 모습을 찾아서 아빠의 일터인 1층의 병원을 향해 발걸음을 서둘렀다.

계단을 내려가서 복도 모퉁이를 몇 번이나 돌아 문을 지났다.

그 뒤로는 타일이 깔린 바닥과 새하얀 벽지가 줄곧 이어졌다. 칸막이 너머로 즐비하게 늘어서 있는 의료기기들이 눈에 들어

왔다. 오늘은 다른 때보다 일찍 진료를 마친 모양이었다. 토요일 이 시간마다 들려오던 의료기기 진동음이 들리지 않았다. 불이 꺼져 있는 걸로 보아, 조금 일찍 문을 닫은 모양이었다.

리사는 마침 잘 됐다 싶어서 한 발짝 안으로 들어갔다.

그런데 그런 그녀의 귀에 문득 어떤 소리가 들려왔다.

“앗, 아앙…… 선생님, 너, 너무 좋아요…….”

“허억, 허억, 허억!”

“게다가 그리고 잡아먹을 듯이 달려드는 그 모습, 너무 귀여워요……!”

집으로 가는 문과 병원 구역을 나누는 파티션. 그 너머에 늘어서 있는 몇 개의 의료용 유닛. 리사는 그중 하나에 사랑하는 아빠와 병원의 치위생사가 함께 있는 것을 목격했다.

그리고 아빠의 인공 치근은 그녀의 치조골에 골유착 상태.

게다가 유닛에 누워 있는 여자 치위생사를 향해서 아빠가 열심히 치료에 몰두하고 있는 형국이었다. 그 모습은 마치 배고픈 아기가 어머니의 젖을 빠는 것 같은 모습이었다. 적어도 행위를 목격한 리사의 눈에는 그렇게 보였다.

아마도 진료가 일찍 끝난 김에 직장에서 임플란트라도 심고 있는 모양이었다.

“…….”

그 모습을 목격한 순간, 리사의 마음속에서 무언가가 무너져 내렸다.

그야말로 와장창 무너져버렸다.

"하아, 하아아……, 좋아, 나 미칠 것 같아……."

"선생님, 멋져요. 정말 잘하고 계세요."

"지, 진짜?"

그녀에게 아빠는 절대적인 존재였다.

같은 반 남자애들은 아빠에 비하면 아직 어린애라니까. 난 그렇게 유치한 애들은 연애 대상으로 안 보이더라. 그런 애들이랑 임플란트 같은 건 상상도 하기 싫어. 리사는 항상 그런 생각을 하고 있었다.

언제나 강하고 다정하고 현명한, 진짜 어른 그 자체. 그것이 리사의 시선으로 본 아빠의 모습이었다. 그런 아빠가 자기보다 한참 어린 예쁜 치위생사와 함께 신성한 일터에서 임플란트에 몰두하고 있는 것이다.

하다못해 그 행위를 벌이는 모습이 조금 더 댄디했더라면 그나마 이해할 수 있었을지도 모른다. 아빠도 다 큰 남자인데 그런 욕구는 있는 게 당연한 거잖아, 그런 건 풀어 가면서 살아야지, 운운하면서.

하지만 오늘의 아빠는 리사의 이상형과는 정반대였다. 마치 이성을 잃은 사람처럼 그녀와의 행위에 몰두하고 있었다. 게다가 그 여자가 아빠의 머리를 쓰다듬기까지 하고 있었다. 마치 아이를 어르는 엄마처럼 쓰담쓰담, 쓰담쓰담.

"오늘은 괜찮은 날이니까, 마음껏 내보내셔도 돼요."

"아아, 싸, 쌀 거 같아……. 나 쌀 거 같아……."

"이렇게 허겁지겁 달려드시다니, 선생님 너무 귀여우세요."

게다가 아빠는 그런 손길을 즐기고 있는 표정이었다.

자기보다 한참 어린 여자에게 모성애를 느끼는 철없는 중년남의 모습이었다.

"……."

리사의 눈에 그 모습은 더없이 추잡하게 보였다.

오늘까지 그녀 안에 가득했던 아빠에 대한 애정이 사라져 갔다. 존경이 사라져 갔다. 조금 전까지 그녀의 가슴속을 가득 채우고 있던 행복이, 마치 물풍선을 바늘로 찌른 것처럼 순식간에 사라져버렸다.

리사는 발소리를 죽이며 조용히 병원 층을 떠났다.

◇◆◇

높으신 분에게 인사를 마치고 다시 하루가 지나서, 드디어 댄스 이벤트 당일을 맞이했다.

작년에는 비가 내려서 비옷 차림의 관객들이 지켜보는 가운데 개막식이 열렸다고 했다. 하지만 올해는 구름 한 점 없이 맑은 날씨였다. 덕분에 상쾌한 가을 하늘 아래서 개막을 맞이할 수 있었다. 티켓 판매량은 작년보다 증가했다고 했다.

"드디어 시작 시간이 다 됐군."

이벤트 당일을 맞아 평범남은 기분이 한껏 들뜬 기색이었다.

이미 무대 위에는 MC의 목소리가 울려 퍼지고 있었다. 이제부터 몇몇 오프닝 공연이 이어지고, 관객들이 충분히 달아올랐을

때쯤, 츠누마 고등학교의 자랑인 브레이크댄스 동호회가 쇼케이스 공연을 펼치게 되어 있었다.

이번 무대를 통해 경험을 쌓은 후에 본격적으로 활동을 시작하자는 것이 높으신 분의 계획이었다.

그런 스폰서의 의중을 아는지 모르는지, 동호회 멤버들은 저마다 다른 꿍꿍이를 품고 가슴을 두근거리고 있었다. 의상은 지난번 이벤트 때 입었던 치어리더복. 이미 모두가 여장을 마친 상태였다.

참고로 타케우치는 이번에도 역시 비주얼계 밴드 같았다.

처음에는 니시노나 무코우사카와 같은 퀄리티의 여장을 하고 싶어 했지만 결국 허락받지 못했다. 그게 어지간히 충격이었는지, 그는 탈의실에서 의상을 갈아입은 후로 줄곧 고개를 푹 숙인 채 지금까지 한 마디도 입을 열지 않았다. 적어도 니시노의 눈에는 그렇게 보였다.

이제 한 시간쯤 있으면 그들이 출연할 시간이다.

"있잖아, 니시노. 혹시 목 안 말라? 아까 자판기에서 탄산음료를 사 왔는데 목마르면 먹어도 돼. 호텔에서 나온 뒤로 아무것도 안 먹은 거 아냐?"

로즈는 빙긋 웃으며 들고 있던 음료수병을 내밀었다.

그녀의 지적은 사실이었다. 호텔을 떠난 이후로 니시노는 지금까지 아무것도 입에 대지 않았다. 왜냐하면 지금 그의 지갑에는 달랑 13엔밖에 들어 있지 않았기 때문이다. 전자화폐나 포인트카드도 이미 다 쓴 지 오래였다.

"……필요 없어."

로즈가 내민 음료수병을 힐끗 쳐다보고는 제안을 거절하는 평범남.

그녀의 미소에서 뭔가 불길한 기운을 느낀 모양이었다.

그러자 기다렸다는 듯이 가브리엘라가 움직였다.

"안 드시겠다면 제가 마실게요!"

그리고 눈 깜짝할 사이에 로즈의 손에서 음료수가 사라졌다.

그녀의 옆에는 신난 표정으로 움료수병 뚜껑을 여는 가브리엘라의 모습이 있었다. 좋아하는 사람이 직접 구입한 음료수, 그런 시시하기 짝이 없는 스토리조차 그녀에게는 기뻤던 것이리라. 음료수병을 입에 대고 벌컥벌컥 마시기 시작했다.

그 얼굴에는 미소가 가득했다.

"……뭐, 마음대로 해."

로즈의 얼굴은 짜증으로 일그러졌다.

하지만 더 이상은 추궁하지 않았다.

그녀는 마음속으로 그렇게 원한다면 어디 고생 좀 해 봐, 라고 중얼거렸다. 이건 니시노가 무대 위에서 똥을 지리게 만들기 위해 준비한 강력한 설사약이었다. 언제나 틈만 나면 니시노를 사회적으로 매장하기 위해 여념이 없는 로즈였다.

해도 될 일과 해서는 안 되는 일 사이의 구분 따위는 존재하지 않았다.

그녀는 그저 니시노가 자신에게 의존하도록 만들 수만 있으면 행복할 따름이었다.

그래서 설사약을 마신 후로 효과가 나올 때까지의 시간을 정밀하게 계산해서 제공한 것이었는데, 결과적으로 가브리엘라가 대신 괴로워하게 될 분위기였다. 들키지 않도록 공들여서 약물을 탄 덕분에 그녀는 아무것도 모른 채 단숨에 반쯤을 먹어 치웠다.

"언니가 주신 음료수, 정말 시원하고 맛있어요."

"그래? 그거 다행이네."

"네!"

"기왕 마시는 거, 마음껏 마셔."

"고마워요, 언니. 그럼 그렇게 할게요."

행복한 미소를 지으며 나머지 음료수를 꿀꺽꿀꺽 마시는 가브리엘라.

눈 깜짝할 사이에 70퍼센트 정도가 사라졌다. 딱히 심하게 목이 마른 건 아니었지만, 로즈가 준 선물 앞에서 몸 상태 따위는 사소한 문제였다. 그녀의 작은 배 속에서는 어느새 음료수가 찰랑거렸다.

그런 그녀를 보며 니시노가 조심스럽게 물었다.

"댄스 전인데 그렇게 많이 마셔도 괜찮은 건가?"

"이건 제 거예요. 이제 와서 달라고 해도 안 줄 거예요."

"아니, 달라고 하려는 건 아닌데……."

"아니면 혹시 저랑 간접 키스라도 하려는 거예요?"

"……그냥 네 마음대로 해."

가브리엘라가 니시노에게 도발적인 시선을 날렸다.

그것을 알아챈 로즈는 울컥한 표정으로 가브를 쏘아보았다. 동시에 뇌리 한쪽에서는, 그러고 보니 그런 시추에이션도 괜찮겠네, 하면서 앞으로 평범남에게 할 성희롱에 대해 상상의 나래를 펼치고 있었다.

“여자에 굶주린 동정남의 말을 어떻게 믿어요?”

“그럼 그냥 다 마셔버리면 되잖아.”

“네, 말 안 해도 그럴 거예요.”

그렇게 왁자지껄하게 수십 분의 대기 시간을 보냈을 때.

무대 쪽에서 MC의 우렁찬 소리가 울려 퍼졌다.

그것은 그들이 무대에 오를 시간임을 알리는 멘트였다.

드디어 츠누마 고등학교 브레이크댄스 동호회가 활약할 시간이었다.

〈부활동 14〉

무코우사카를 필두로 무대에 오르는 것까지는 완벽했다.

리허설 때 연습했던 대로 무대 옆에서 뛰어나온 멤버들은 사전에 지정해 둔 위치로 뛰어서 이동했다. 멤버들의 위치는 지난번 이벤트 때와 같았다. 무코우사카가 중앙, 그 좌우에 로즈와 가브리엘라, 그리고 가장 바깥쪽에 타케우치와 니시노가 서는 배치였다.

무대 왼쪽부터 순서대로 나열해 보자면 니시노, 가브리엘라, 무코우사카, 로즈, 타케우치의 순서였다. 무대 구석과는 충분한 거리가 있어서, 애드리브 파트 때 니시노를 화끈하게 날려버릴 액션에 대한 안배도 충분했다.

그러는 동안에도 음악은 계속 흘렀고, 이윽고 춤을 시작할 타이밍이 찾아왔다.

참고로 오늘의 배경음은 전부 현장 연주였다. 일렉트로닉 음악을 선곡했기 때문에, 어디부터 현장 연주에 속하고 어디부터 녹음 연주에 속하는지 이론의 여지가 있기는 했다. 어쨌든 그 음악은 모두 그들 뒤쪽에서 음향기기를 조작하는 DJ의 손으로 연주되었다.

가장 먼저 무코우사카의 몸이 움직이기 시작했다.

이어서 다른 멤버들도 그의 움직임을 따라 움직였다. 동호회 멤버가 구성된 지는 얼마 되지 않았지만, 이 연계 동작은 누가 봐도 잘 통제된 움직임으로 보였다. 이러니저러니 해도, 멤버들 모두 그런 쪽의 센스는 나름 나쁘지 않았다.

이벤트장에 모인 관객들 사이에서도 함성이 터져 나왔다.

최근 며칠 사이에도 착실하게 조회수가 늘어난 동호회의 댄스 영상은 텔레비전이나 신문 같은 느린 미디어들이 아직 다루기 전인데도 불구하고 상당한 영향력을 갖고 있었다. 자신들이 알고 있는 댄스를 눈앞에서 본 관객들 사이에서 커다란 반향이 돌아왔다.

하지만 모든 게 다 순조롭게 흘러간 건 아니었다.

"아……."

로즈가 가브리엘라에게 먹인 설사약이 바로 효과를 발휘하기 시작했다.

복부가 꿈틀거리는 동시에 그 표정이 급속도로 찌푸려졌다. 지금까지 힘차게 춤추고 있던 몸의 움직임도 갑자기 무뎌졌다. 꼬르르륵 소리를 내며 활발하게 움직이기 시작한 장이 그녀의 건전한 댄스를 심각하게 방해했다.

그럼에도 가브리엘라는 최선을 다해 춤추었다.

지금은 그 누구보다 사랑하는 언니와 함께하는 시간.

그 시간을 망치면 안 된다는 생각에 필사적으로 견디고 있었다.

어쩌면 언니께서 주신 음료수 때문일지도 몰라요. 아니, 그것 말고 다른 원인은 생각나는 것도 없어요. 오늘은 아침도 조금만 먹었으니까요. 머리로는 그렇게 이해하고 있었지만, 사랑하는 사람을 의심할 수는 없었기에 그저 필사적으로 춤추고 있었다.

이래 봬도 한 번 반한 사람에게는 순정파인 여자였다.

"……."

가장 먼저 이상을 감지한 건, 그녀의 대각선 뒤쪽에서 춤추고 있던 니시노였다. 조금 전까지만 해도 누구보다 힘차게 춤추던 그녀였기에 그 변화는 유독 더 두드러져 보였다. 굳이 상대의 표정을 보지 않고도 짐작할 수 있을 만큼.

하지만 지금은 수만 명의 관객들이 그와 그녀를 쳐다보고 있었다.

한 발짝 다가가서 걱정의 말을 건네기도 힘들었다.

"으…… 아아……."

얼마간 시간이 흘러, 가브리엘라의 인내는 한계에 달해 가고 있었다.

이따금 복부를 감싸는 듯한 움직임이 보이기 시작했다.

"하으……."

조그만 몸이 부르르 진동했다.

평범남의 귀에 산뜻한 소리가 들려왔다.

아니, 들려온 것처럼 느껴졌다.

그와 거의 동시에 그녀의 머리 몇 센티미터 옆을 탄환이 스쳐 지나갔다.

탄환은 지금 막 그녀의 머리가 이동하려 했던 지점, 복통 때문에 주저하느라 약간 움츠리면서 생긴 공간을 노리고 날아들었다. 가브리엘라가 복통에 시달리지 않았더라면 그녀의 머리에 바람구멍을 낼 수 있는 궤적으로 흉탄이 통과해 지나갔다.

"앗……!"

탄환은 그들이 춤추고 있는 무대 바닥, 몇 미터 뒤쪽에 탄흔을 남겼다.

댄싱 니시노의 의식은 자연스럽게 주위를 향해 움직였다.

하지만 상당히 멀리서 날린 저격이었는지, 발포 지점을 찾는 건 불가능했다. 무대 위를 노린 걸로 보면 관객석이 아니라 더 높은 지점에서 날아든 저격인 듯했다. 가브리엘라의 머리 위치와 바닥에 생긴 탄흔을 통해서 대략적인 위치 관계는 파악할 수 있었다.

하지만 오다이바는 높은 빌딩들이 널려 있는 지역이다.

정확한 저격 지점을 알아내는 건 아무리 니시노라 해도 불가능했다.

그래서 평범남은 전 방향으로 의식을 기울여서, 예전에 타로스케를 구했을 때처럼 눈에 보이지 않는 신비로운 힘을 둘러쳤다. 그러자 그 직후, 다시 저 멀리에서 두세 번째 총탄이 가브리엘라를 향해 날아들었다.

"앗……."

표적이 된 본인도 깜짝 놀랐다. 저도 모르게 움직임이 멎을 뻔했다.

배가 아픈 것도 모자라서 목숨까지 위협받는다는 긴장감.

게다가 배설 욕구까지 참아야 했다.

그리고 그런 그녀에게 평범남은 잔혹한 지시를 날렸다.

"계속 춤을 춰. 무슨 일이 있어도 네가 다치는 일은 없게 할 테니까.”

“그, 그게 말은 쉽지만…….”

음악이 쩌렁쩌렁하게 울려 퍼지는 가운데, 뒤에서 목소리가 날아들었다.

관객석까지는 달리지 않는 목소리였다.

복통녀는 힘겹게 고개를 끄덕였다. 약간 축축하고 흐물흐물한 황금색 물체에 속옷이 더러워진 와중에도 필사적으로 평범남의 말을 따랐다. 어디선가 자신을 노리고 날아드는 총탄이 무서웠다. 하지만 그보다 더 무서운 것은 뒤쪽에서 속삭이듯 말하는 니시노였다.

“…….”

총탄이 두 발, 세 발 날아들었을 때쯤에는 로즈도 상황을 알아챘다.

빨리 총을 맞고 죽는다면 좋을 텐데, 라는 것이 그녀의 본심이었다.

니시노의 보호를 받고 있는 연적의 모습은 그녀의 속을 뒤집어 놓았다. 첫 번째 저격은 미처 알아채지 못했지만, 뒤이은 총격을 니시노가 막아내는 모습을 확인하고 로즈는 울화가 치밀었다. 왜 네가 나의 니시노에게 보호를 받고 있는 거야?

그냥 이대로 끝내는 건 도저히 받아들일 수 없었다.

“…….”

그래서 로즈는 결의했다. 이 좋은 기회를 살려서 끝을 봐야겠다고. 집요하게 날아드는 저격소총 총탄은 제삼자의 손을 빌려 가브리엘라를 처리할 수 있는 절호의 기회였다. 이 기회를 놓칠 수는 없었다.

그렇게 마음먹은 그녀는 이제부터 이어질 애드리브를 떠올리기 시작했다.

그런데 그런 로즈의 계산은 다른 곳에서 날아든 목소리에 가로막혔다.

"자, 잠깐! 무코우사카, 그 녀석은 다른 사람이야!"

무대 구석에서 들려온 목소리였다.

무슨 일이 일어난 건가 싶어서 춤추던 멤버들의 시선이 무대 구석 쪽으로 향했다. 뜬금없이 들려온 후배의 이름 때문에 놀란 것도 있었지만, 방금 말한 그 목소리의 주인공이 브레이크댄스 동호회 멤버들의 귀에 익은 목소리였다는 점이 더 컸다.

물론, 원래 계획에 이런 연출은 없었다.

무대 구석에는 타케우치가 있었다.

팬티 한 장만 걸친 채 오른손에는 금속 수갑이 채워져 있었다. 그리고 자세히 살펴보니 뺨에는 얻어맞은 흔적까지 보였다. 누가 봐도 심상치 않은 말썽에 휘말렸다는 걸 알 수 있는 몰골이었다.

그런 그의 등 뒤에서는 팔에 완장을 찬 스태프가 달려오고 있었다.

둘 다 거칠게 숨을 헐떡이고 있었다.

그 직후, 타케우치는 스태프의 손에 제압당했다.

"윽……!"

예상에 없던 훈남 난입 사건이 일어난 직후, 지금까지 구석에서 춤추고 있던 비주얼계에게 변화가 생겨났다. 언제 준비한 건지 그의 손에는 흉기가 들려 있었다. 아마 무대 의상 속에 숨겨두고 있었던 것이리라.

"어? 타, 타케우치 선배?!"

무코우사카는 경악할 수밖에 없었다.

지금까지 무대에서 같이 춤추고 있었던 타케우치 선배는 진짜가 아닌 다른 사람이었던 모양이었다.

"설마 사람을 바꿔친 건가?"

이 사태에는 니시노도 놀랐다.

이것도 다 훈남이 하고 있던 비주얼계 밴드 같은 메이크업이 문제였다. 원래 피부색이 어땠는지 알아볼 수도 없을 만큼 짙은 화장이 훈남의 훈훈한 부분을 가려버리고 있었다. 목소리만 안 내면 차이점을 알아채기 힘들었다.

게다가 요즘 들어 브레이크댄스 동호회 내에서 그의 발언권은 바닥에 떨어져 있었다.

진짜 훈남이 화장하러 간 사이에 바꿔친 것이리라. 팬티 한 장만 달랑 걸친 차림에 한 손에는 수갑까지 채워져 있었던 그의 모습으로 미루어보아, 어딘가 인적 없는 곳에 납치 감금되어 있었던 게 틀림없었다.

실제로 다 함께 호텔 조식을 먹었을 때는 분명히 본인이었다.

"죽어라……!"

나이프를 움켜쥔 가짜 타케우치는 곧장 가브리엘라를 향해 달려들었다.

짙은 화장으로 떡칠하고 있음에도 알 수 있을 만큼, 그 표정에서는 강렬한 살의가 엿보였다. 로즈의 마음을 대변하듯 소리치며 살짝 지린 로리타를 향해 달려들었다. 그 움직임은 상당히 숙련되어 보였다. 약간 멋지게 보이기까지 할 정도였다.

"물러서."

댄스를 중단한 니시노가 가브리엘라를 보호하듯 한 발짝 앞으로 나섰다.

저격 정도는 예상했지만, 타케우치를 바꿔치기해서 다른 사람을 무대에 잠입시키는 건 그도 미처 생각하지 못한 수법이었다. 상대방은 어떻게든 수많은 관중들 앞에서 가브리엘라를 죽이고 싶은 거겠지. 니시노는 그렇게 생각했다.

덕분에 가브는 이제 본격적으로 지릴 것만 같았다.

그녀의 항문은 한계에 다다라 있었다.

하지만 그녀의 간절한 염원은 결실을 보지 못했다.

기어이 붕괴 조짐을 보이기 시작한 브레이크댄스 동호회의 쇼케이스. 본성을 드러낸 타케우치는 가브리엘라를 향해 달려들고 있었다. 평범남이 앞을 막아서는 것을 보고도 그는 조금도 개의치 않고 전속력으로 돌진했다.

그리고 그와 거의 동시에 벌어진 일이었다.

모두의 이목을 앗아가듯이 날카로운 소리가 무대 위에 메아리쳤다.

"아아아아아아아아!"

여자 목소리였다.

이건 또 무슨 일인가 싶어서 모두의 시선이 목소리가 들려온 쪽으로 향했다.

그 목소리는 타케우치가 팬티 한 장 차림으로 등장했던 쪽과는 반대편 무대 구석에서 터져 나왔다. 위치 관계로 보면 니시노와 가브리엘라가 있는 쪽에서 가까운, 니시노의 등 쪽에 해당하는 위치였다.

"아아아아아아아아아아아아아!"

거기에는 마귀 같은 표정을 한 여자가 있었다.

나이는 10대 중반쯤으로 보였다.

특기할 만한 사항이 있다면, 그녀의 손에 들려 있는 뾰족한 식칼이었다. 칼자루가 플라스틱으로 되어 있는 게 주류인 요즘 식칼과 달리, 전통미와 인간미가 물씬 풍기는 목재 칼자루라는 점이 인상적이었다. 날카롭게 연마된 칼날은 햇빛을 반사해서 번쩍 빛났다.

무슨 수로 무대 뒤까지 들어온 건지, 마츠우라가 그곳에 있었다.

◇◆◇

그날, 마츠우라는 각오를 다졌다.

타케우치가 대형 이벤트의 댄서로 데뷔한다는 소문을 들었을 때, 그녀의 결의는 굳어졌다. 필요한 도구를 구입하고 이벤트 전날에는 현장 견학까지 해 두었을 정도로 그녀는 용의주도하게 움직였다.

이윽고 이벤트 당일, 가장 큰 자랑거리인 여성기를 이용해 얻은 관계자 출입증을 통해서 그녀는 손쉽게 무대 옆까지 잠입했다. 10미터쯤 앞에는 무대 위에서 댄스에 열중하는 훈남의 모습이 있었다.

"……이건 타케우치 잘못이야. 나를 버린 타케우치가 잘못한 거야."

중얼중얼 혼잣말을 되까리며 무대 출입구로 향했다.

점점 가까워지는 전남친의 모습.

이래 봬도 마츠우라는 제법 결단력 있는 여자였다. 게다가 평소에는 주위의 이목을 끌기 위해 왁자지껄하게 떠드는 편이면서도, 중요한 상황에서는 말도 없이 즉각 실행에 옮기는 강단 있는 면모도 갖추고 있었다.

"……."

그녀의 발걸음은 어느새 출입구의 커튼을 지나서 무대에 들어섰다.

그 직후, 문득 그녀의 뇌리에 철물점 할머니의 모습이 떠올랐다. 카운터 너머의 작은 방석에 앉아서 싱글싱글 온화한 미소를 짓고 있던 할머니. 바들바들 떨리는 손으로 상품을 꼼꼼하게 봉지에 넣어 주던 광경이 기억에 선했다.

그리고 그와 동시에, 가게를 나설 때 할머니가 건넸던 말이 떠올랐다.

'또 오세요. 다음에 또 오면 덤도 얹어줄게요.'

지금 그녀가 들고 있는 것은 그 할머니에게서 산 식칼이었다.

아직 한 번도 쓰지 않은 신품. 그러면서도 조금 오래된 칼 한 자루.

철물점의 식칼.

"……."

'또 오세요. 다음에 또 오면 덤도…….'

하지만 지금 마츠우라에게는 상관없는 일이었다.

반장이었다면 잠시 멈춰 서게 만들기에 충분했을 한마디.

하지만 마츠우라에게는 길바닥의 돌멩이만도 못한 한 마디.

왜냐하면 마츠우라에게 더 중요한 건 돈과 훈남뿐이었기 때문이다.

그녀의 거동을 발견한 다른 스태프가 그녀를 막기 위해 달려왔다. 하지만 때는 이미 늦었다. 이미 각오를 다진 마츠우라는 품속에 숨기고 있던 칼을 꺼내 드는 동시에 무대로 뛰쳐나갔다.

"아아아아아아아아아아아아아아!"

그녀의 마음은 이미 정해져 있었다.

무대 위에서 타케우치를 죽이고 나도 죽자. 그렇게 하면 나와 타케우치는 수많은 사람들 앞에서 하나가 될 거야. 이제 누구도 우리를 갈라놓을 수 없어. 정말이지 시적이면서도 찰나적인 미래 설계였다.

방에 틀어박힌 채 울면서 자신의 추태 동영상을 삭제하는 반장과는 차원이 달랐다.

당당하기 그지없었다.

하지만 그런 그녀에게 예상치 못한 사건이 일어났다.

"아아아아아아아아아아아아아아, 아……아?"

어찌 된 일인지, 무대 위에 타케우치가 두 명 있었다.

하나는 나이프를 움켜쥔 채 가브리엘라를 향해 돌진하는 타케우치. 또 하나는 수갑을 찬 채 팬티 한 장 차림으로 스태프에게 얻어맞고 있는 타케우치. 둘 다 타케우치다. 마츠우라가 사랑해 마지않는 훈남.

그리고 마츠우라는 재빠르게 판단했다.

전자가 진짜 타케우치인 게 분명하다고.

그녀에게 타케우치는 그 누구에게도 지지 않는 최강의 훈남이었기 때문이다.

그런데 반대쪽 무대 구석에 있는 남자는 팬티 한 장만 걸치고 있는 데다 손목에는 수갑까지 채워져 있었다. 게다가 누군가에게 얻어맞았는지 눈두덩이 부어 있었다. 평소의 타케우치에 비하면 전혀 다른 사람이라 해도 과언이 아닌 몰골이었다. 그렇기에 판단을 망설일 필요도 없었다.

"아, 아아아아아아아!"

문예 동아리의 공주님은 다시 괴성을 내지르며 식칼을 꼬나 쥐고 돌진했다.

훈남과 함께하는 내세를 기대하며.

그런 그녀의 꿈은 악역 영애로 환생해서 결혼을 파기한 후 남자들로 하렘을 꾸리는 것.

"어어?"

모든 것은 순식간에 끝났다.

가브리엘라 곁에 서서 괴한의 돌진에 대비하는 니시노. 그런 그의 두어 걸음 옆에서 공주님의 일격이 가짜 타케우치의 복부로 날아들었다. 그녀의 손에 든 식칼은 아무런 주저도 없이 공격 상대의 복부에 깊숙하게 박혀 들어갔다.

"뭐야……?"

가짜 타케우치는 경악했다.

설마 자신과 같은 꿍꿍이를 가진 사람이 같은 무대에 또 숨어 있을 줄은 꿈에도 생각 못 했던 것이리라. 수많은 관중의 시선이 모여 있는 데다, 가브리엘라를 공격하는 것에만 정신이 팔린 상태였던 가짜 타케우치는 예상치 못한 마츠우라의 습격에 맥없이 당하고 말았다.

"이건 타케우치 잘못이야. 이건 나를 버린 벌이야."

상대의 귓가에 조용히 속삭이는 상처받은 공주님.

그것은 그저께 밤부터 연습에 연습을 거듭해 온, 이번 생의 작별. 사랑하는 그에게만 들리는 조그마한 인사. 평소에 그녀가 교실에서 얘기할 때의 목소리와는 딴판으로, 어쩐지 싸늘하고 듣는 이의 등골을 오싹하게 만드는 말투였다.

하지만 찔린 사람의 입장에서는 이보다 억울할 수가 없는 노릇이었다.

"아니…… 그건 내, 내가 아니라고……."

"다음 생에서 만나자."

마지막 작별 인사와 함께 내장을 후벼 파듯 식칼을 움직이는

마츠우라.

대놓고 죽일 기세였다.

그녀는 사전에 인터넷을 통해 내장의 위치 관계를 조사해 보았을 정도로 유능한 여자였다. 늑골로 보호받는 장기는 중요한 장기. 갈비뼈 속에 있는 부드러운 부분을 후벼 파듯이 여기가 좋은지 저기가 좋은지 관찰하듯이 광기 어린 얼굴로 팔을 움직여 댔다.

"끄아아아아아아아아아아!"

치료를 받더라도 절대 살아날 수 없도록 칼끝을 힘껏 움직여서 심장이 있을 법한 부분을 후볐다. 그 견디기 힘든 고통 때문에 가짜 타케우치의 손에 들고 있던 나이프가 힘없이 떨어졌다. 몸을 숙인 채 그녀에게 체중을 맡기듯 고꾸라졌다.

그에게서 뿜어져 나온 피가 좌악 튀어서 마츠우라의 뺨을 붉게 물들였다.

"……."

예상치 못한 이 사태에는 평범남도 당황하지 않을 수 없었다.

어느새 음악은 멎어 있고, 이벤트장은 정적에 잠겨 있었다. 조금 전까지 울려 퍼지던 관객들의 환호성도 어느새 잦아들어 있었다. 뭐가 어떻게 돌아가는 건가 싶어서, 상황을 살피는 듯한 눈빛으로 무대를 쳐다보고만 있을 뿐이었다.

당연히 동호회 멤버들의 댄스도 멎어 있었다.

지난번 이벤트와는 달리, 브레이크댄스 동호회의 이번 공연은 어떻게 수정해 볼 수 없을 정도로 붕괴해 있었다. 흉기를 이용한 유혈사태까지 벌어진 마당이니, 이건 누가 봐도 수습이 불가능한 사태로 보였다.

스태프에게 제압당해 있는 진짜 타케우치의 얼굴은 파랗게 질려 있었다.

하지만 아직 포기하지 않은 사람도 있었다.

그건 바로, 그들 다음 차례로 출연할 예정이었던 게스트 중 한 명이었다.

"니시노!"

타로스케였다.

그는 무대 옆에서 무대 위로 뛰쳐나왔다. 손에는 기타를 들고 있었다. 이미 무선 수신기와 접속해 둔 상태라, 무대 구석의 단말기를 조작하면 당장이라도 음향기기와 접속할 수 있었다.

그리고 그 음향기기는 이미 무대에 설치되어 있었다. 바로 다음 순서로 출연할 예정이었던 만큼, 풋 페달만 밟으면 당장 반응이 돌아오도록 설정된 상태였다. 그는 곧바로 무선 송신기에 접속하고 주저 없이 무대에 올랐다.

느닷없이 등장한 훈남의 모습에 관객석에서 환호성이 터져 나왔다.

시야 한쪽으로 그 모습을 확인한 타로스케는 대량의 버튼이 달린 기기 앞에 쪼그려 앉았다. 필요한 음색을 머리로 계산하면서 미리 프리셋을 짜 두었던 공연용 설정을 날려버리고 매뉴얼로 설정했다.

시험 연주도 건너뛴 일발 승부.

몇 초 후에 몸을 일으킨 훈남은 니시노와 브레이크댄스 동호회 회원들 쪽으로 걸어가면서 손가락을 움직이기 시작했다. 그와 함께 이벤트장 끝에서 끝까지 지이이잉 하는 힘찬 기타 소리가 울려 퍼졌다. 조금 전까지 울려 퍼지던 배경음의 베이스라인이었다.

"아직 당신이 출연할 순서가 아닐 텐데?"

"미, 미리 말해 두지만, 이 공연이 망하면 엄청난 액수의 손해배상 청구서가 날아들걸. 네가 얼마나 많이 버는지는 모르지만, 정상적인 방법으로 낼 수 있는 액수는 아닐 거야. 같이 출연한 애들도 같이 배상해야 할 테고."

"티켓을 엄청난 가격으로 팔아치웠나 보군."

"어때? 내 도, 도움이 필요하지 않아?"

"……부탁해도 되겠나?"

"나나나, 나, 나만 믿어!"

드디어 동경하는 인물 앞에서 동경하던 대사를 말할 기회를 얻은 타로스케였다.

그의 몸속에 뜨거운 것이 용솟음쳤다.

거세게 고동치는 가슴을 안고, 그는 자신의 임무를 완수하기 위해 기타를 들고 무대 중앙으로 걸어갔다. 그곳에는 츠누마 고등학교 브레이크댄스 동호회를 이끄는 무코우사카의 모습이 있었다.

"뒷일은 녀석에게 맡기고, 너는 다시 춤춰."

"아, 아, 알았어요!"

타로스케의 자사에 따라서 다시 음악에 맞춰 춤추기 시작하는 무코우사카.

기타를 든 훈남도 그 옆에서 그럴싸한 움직임으로 꿈틀꿈틀 움직이기 시작했다. 여성 팬들과 일부 남성 팬들 사이에서는 허리 움직임이 귀엽고 깜찍하다는 평가를 받는 그였다.

한편 니시노는 무대 수습에 나섰다.

로즈와 가브리엘라에게 눈짓을 보내는 동시에 턱짓으로 댄스 재개 신호를 보냈다. 그러자 그녀들은 기민하게 그의 지시에 따라서 지금까지 했던 것처럼 무코우사카와 같은 동작으로 춤추기 시작했다.

이어서 평범남은 가짜 타케우치를 찌른 채로 굳어 있는 마츠우라에게 향했다. 그녀를 그대로 무대 위에 남겨 둘 수는 없었다. 니시노는 신비로운 힘을 써서 그녀와 가짜 타케우치를 통째로 공중에 띄웠다.

한편으로는 연출을 가미하는 것도 잊지 않았다.

그가 요란하게 팔을 휘두르자, 두 사람은 무대 출입구 너머로 날아갔다.

노골적인 와이어액션처럼 보이는 궤적이었다.

그러자 관중석에서는 환호성이 터져 나왔다.

아마도 쇼케이스 공연의 일환으로 받아들인 모양이었다.

마츠우라와 가짜 타케우치가 날아간 곳에는 타케우치를 제압하고 있는 스태프가 있었다. 그들은 난데없이 날아온 마츠우라와 가짜 타케우치의 팔다리에 턱이며 머리를 얻어맞고, 그 자리에서 기절했다. 그 덕분에 진짜 타케우치는 자유를 얻을 수 있었다.

그런 그를 본 니시노는 기다렸다는 듯 액션을 취했다.

팔을 그에게 내뻗고는 손바닥을 위로 해서 손짓을 보냈다.

무대로 올라오라는 신호였다.

“아…….”

느닷없이 날아온 가짜 자신과 마츠우라. 그 초현실적인 거동에 놀란 것도 잠시. 예상치 못한 평범남의 신호를 본 타케우치는 지금껏 느껴 본 적 없는 강렬한 짜증에 휩싸였다.

무대 아래, 이벤트장을 가득 채운 관객들의 시선조차 안중에도 없을 만큼 강렬한 짜증이었다. 훈남 안에 있던 긴장과 기대감과 두려움, 그 모든 감정들이 산산이 부서졌다. 조금 전까지 감금당해 있었던 공포마저 날아가버릴 정도였다.

“…….”

니시노 저 자식, 내가 무슨 고생을 하면서 가짜의 존재를 알리러 왔는지 알기나 해? 그렇게 따지고 싶은 열망이 가슴속에서 휘몰아쳤다. 적잖이 파란만장한 모험을 했던 모양이었다. 게다가 지금 그는 팬티 한 장 차림이었다. 트렁크 팬티 한 장만 걸친 채 여기까지 달려온 것이다.

하지만 그는 그 모든 충동을 꾹 참았다.

그것은 오로지 무대에 올라 있는 타로스케의 존재 때문이었다.

“빌어먹을…….”

타케우치는 짤막하게 뇌까리고 무대 위로 올라서 댄스 대열에

합류했다.

팬티남이 도착하면서 츠누마 고등학교 브레이크댄스 동호회 멤버 전원이 무대에 집결했다. 원래 계획했던 포메이션으로 돌아가는 동시에 타로스케가 연주하는 기타 소리에 맞춰서 사전에 짜 둔 댄스 퍼포먼스를 이어갔다.

그 직후, 원래 배경음이 돌아왔다.

음향기기를 담당하는 DJ가 움직인 모양이었다.

무대장치가 번쩍번쩍 빛나더니 지금까지의 정적을 떨쳐내고 시선을 자극했다.

객석에서 더더욱 커다란 함성이 터져 나왔다.

타케우치의 난입부터 마츠우라의 식칼까지 약간 수상한 국면들이 있긴 했지만, 어쨌거나 관객들은 모든 걸 연출로 받아들인 모양이었다. 예정에 없던 타로스케의 등장까지 더해져서, 장내의 반응은 그 어느 때보다 더 뜨거웠다. 귀가 따가울 정도의 환호성이 사방에서 터져 나왔다.

"……."

타로스케는 나 잘했지? 하는 시선으로 니시노를 쳐다보았다.

기회를 놓치지 않고 점수를 따낸 로커였다.

하지만 평범남은 댄스에 열중하느라 그 눈빛을 보지 못했다. 윈드밀로 넘어가기 위해 점점 난도를 올려 나가는 과정이었다. 니시노는 지금 그 댄스를 따라가느라 정신이 없었다. 힐끔힐끔 몇 번 시선을 보내 봤지만 결과는 달라지지 않았다.

"……."

훈남은 약간 섭섭했다.

한편 이 와중에도 가브리엘라는 구원받지 못했다.

복부의 스테이터스 이상은 아직 낫지 않았다. 대변을 배출하고 싶어서 견디기 힘들 지경이었다. 주스 같은 대변이 항문 바로 앞에서 스탠바이 중이다. 게다가 마츠우라의 맹활약 덕분에, 그녀가 있는 부근은 피바다가 된 상태였다. 처음 보는 남자의 혈액이었다.

그럼에도 바로 옆에 니시노의 눈이 있는 이상, 함부로 도망칠 수도 없었다. 그가 춤추라고 하면 춤출 수밖에 없었다. 온몸이 빨갛게 물드는 걸 감수하며 필사적인 댄싱. 총알이 날아들고, 복통에 시달리고, 피투성이가 되어서 인생의 나락에 빠져 버린 가브리엘라.

그런 그녀를 가엾게 여긴 것일까. 하늘이 그녀에게 구원의 손길을 내밀어주었다.

우여곡절을 겪으면서도 무대는 이윽고 절정에 다다르고 있었다. 볼링핀 타케우치 파트까지 얼마 남지 않은 상황이었다. 모두의 흥분이 커져 가고 있었다. 그렇게 메인 디시가 코앞에 다가왔을 때, 상황이 벌어졌다.

이상은 이벤트장 상공에서 찾아왔다.

어느새 무대 상공에 보도용 헬리콥터가 날아와 있었다.

헬리콥터에는 대형 보도 채널의 마크가 달려 있었다.

처음에는 아무도 그 존재를 의식하지 않았다. 이벤트를 촬영하러 왔으려니 가볍게 여길 뿐이었다. 그런데 그 헬리콥터는 점점

고도를 낮추더니, 속도를 늦추는 기색도 없이 무대를 향해 날아들었다.

모두가 의문을 느끼기 시작했다.

이윽고 헬리콥터 프로펠러가 일으키는 바람이 지상에 영향을 끼치기 시작했을 때쯤이었다.

“뭐야, 저거? 안에 아무도 안 타고 있는데?!”

누군가의 목소리가 이벤트장에 울려 퍼졌다.

자세히 살펴보니, 헬리콥터의 조종석은 텅 비어 있었다. 미리 비행 데이터를 입력해서 자동 비행을 통해 조종하는 것이리라. 니시노가 추측한 대로 가브리엘라를 노리는 정체불명의 자객은 무슨 수를 써서든 수많은 사람들 앞에서 그녀를 죽일 작정인 모양이었다.

아무리 그라도 이것까지 연출로 넘길 수는 없었다. 위험을 감지한 관객들이 거미 새끼들처럼 무대 근처에서 도망쳤다. 한창 춤에 열중하고 있던 브레이크댄스 동호회 멤버들도 움직임을 멈춘 채 전율하고 있었다.

특히 타로스케를 비롯해서 무코우사카와 타케우치는 완전히 겁에 질려 있었다.

반면에 니시노와 로즈, 가브리엘라는 태연했다. 헬리콥터에 직격당하기 직전인데도 불구하고 딱히 동요하는 기색도 없이 태연하게 무대 위에 서 있었다.

“너를 노리는 녀석은 제법 돈이 많은가 보군.”

“으…….”

뒤에서 들려오는 니시노의 목소리에 놀라서 움찔하는 가브리엘라. 그 항문에서 그녀의 인간성이 다시 살짝 새어 나왔다. 이러다가는 모조리 다 유출되는 것도 시간문제였다.

"니, 니시노!"

같은 무대에 서 있던 타로스케가 비명에 가까운 소리를 내질렀다.

그런데 평범남이 그에게 한 대답은, 도통 이해할 수 없는 것이었다.

"여기 이 여자에게 맡기겠어."

"네?"

사명을 부여받은 가브리엘라의 표정이 얼어붙었다.

니시노가 알아서 해결해줄 거라고 멋대로 생각하고 있었던 것이다.

"추락하면서 튈 기체 파편이 관객들 쪽으로 날아가지 않도록 주의해. 그때 튀는 파편은 산탄총이나 다름없으니까. 정 안 되겠다 싶으면 무대 뒤 백 패널이 부서져도 상관없어. 지금 네 실력으로도 공간 한쪽 면을 막는 것 정도는 할 수 있을 거야."

날라리 화장에 치어걸 복장을 하고 있으면서도 변함없이 거만하게 구는 그 태도. 거세진 바람에 치맛자락을 나부끼면서도 니시노는 한껏 폼을 잡고 있었다. 그에게 있어서는 그게 자연스러운 행동거지였다.

치마 주머니에 양손을 찔러 넣은 채, 몸을 45도 각도로 비스듬하게 돌린 채 짓는 자신만만한 표정.

"다, 당신은 안 도와주실 거예요? 혹시라도 제가 실패하면……."

"앞으로 평생 남의 보호만 받으면서 살 건가?"

"으……."

"이것도 네가 선택한 인생이야. 자기 뒤치다꺼리는 자기가 알아서 해."

평범남의 말에 가브리엘라는 새삼 깨달았다.

지난 주 휴일, 그녀는 갑자기 로즈의 집으로 불려 가서 지금 눈앞에 있는 이 평범남과 즐겁지도 않은 데이트를 해야 했다. 데이트 중에 틈만 나면 힘을 발휘해서 자신의 우위를 뽐내려 들던 니시노의 태도가 어쩐지 인상적으로 남아 있었다.

그녀는 그런 그의 행동을 괴팍하고 음험한 괴롭힘 정도로 해석했었다.

데이트 중에 한 번도 지갑을 꺼내지 않은 그의 잘못이었다.

"……지금 본인이 저를 가르쳤다고 생각하시는 거예요?"

"아무것도 모르는 여자애에게 데이트의 기초부터 가르치는 건 쉽지 않은 일이더군."

"으……."

인형 뽑기 게임을 할 때 동전 한 푼 안 냈던 주제에 못 하는 말이 없었다. 폼 잡을 수 있는 절호의 기회라는 듯, 마음껏 시니컬한 태도를 과시하는 평범남. 이런 걸 멋있다고 생각하는 걸 보면 아무리 생각해도 그는 답이 없는 남자였다.

덕분에 가브리엘라는 말문이 막혔다. 설마 그럴 리가 없을 거라고 생각했지만, 당시의 광경을 뇌리에 떠올리니 온몸에 오톨

도톰한 소름이 돋아 올랐다. 만약 반장이 이 말을 들었더라면 다짜고짜 영구치를 뽑으려 들었을 것이다.

"하, 하면 되잖아요!"

헬리콥터는 어느새 무대에 서 있는 이들의 눈앞까지 육박해 있었다.

가브리엘라는 배설 욕구로 인한 최악의 컨디션 속에서 그 헬리콥터에 맞섰다. 헬리콥터에 부딪힌다고 해서 로즈가 죽을지 어떨지는 확실하지 않았다. 하지만 확신이 없다는 점이 오히려 더 그녀가 전력을 끌어내게 만들었다.

사랑하는 언니의 존재는 다소나마 그녀에게 의욕을 불어넣어 주었다.

"니시노! 거, 거, 거의 다 왔어어어어어!!"

혼란에 빠진 타로스케가 절규했다.

위험 상황을 니시노에게 알리려 하는 것이었을까, 아니면 본능적인 비명이었을까. 그 손가락이 어마어마한 속도로 움직여서 유례없는 속도로 기타 현을 튕기기 시작했다. 스피커에서 이벤트장을 향해 공전절후의 연주가 울려 퍼졌다.

요즘 유행하는 주법이 아니라는 이유로 벌써 한참 동안 스폰서나 매니저들에 의해 봉인되어 왔던 초절정의 기술이, 절체절명의 상황을 맞이해서 최고의 컨디션으로 연주되었다. 최근의 음악 활동에 대해 품고 있던 불만이 한순간에 폭발한 듯했다.

"언니에게는 상처 하나 안 나게 할 거예요!"

가브리엘라의 시선이 헬리콥터를 응시했다.

그 직후, 헬리콥터의 움직임에 변화가 생겼다. 고속으로 회전하던 프로펠러 회전수가 그녀의 시선에 반응하듯 갑자기 뚝 떨어졌다. 동시에 거미줄에 걸리기라도 한 것처럼 기체의 움직임이 완만하게 느려졌다.

마치 자전거에 급브레이크를 건 것 같은 움직임이었다.

하지만 그 기세를 완전히 상쇄하기에는 역부족이었다.

"아……."

추진력은 급격히 줄어들었지만 헬리콥터는 여전히 정확히 무대를 향해 돌진해 오고 있었다. 최고속도로 날아오다가 서행하는 자동차 정도의 속도로 줄어든 수준이었다. 하지만 이대로 가면 무대와의 충돌은 피할 수 없을 듯했다.

가브리엘라의 입에서 흘러나온 것은 지금 한 발짝 모자랐던 자신의 움직임을 알고 있었기에 나온 탄식.

한편, 이 모습을 남의 일처럼 쳐다보고 있던 니시노는 앞쪽으로 기울어진 채 날아드는 헬리콥터 운전석에 무언가 낯선 물체가 있는 것을 확인했다. 양팔로 안아 들어야 할 크기의 상자형 물체가 좌석에 테이프로 고정되어 있었다.

"참 철두철미하기도 하군."

물체의 정체를 파악한 평범남이 오른손을 헬리콥터 쪽으로 내뻗었다.

반응은 그 직후에 나타났다.

무대에 직격하기 직전이었던 기체가 눈부신 빛에 감싸인 것이다. 그와 동시에 콰앙 하는 어마어마한 굉음에 이어서, 그 일대가 우르르 진동했다. 헬리콥터에 폭발물이 탑재되어 있었던 것이다.

이벤트장 일대가 충격과 빛에 휩싸였다.

지진 대국인 일본에 살다 보니 피난 훈련을 여러 번 해 본 덕분인지 헬리콥터 폭발 현장에 있던 관객들 대부분은 땅바닥에 엎드려서 충격에 대비했다. 무대 구석에서 이벤트 진행을 돕고 있던 스태프들도 마찬가지였다.

엎드린 그들의 머리 위를 섬광과 폭발음이 휩쓸었다.

사방에서 비명이 터져 나왔다.

하지만 더 이상의 충격이 그들을 덮치는 일은 없었다.

예전에 타로스케의 호위를 맡았을 때, 수많은 총탄으로부터 그를 보호했을 것과 같은 현상이었다. 평범남이 의도한 대로 폭발의 영향은 헬리콥터를 중심으로 한 일정 범위에만 머물렀고, 열이나 충격이 더 이상 번지는 일은 일어나지 않았다.

"이, 이건……."

가브리엘라는 머뭇거리면서 고개를 들어 무대의 상태를 확인했다.

그 자리에 있던 다른 사람들도 마찬가지로 주위 상황을 살피기 시작했다.

가장 먼저 눈에 들어온 것은 무대 중앙에 추락한 채 불타버린 헬리콥터 잔해였다. 타닥타닥 불티가 흩날리고 있기는 하지만, 더 이상 불이 번질 기미는 보이지 않았다. 철수 직전의 캠프파이어 같은 상태였다.

하지만 무대 시설까지 무사할 수는 없었다. 헬리콥터와 충돌한 부분이 푹 파여 있었다. 폭풍과 충격에 의한 피해는 보이지 않았지만, 그래도 무대를 복구하자면 상당한 인력이 필요할 것 같았다.

자리에 있던 스태프들은 비록 겁에 질려서 자빠져 있는 사람들도 몇몇 보이기는 했지만 딱히 다친 사람은 없어 보였다. 공연을 계속하기는 불가능해 보였으나 인명피해는 0으로 틀어막았다. 그렇기에 그 광경을 목격한 이들은 하나같이 어리둥절한 표정이었다.

"도, 도대체 뭐가 어떻게 된 거예요……?"

가브리엘라도 지금 이 순간만큼은 자존심을 접어 둘 수밖에 없었다.

머뭇머뭇 니시노에게 물었다.

"조종석에 폭발물이 실려 있었어. 방금 그 섬광과 충격음은 그 폭발 때문에 일어난 거야. 네게 맡기겠다고 해 놓고 나서서 미안하지만, 이번에는 내가 처리했어. 같은 학교 친구가 죽는 일은 없어야 하니까."

"그, 그랬군요……."

"네가 잘 대처한 덕분에 폭발물이 있는 걸 알아챌 수 있었어. 고맙다."

"……."

조용히 그렇게 말하는 니시노.

그가 한 말치고는 드물게도, 조금 전까지만 해도 느껴졌던 거만한 말투나 시니컬한 태도를 찾아볼 수 없었다. 그의 인격을 제대로 이해하지 못하고 있는 가브리엘라도 그 진의를 쉽게 이해할 수 있을 정도였다.

"그럼 처음부터 당신이 대처했으면 됐잖아요."

"너무 그러지 마. 나 혼자 했다면 알아채지 못했을 거라고 했잖아."

"그래도……."

"이건 네가 이룬 성과이기도 해."

"……."

상대가 그렇게 나오니 그녀로서도 대꾸할 말이 없었다. 뭐라고 대꾸해야 좋을지 적당한 말을 찾고자 고민에 잠겼다. 그녀가 평소에 껄끄럽게 여기는 상대라는 점도 크게 작용했다. 설마 평범남에게 칭찬을 듣게 될 줄은 생각도 못 했던 것이다.

그런데 헬리콥터 돌격을 무사히 넘기고 한숨 돌리는 것도 잠시뿐이었다.

"꼬, 꼼짝 마!"

무대 한쪽에서 목소리가 울려 퍼졌다.

무대 위에 있던 모두의 시선이 이번에는 또 무슨 일인가 싶어서 목소리가 난 쪽으로 향했다. 그랬더니 거기에는 조금 전에 타케우치를 제압하고 있던 스태프의 모습이 있었다. 한 손에 권총을 들고 어느새 다시 타케우치를 붙잡아서 그 이마에 총구를 들이대고 있었다.

"스태프 중에도 내통자가 있었나? 참 용의주도한 놈들이군."

권총이 진짜라는 것을 알아챈 니시노는 움직임을 멈추었다.

최대한 폼을 잡으며 농담을 던지는 게 그가 지금 할 수 있는 전부였다.

"이 자식의 목숨이 아까우면, 거기 그 여자를 넘겨."

스태프는 위협하듯이 말했다.

그 시선이 가리키는 것은 가브리엘라였다.

인질 신세가 된 타케우치 입장에서는 환장할 노릇이었다. 설마 자기가 총구 앞에 놓인 신세가 될 줄은 몰랐던 학급 넘버 원 훈남. 게다가 그 해방 조건은 옆 반 여학생과의 인질 교환이었다.

그러다 보니 대놓고 목숨을 구걸하기도 난감한 상황이었다.

무대 위에는 같은 학교 학생들과 타로스케밖에 없었다. 이 스태프는 지금 대체 누구를 위협하는 걸까. 타케우치는 도대체 뭐가 어떻게 돌아가고 있는 건지 종잡을 수가 없었다. 조금도 상황을 이해하지 못하고 있었다.

하지만 그럼에도 그는 훈남이었다. 의사의 아들로 태어나서 충분한 교육을 받으며 자란 똑똑한 훈남이었다. 스스로 생각해서 스스로 판단할 능력을 갖추고 있었다. 그렇게 도출해 낸 판단에 따라 주체적으로 행동할 수 있는 힘이 있었다.

다른 선택지는 말이 안 되는 것처럼 보였기에, 그는 이 스태프의 대화 상대가 타로스케일 거라 판단했다.

"……."

그래서 타케우치는 더더욱 참을 수가 없었다.

왜 타로스케가 아닌 니시노가 이 스태프의 말에 대꾸하고 있단

말인가. 보란 듯이 폼을 잡는 그 모습에 짜증이 꼭지까지 솟구쳤다. 왜 네가 토크를 하고 있는데, 라고 따지고 싶어서 미치고 팔짝 뛸 지경인 훈남이었다.

"보아하니 무대 뒤에서 일하는 스태프인 것 같은데, 이렇게 나서서 일을 벌여도 되는 건가? 거기 그 카메라는 아직 안 꺼졌어. 나중에 일이 귀찮아질 게 분명해. 설마 헬리콥터를 대신해서 폭발하고 싶은 건가?"

니시노는 무대 천장에 설치된 렌즈를 쳐다보며 말했다.

그 말에 스태프는 언성을 높여 대꾸했다.

"닥쳐! 잔말 말고 그 여자나 넘겨!"

총을 쥔 스태프의 말로 미루어보아, 이 일련의 소동이 가브리엘라를 노린 것이라는 점은 명백했다. 로즈는 노골적으로 얼굴을 찌푸리고 있었다. 성가셔 죽겠다는 표정이었다.

"대신 그 여자를 데려가는 건 어때?"

평범남의 시선이 가리킨 곳에는 그런 그녀의 모습이 있었다.

"……니시노, 아무리 그래도 이건 너무한 거 아냐?"

당연히 당사자가 따지고 들었다.

빈말로라도 걱정 정도는 해주기를 바랐었다.

"닥쳐! 얌전히 거기 그 여자나 넘겨!"

"……."

이제 이걸 어쩐다? 니시노는 생각했다.

상대도 상당히 절박해 보이니 교섭의 여지는 없을 것 같았다. 그래도 마음만 먹으면 어떻게든 해결할 수 있는 능력이 있는 그였다. 하지만 지금은 인질이 같은 반 급우이다 보니, 그도 주저할 수밖에 없었다. 자칫하면 얼굴에 흉터가 생길지도 모른다.

만약 자기가 인질로 잡힌 상태였다면 평범남은 개의치 않고 대처했을 것이다. 그런 식으로 대처했다가 한쪽 눈을 잃은 적도 있었다. 하지만 학우가 인질이 되면 신중해지는 것이 니시노의 가치관이었다.

타케우치는 학년을 대표하는 훈남이다.

그 얼굴에 흉터가 남게 만드는 건 어떻게든 피하고 싶었다.

그렇게 고민에 잠긴 니시노의 모습을 보고, 남자는 자신이 우위에 서 있다고 느낀 모양이었다. 품속에서 바들바들 떨고 있는 타케우치의 모습을 확인하더니 이대로 밀어붙이면 자신이 이길 수 있을 거라 판단한 듯했다. 한결 여유가 생긴 표정으로 다시 한번 재촉했다.

"알았거든 빨리 그 여자를……."

직후, 남자의 머리에 탄환이 박혔다.

푸슛 하는 맥없는 소리가 울려 퍼지는가 싶더니, 그의 온몸에서 힘이 빠져나갔다. 그리고 앞쪽으로 철퍼덕 고꾸라졌다. 총알은 후두부 쪽에서 앞쪽으로 두개골을 관통했다. 튀어나온 뇌내 조직이 흩뿌려지고 무대에 피가 튀었다.

"……."

인질로 잡혀 있던 타케우치 뒤쪽의 무대 입구에서 우람한 체구의 흑인 남성이 모습을 슥 드러냈다. 검은색으로 통일된 셔츠와 재킷, 그 위에 다시 검은 코트를 걸치고 있었다. 온몸이 다 검은색이었다.

게다가 그 손에는 권총까지 들고 있으니 살벌하기 그지없었다. 스태프가 절명하는 모습을 목격한 직후였던 타케우치는 느닷없이 접근하는 그 남자를 보고는 짤막한 비명을 내지르며 허둥지둥 거리를 벌렸다.

반면에 니시노는 평소와 다를 바 없는 말투로 말했다.

"이제 나와는 일 안 하기로 한 것 아니었나, 마키스?"

"……아직 못 갚은 빚이 있어서 말이지."

상대는 익숙한 바텐더였다.

둘 중 하나의 외모 평균점이 너무 형편없는 바람에, 두 사람 사이에서 오가는 대화는 보는 이를 민망하게 만들었다. 하지만 지금 이 순간만은 아무도 그들 사이에 끼어들 엄두를 내지 못했다. 덕분에 평범남은 마음껏 폼을 잡을 수 있었다.

"사소한 것에 연연하는 성격은 여전하군. 그러면 여자들이 싫어할걸."

"아니, 그건 아냐. 네가 너무 생각이 없는 거지."

"그런가?"

"그래."

스태프가 사망한 덕분에 무대 위는 어느 정도 안정을 되찾았다.

하지만 공연을 계속하는 건 틀린 것 같았다. 원인은 헬리콥터에 추락한 헬리콥터. 바닥이 푹 꺼져 있었다. 폭발의 영향 때문에 기체에서는 아직도 모락모락 연기가 피어오르고 있었다. 철거하려면 제법 시간이 걸릴 것이다.

그런 상황 때문인지, 어느새 이벤트장의 관객들도 멀찍이 물러나 있었다. 조금 전까지만 해도 앞다투어 무대 쪽으로 몰려들었던 사람들. 하지만 지금은 가장 앞줄만 해도 무대에서 수십 미터는 떨어져 있었다.

"이건 수습이 힘들겠는걸."

남의 일처럼 한가하게 말하는 로즈. 한숨 쉬듯 말하는 그 태도를 보면 춤출 기개도 이제 사라지고 없는 모양이었다.

그리고 그 점은 무코우사카와 타케우치도 마찬가지였다. 이렇게 된 마당이니, 이벤트 재개를 운운하기 이전에 경찰이 오기를 기다려야 할 상황이었다. 마츠우라에게 찔린 가짜 타케우치도 아직 무대 뒤에 나뒹굴고 있었다. 꼼짝도 하지 않았다.

"저기, 저는 화장실 좀……."

경위가 어찌 됐든 무대가 일단락된 걸 확인하고, 가브리엘라가 니시노에게 말했다. 절체절명의 위기에 처한 그녀의 대장 상황을 하소연하는 말이었다.

그러나 그녀의 염원은 이루어지지 못했다.

복통 공주의 목소리를 지워버리듯, 다른 방향에서 굉음이 울려 퍼진 것이다.

그것은 원동기가 작동하는 소리였다. 대형 디젤 차량을 연상케 하는 배기음이 울려 퍼지는가 싶더니, 이벤트장 옆에 설치되어 있던 울타리가 우지끈 소리를 내며 쓰러졌다. 인접한 도로와 이벤트장을 구분하는 울타리였다.

왜 울타리가 쓰러진 건가 싶어서, 모두의 시선이 그쪽으로 쏠렸다.

그러자 그 직후, 울타리 너머에서 위장색을 칠한 장갑차가 짓쳐들어왔다.

그리고 장갑차에 뒤이어서 방패를 든 엄청난 수의 어른들이 눈사태처럼 이벤트장으로 몰려들었다. 그들도 장갑차와 마찬가지로 위장색 제복을 입고 있었다. 방패를 든 자들 뒤쪽에는 중화기로 무장한 자들이 도사리고 있었다.

그들은 규율이 잘 갖추어진 움직임으로 채 수십 초도 되지 않아서 이벤트장 안에 입성했다. 넓은 이벤트장을 가득 채울 기세로 위장색 제복 무리가 전개되었다. 그들은 하나같이 무대를 정면으로 응시하면서 방패나 무기를 들어 임전 태세를 취하고 있었다.

게다가 이벤트장 상공에는 기관총으로 무장한 헬리콥터까지 날아다니기 시작했다.

"이게 웬 난리야……."

안 그래도 안색이 안 좋았던 타로스케의 표정이 한층 더 창백해졌다.

〈부활동 15〉

댄스 이벤트 오프닝 공연을 벌이던 것도 잠시, 어느새 니시노 일행은 무장한 위장색 제복 집단에 포위되어 있었다. 조금 전까지만 해도 관객들이 미친 듯이 춤추던 곳을 지금은 중화기를 든 우락부락한 남자들이 채우고 있었다.

그들 무리의 가장 앞줄에서 무대까지는 10여 미터 거리였다.

이번에는 타케우치나 무코우사카뿐만 아니라, 그 자리에 있던 모두가 얼어붙어 있었다. 로즈와 가브리엘라도 예외는 아니었다. 마키스도 들고 있던 권총을 버리고 손을 머리 위로 들고 있었다.

아무리 그들이라고 해도 어떻게 해 볼 수가 없는 전력이었다.

하지만 이런 상황에서도 분위기 파악을 못 하는 녀석이 하나 있었다.

"가브리엘라, 너는 얌전히 여기 있으면 돼."

늘 그렇듯 니시노였다.

츠누마 고등학교가 자랑하는 교내 카스트 최하층이었다.

"아……."

"시범을 보여주지. 잘 봐 둬."

그의 그런 말투에는 가브리엘라도 놀라지 않을 수 없었다.

평범남과 마찬가지로 신비로운 파워를 다룰 줄 아는 그녀였지만, 지금 눈앞에 있는 전력에는 상대가 되지 않았다. 자기 힘으로 어떻게 해 볼 수 있는 상대가 절대 아니었다. 그리고 눈앞에 있는 이 사람도 그 점은 마찬가지일 거라 생각했었다.

"잠깐, 아무리 너라도 이걸 상대로는……."

마키스가 보다 못해 제지했다.

그런 모두의 걱정이 소년 니시노를 한층 더 고무시켰다.

가브리엘라의 곁을 떠나서 태연한 표정으로 무대 위를 걸었다. 탓 하고 가볍게 무대 바닥을 박차더니 스테이지에서 바닥으로 내려섰다. 그리고 고개도 돌리지 않고 등 뒤를 향해 거만하게 말했다.

"거기 그 여자를 꼬시는 것에 비하면 이 정도 미션은 식은 죽 먹기지."

한껏 폼을 잡는 말투.

그건 지난주 아키하바라에서 있었던 이벤트를 두고 하는 말이었다. 그도 그럴 것이, 그 데이트는 난생처음으로 그가 여자에게 데이트 신청을 해서 성사한 데이트였던 것이다. 동정남에게는 추억으로 남고도 남을 사건이었다. 그걸 의식하지 않는다면 거짓말이리라.

"으……."

덕분에 타케우치는 뼈저리게 실감했다.

이 녀석은 답이 없는 바보라는 걸.

사정을 모르는 그의 입장에서 보면, 오늘의 평범남은 그냥 폼 잡는 바보처럼 보일 뿐이었다. 수많은 총탄 세례를 받고 산산조각이 되는 동급생의 모습이 그의 총명한 뇌리에 선명하게 그려졌다.

"니, 니시노!"

로즈도 걱정 어린 목소리였다. 그녀도 이번에는 진지한 표정이었다.

하지만 그래도 평범남은 멈추지 않았다.

무대 정면에 전개해 있는 위장색 제복 집단을 향해서 날라리 니시노가 걸어갔다. 양손을 치마 주머니에 찔러 넣고 한껏 뜸을 들이는 발걸음이었다. 그런 자신의 모습이 최고로 멋있을 거라 생각하고 있다는 점이 더더욱 최악이었다.

한동안 그렇게 걸어간 그는 위장색 집단 몇 미터 앞에서 멈춰 섰다.

정면에는 여러 대의 장갑차가 늘어서 있고, 거기 탑재된 기관총 총구가 이쪽을 겨누고 있었다. 머리 위에서는 여러 대의 무장 헬리콥터가 광학 유도 공대지 미사일을 겨누고 있었다. 게다가 세 자릿수에 이르는 보병들이 휴대 화기 방아쇠에 손가락을 걸친 채 이쪽을 조준하고 있었다.

덕분에 평범남의 컨디션은 최고였다.

"누가 대화에 응할 거지?"

"으……."

차마 더는 눈 뜨고 볼 수가 없어서, 타케우치는 시선을 돌렸다. 평범남의 행동이 그에게는 마치 자기 일인 양 창피하게 느껴졌다. 수만 명의 관중 앞에서 팬티 한 장 차림으로 춤추었던 기억조차 희미해질 만큼의 창피함이었다.

그냥 오늘 확 죽어버려라.

그때, 니시노의 목소리에 화답하듯 수많은 차량 중 한 대의 문이 열렸다.

거기서 모습을 드러낸 건 정장 차림의 백인 남성이었다.

나이는 40대 중반쯤이고 키는 180을 약간 넘는 정도. 백인들 중에서도 유난히 이목구비가 뚜렷한 얼굴이 인상적이었다. 금색 머리칼은 올백으로 빗어 넘겼고, 머리카락과 같은 색깔의 얇은 금테 안경을 쓰고 있었다.

그 번듯한 차림 덕분에 변호사나 회계사처럼 엘리트 같아 보이는 인상을 주는 인물이었다.

차량에서 지면으로 내려선 남자는 니시노를 향해 몇 발짝 걸어왔다.

안경 속 날카로운 눈매를 번뜩이며 상대를 매섭게 쏘아보았다.

"……."

그런 그의 움직임에 주위에 정렬한 위장색 제복 무리 사이에 동요가 일었다. 아니, 잠깐, 이런 건 예정에 없었잖아, 하는 태도였다. 자연스럽게 평범남의 관심은 그 남자 쪽으로 쏠렸다.

"무대 위에 있는 저 여자가 그렇게 소중한가?"

남자에게서 날아든 것은 일방적인 질문이었다.

나이에 비해 쉬어 보이는, 묘하게 나지막한 목소리였다.

"같은 학교에 다니는 친구야. 보다시피 같은 부활동에 속해 있기도 하고."

날라리 니시노는 무대 위에 서 있는 가브리엘라를 힐끗 쳐다보며 대꾸했다. 아담에게 전수받은 하이퀄리티 여장 차림 때문에 평소보다도 훨씬 더 멋대가리 없게 느껴지는 대사였다. 하지만 정작 본인은 전혀 인식하지 않는 기색이었다. 다른 사람은 다른 사람, 자기는 자기라는 식이었다.

"일개 학생치고는 요란하게 일을 벌이는 것 같은데……."

"그건 피차일반 아닌가? 즐거운 이벤트를 이렇게 망쳐버리다니."

니시노는 추락한 헬리콥터 때문에 망가진 무대를 턱짓으로 가리키며 맞받아쳤다.

타로스케의 말에 따르자면, 어마어마한 액수의 손해 배상을 피할 수 없을 것이다. 남은 이벤트 기간은 2일. 어떻게든 내일부터는 정상적으로 공연한다고 해도, 결코 적지 않은 액수의 청구서가 누군가에게 날아가게 되리라.

"……."

"왜 그러지? 나는 일개 학생일 뿐인데."

"……다시 한 번 묻겠다. 저 여자가 그렇게 소중한가?"

정장 차림의 남자는 상대를 쏘아보며 근엄한 목소리로 물었다. 니시노가 보기에 그건 아주 마음에 드는 반응이었다. 그는 상대를 대화할 보람이 있는 대상으로 인식했다.

왜냐하면, 그 입에서 나오는 말 하나하나가 평범남의 취향을 저격하는 것들이었기 때문이다. 설마 의도하고 그러는 건 아닐 것이다. 하지만 본인의 생각이 어떻든 간에 시니컬을 지향하는 평범남의 기분은 점점 더 고조되었다.

그래서 그의 입에서는 평소보다도 더 손발이 오그라지는 말이 튀어나왔다.

"앞으로 반세기 정도는, 인류의 적이 될 각오도 하고 있어."

"……."

평범남은 천천히 손을 들어서 손가락을 딱 튕겼다.

그 직후, 정장남 뒤에 도열해 있던 부대에 변화가 생겨났다.

병사들이 들고 있던 자동소총의 방아쇠가 빠득빠득 소리를 내며 얼어붙었다. 방아쇠를 잡고 있던 손가락까지 완전히 얼어버렸다. 그리고 그 변화는 소총뿐만 아니라, 주위에 있던 모든 화기에도 일제히 일어났다.

사람이 조작하는 것 이외의 화기들은 가동 부위며 총구가 얼어붙어 있었다. 예외 없이 정상적인 동작이 어려울 정도로 얼어붙어 있었다. 게다가 얼어붙은 부위의 온도는 엄청나게 낮은 듯, 그 주위에 하얀 김까지 서릴 정도였다.

"앞으로 3분이면 2도 동상, 5분 후부터는 괴사. 괴사한 부분은 절단을 피할 수 없겠지."

"윽……."

"어떻게 할 거지?"

로즈가 했던 것을 떠올리며 씨익 웃어 보이는 날라리 니시노.

물론, 본인이 생각했던 것처럼 멋있는 그림은 나오지 않았다. 셀카를 찍으면서 어색하게 웃는 여고생 같았다. 하지만 애석하게도 이 자리에는 그 사실을 대놓고 지적할 수 있는 사람이 아무도 없었다.

대신, 남자가 탑승하고 있던 장갑차 문이 요란하게 열렸다.

거기서 모습을 드러낸 것은 니시노도 익히 잘 알고 있는 인물이었다.

"이제 다 만족하셨나요? 더 이상은 위험 행동으로 판단하겠습니다."

쭉쭉빵빵한 몸매를 자랑하는 묘령의 금발 미녀이자 가랑이 냄새가 나는 아줌마, 프랑시스카였다. 니시노와 로즈와는 니시노의 입원 소동 이후 처음 만난 것이었다.

그녀는 정장남 곁으로 성큼성큼 걸어와서 정중하게 말했다.

"아직 늦지 않았습니다. 다시 한번 잘 생각해 보시기 바랍니다."

"사전에 받은 설명을 아득히 뛰어넘는 것 같은데?"

"아니, 그렇지 않습니다. 저는 분명히 '최소한'이라고 말씀드렸습니다."

"……그러고 보니 그렇게 얘기했었지."

"네."

프랑시스카와 남자 사이에 어떤 대화가 있었는지 이 모습을 지켜보는 사람들은 알 도리가 없었다. 그래도 니시노라는 존재에 대한 모종의 정보 공유가 이루어졌으리라는 것쯤은 대강 짐작할 수 있었다.

"지금도 문란하게 여기저기 기웃거리나 보군."

시니컬남의 입에서는 자연스럽게 농담이 흘러나왔다.

동정인 주제에 할 소리는 아니었다.

"어머나, 오해하면 곤란해."

"오해할 여지가 어디 있지?"

"그렇게 따지자면, 나한테는 이쪽이 본가인데."

보아하니 원래부터 그녀와 관련이 있던 사이인 모양이었다.

그 발언을 인정하듯 정장남이 매서운 시선으로 그녀를 쏘아보았다. 날카롭게 찌푸린 눈빛이 안경 너머로 프랑시스카를 꿰뚫었다. 뒤이어서 나온 말도 직장 상사와 부하, 혹은 그 이상의 관계임을 짐작게 하는 것이었다.

"네게 그 정도 권한이 있는 줄은 몰랐는데."

"아……."

등장하기가 무섭게 프랑시스카는 어깨를 움츠리는 신세가 되었다.

조금 전과 다르게 그 표정은 얼어붙은 듯 긴장되어 있었다. 평범남과의 기탄없는 교류가 그녀의 의식에서 '자제'라는 단어를 잠시 지워버렸던 건지도 모른다. 새삼 자신의 실수를 깨달았다는 듯한 태도였다.

그래서일까, 시니컬남이 곧바로 반응을 보였다.

"너무 타박하지 마. 그래 봬도 고생이 많은 여자니까."

"……."

그게 네가 할 소리냐, 하고 현장에 있던 모두의 의견이 일치했다. 정장남과 프랑시스카뿐만이 아니라, 그 목소리가 들리는 범위 안에 있던 위장색 제복 무리도 뭔가 한 마디쯤 따지고 싶다는 듯한 시선을 던졌다.

하지만 화기가 얼어붙은 지금 상황을 생각하면 함부로 반론하기도 힘들었다. 요란한 헬리콥터 엔진 소리와 위풍당당한 장갑차들로 현장을 압도했던 것도 잠시, 지금 그들의 화력은 무장을 해제당한 것과 다름없는 수준이었다.

모두가 억울했다.

누구나 억울했다.

왜냐하면 저렇게 거만하게 굴고 있는 녀석이 볼품없이 생긴 황인종이었기 때문이다.

"네가 원하는 게 뭐냐."

정장남이 물었다.

지극히 솔직한 질문이었다.

그 질문에 니시노는 무대에 서 있는 가브리엘라를 턱짓으로 가리키며 대답했다.

"당신이 얘기한 저 여자의 생명과 생활의 자유."

상대를 조롱하려는 건 절대 아니었다. 본인은 지극히 진지했다. 하지만 그의 인격을 모르는 사람 입장에서 보면, 그냥 속 터지는 문답일 뿐이었다. 상대의 분노를 부채질하는 것처럼 보일 뿐이었다.

"그게 받아들여진다고 해서 너에게 무슨 이득이 있지?"

"그게 받아들여지면 지금 이 순간을 진심으로 즐길 수 있게 되지. 혹시 학우의 죽음을 같은 학교 친구들에게 알리는 불행을 겪은 적 있나? 겪은 적이 있다면 배려해줬으면 좋겠군. 겪은 적이 없다면 그 아픔을 헤아려주면 좋겠고."

평범남은 정장남의 눈을 빤히 응시하며 말했다.

너무나도 오그라지는 대사 덕분에 그대로 현장이 얼어붙었다.

이것이 무대에 약한 아시아인의 한계였다. 더 구체적으로 얘기하자면 두꺼운 외꺼풀과 넙데데한 이목구비가 문제였다. 진지한 표정을 지으면 언짢은 표정처럼 보이고, 감동해서 눈을 찡그리면 화난 것처럼 보이는 것이다.

아시아인에게 걸린 일종의 저주 같은 것이었다.

하지만 니시노와 대치 중인 남자는 그런 저주에 대해 어느 정도 이해가 있었다.

"알았다."

"……."

평범남의 부탁에 가만히 고개를 끄덕였다.

싸늘했던 표정이 조금이나마 이완된 듯 보였다.

"그렇게까지 말한다면, 내 딸의 진퇴를 네게 맡겨 보도록 하지."

"……딸?"

"그래, 딸이다."

남자의 시선이 무대 위로 향했다.

그러자 거기에는 결국 인내의 한계를 이기지 못하고, 배 속에 품고 있던 황금을 허벅지로 흘리고 있는 가브리엘라의 모습이 보였다. 아, 아아아아앙, 하는 목소리를 흘리며 바들바들 떠는 가브의 내일은 까마득해 보였다.

"……."

수많은 사람들 눈앞에서 변을 흘리는 딸의 모습을 보며, 아버지는 과연 무슨 생각을 했을까.

그 속내는 아무도 알 수 없었다.

그래도 그는 차분한 표정으로 말을 이었다.

"자기 의지로 딸을 버렸던 몸이 이제 와서 아비 노릇을 하려는 건 뻔뻔한 짓이겠지. 하지만 남들이 물으면 이렇게 답하겠다. 내가 바로 저 무대에서 춤추던 여자아이의 아버지라고."

"……."

그건 니시노도 미처 예상하지 못한 일이었다.

그는 상대가 가브리엘라를 노리는 조직의 대표 같은 지위에 있는 인물일 거라고 지레짐작하고 있었다. 하지만 방금 그 얘기를 들어 보면, 오히려 가브리엘라의 입장에서는 아군 쪽에 더 가까워 보였다.

"딸을 돌보는 일을 떠맡기게 된 건 미안하게 생각한다. 너희들 표현을 빌리자면, 본가에서 이런저런 다툼이 있었어. 다툼이 일단 마무리 되어서 이렇게 가브리엘라를 데리러 온 거지. 너희에게 적대할 생각은 없어."

지금까지의 고압적인 태도는 온데간데없이, 가브리엘라 아빠는 조용하게 말했다.

◇◆◇

가브리엘라 아빠의 말에 의하면, 오늘 이벤트에서 딸이 공격당하리라는 건 사전에 알고 있었다고 한다. 그래서 그녀를 보호하기 위해, 그리고 필연적으로 발생하게 될 소동을 해결하기 위해서 위장색 제복 군단을 동방하고 등장한 거라고 했다.

최종적으로는 테러 사건으로 날조해서 적당히 처리할 심산이었다는 모양이었다. 그걸 위한 준비는 마쳐 두었다고 했다. 그리고 니시노가 적대적으로 굴 경우, 이를 전업하는 목적도 겸하고 있었다는 것이 가브리엘라 아빠의 설명이었다.

"뭐, 결국 그 부대는 전력에 별 보탬이 안 됐지만."

질서정연하게 늘어선 위장색 부대를 바라보며, 가브리엘라 아빠가 말했다.

조금 전까지 얼어붙어 있던 그들의 손은 어느새 얼음이 녹아 물방울로 변해서 손가락만 약간 젖은 정도가 되어 있었다. 사정을 파악한 니시노가 중상으로 진행되기 전에 조치를 취해준 것이다.

"……."

그 말을 들은 니시노는 남자 옆에 서 있는 프랑시스카에게 조용한 분노를 발신하고 있었다. 그랬다면 미리 연락해줬어야 할 거 아냐, 라고 따지는 듯한 눈빛이었다. 안 그래도 가느다란 눈을 한층 더 가늘게 찌푸린 아이 콘택트였다.

평범남은 이제서야 자신이 집안싸움에 휘말렸다는 것을 이해했다.

"왜 프랑시스카를 그렇게 노려보는 거지?"

"그 여자가 이 자리에 있는 이유가 궁금해서 말이지."

"너도 알다시피 지난번에 딸이 신세가 졌으니까. 그 연장선상이야."

"그랬군."

"이것도 프랑시스카의 임무라고 생각해도 돼."

"……."

보아하니 가브리엘라 아빠는 가랑이 냄새 나는 아줌마와 같은 파벌에 속해 있는, 그러면서도 그녀보다 훨씬 더 높은 지위에 있는 인물인 듯했다. 그렇다면 더 이상 깊이 파고드는 건 위험할 거라 판단한 니시노는 여기서 언급을 멈추기로 했다.

"너에 대해서도 프랑시스카의 보고를 통해 파악하고 있었어."

"보나 마나 아무짝에도 쓸모없는 보고였겠지."

"적어도 오늘 이 결과를 만드는 데에는 충분한 내용이었다."

"으……."

가브리엘라 아빠의 말에 프랑시스카의 표정이 한층 더 얼어붙었다

이마에 식은땀이 흥건하게 흘러서 앞머리가 이마에 찰싹 달라붙어 있는 걸 알 수 있었다. 보아하니 그녀에게 이 남자는 그녀의 생사여탈권을 쥐고 있는 수준의 존재인 모양이었다. 이제 제발 그만해 달라고 하소연하는 듯한 표정이었다.

"이래 봬도 나는 나름대로 딸을 이해하고 있다고 생각해."

"부녀 관계가 원만한 건 좋은 일이지."

"혹시나 해서 묻는 거다만, 너는 어느 정도까지 할 수 있지?"

"글쎄, 대답하기 힘든 질문이군……."

상대의 적극적인 질문에 니시노는 어떻게 대답해야 할지 고민에 잠겼다.

과거에도 비슷한 질문을 몇 번 받은 적이 있었다. 하지만 지금

까지 그런 질문에 명백하게 대답한 적은 한 번도 없었다. 아니, 애초에 니시노 본인도 정량적인 대답을 갖고 있지 못했다.

그래서 평범남은 잠시 생각에 잠기는 시늉을 한 다음, 잔뜩 뜸을 들이며 대답했다.

"어느 정도까지 할 수 있느냐가 아니라, 어느 정도까지 할 건지를 물어야 하는 것 아닌가? 당신도 비슷할 텐데. 그러니까 여기까지 장갑차를 끌고 쳐들어온 걸 테고. 그저 방향이 다를 뿐이지."

"……하긴."

가브리엘라 아빠는 평범남을 보면서 감탄한 듯이 고개를 끄덕였다.

감정이 느껴지지 않는 무표정하고 담담한 얼굴에 아주 조금이나마 흥미로운 표정이 느껴졌다. 만약 반장이 방금 그 말을 들었더라면 몇 마디 비난이라도 퍼부었겠지만, 그는 다른 듯했다.

"질문은 다 끝났나?"

"물어보는 김에 하나만 더 물어보고 싶군."

"뭐지?"

"내 딸이나 네가 갖고 있는 그 힘을 억누를 수 있는 방법을 알고 있나?"

"그건 나도 몰라. 하지만 기껏 팔다리를 움직일 수 있게 됐는데, 다시 불편한 몸으로 살게 할 필요는 없지 않나? 약간 특이하기는 하지만 그것도 다 당신 딸의 일부니까, 부드럽게 받아들이는 게 부모의 역할 아닌가?"

"네 부모님은 너를 받아들였나?"

"당신 정도면 굳이 안 물어봐도 알아낼 수 있을 텐데."

"그렇긴 하지만, 당사자의 입으로 듣는 것에 의미가 있다고 생각하니까."

"그렇다면 당신이 조사한 그대로라고 대답해 두지."

개인적인 일까지 거리낌 없이 캐묻는 가브리엘라 아빠. 무슨 의도로 그러는 건지 니시노는 짐작도 가지 않았다. 그리고 애초에 그 대화 내용에 거부감이 느껴졌다. 그래서 평범남은 자신들의 사정을 우선시하기로 했다.

"그럼 이제 내 쪽에서도 확인하고 싶은 게 있는데."

"말해 봐."

가브리엘라 아빠의 옆에서는 가브리엘라가 창백하게 질린 얼굴로 둘 사이의 대화를 듣고 있었다. 그 시선은 니시노와 가브리엘라 아빠 사이를 오락가락하고 있었다. 마치 붕괴 직전의 댐을 보는 사람처럼 조마조마, 안절부절, 심란해서 견딜 수 없는 표정이었다.

"저 여자의 신변은 당신이 장악하고 있다고 봐도 되는 건가?"

"문제는 오늘 일로 대충 정리됐어. 그러니 그렇게 생각해도 무방할 거다."

그런 그녀의 불안 따위는 안중에도 없이, 니시노는 평소와 다름없는 말투로 말을 이었다.

그 일련의 대화는 두 사람이 대등한 관계라는 것을 여실히 드러냈다.

"내 집주인을 위협하던 녀석들은?"

"다 같은 소속 놈들이었으니까 같이 정리됐다고 봐도 무방할 거다."

"그렇다면 내 입장에서 더 따질 건 없군."

짤막하게 뇌까리고 그대로 발걸음을 돌리는 니시노.

더 이상의 문답은 사양하겠다는 듯한 태도였다.

그러자 미니스커트가 하늘하늘 나부꼈다. 그 속에는 아담에게 받은 섹시한 여성용 팬티. 그걸 목격한 위장색 제복 부대는 못 볼 걸 본 사람들처럼 얼굴을 찌푸렸다.

그런 평범남을 가브리엘라 아빠가 불러 세웠다.

"잠깐 기다려. 마지막으로 하고 싶은 말이 있어."

"……말이 참 많은 남자군."

니시노는 상대방에게서 돌아서서 반대쪽으로 몇 걸음을 걸어간 상태로 고개만 돌려 대답했다.

이런 상황에서 몸의 방향까지는 돌리지 않는 게 핵심이었다. 살짝만 고개를 돌린 채 얘기하는 게 요즘 니시노의 작은 취미였다. 걸어가는 방향을 12시 방향이라 한다면, 고개를 3시 방향으로 돌렸다. 비스듬하게 뒤쪽을 돌아보는 이 자세가 가장 멋진 자세라고, 이 동정남은 믿어 의심치 않았다.

"딸을 구해줘서 고맙다."

"……."

예상치 못한 감사의 말이었다.

니시노는 막연하게나마 가브리엘라 아빠의 입장을 이해했다.

설마 남의 면전에서 감사의 말을 들을 줄은 몰랐었다. 그리고 그렇게 말하면서 눈 한 번 깜짝하지 않고 이쪽을 똑바로 응시하는 눈빛은 더없이 성실했다.

"믿어 달라는 말은 안 하겠다. 하지만 이 마음은 진심이야."

"……그렇군."

그 눈빛 때문에 니시노는 그 말에 진지하게 답하기로 했다.

최대한 마음을 담아서 회심의 대답을 건넸다.

"이미 한 번 꼬셨던 여자니까, 그 정도는 서비스해 주지."

여자의 아버지 앞에서도 자제하는 법을 모르는 동정남.

그는 그런 짤막한 말을 남기고 이벤트장 밖을 향해 걸어갔다.

◇◆◇

니시노 일행이 이벤트장에서 분투를 벌이는 동안, 자기 방에서 홀로 조용하고도 고독한 싸움을 벌이는 여자가 있었다. 츠누마 고등학교 2학년 A반이 자랑하는 똑똑하고 예쁘기로 유명한 반장. 시미즈 치카코, 16세.

그녀의 적은 인터넷 저편에서 암약하는 정체불명의 존재.

만약 마츠우라였다면 금방 꺾였을 것이다. 그녀였다면 연줄을 있는 대로 동원하고 다리를 있는 대로 벌려서 한껏 슬픔에 한탄하며 대처했으리라. 동영상의 확산은 멈추지 못하더라도 일정한 일정량의 수요가 발생했을 때쯤, 마음의 위안을 구하는 쪽으로 옮겨갔을 게 틀림없다.

하지만 이 반장의 내면에 담긴 승부욕은 어지간한 여학생과는 차원이 달랐다. 부녀 가정에서 태어나서 아버지가 고생하는 모습을 지켜보며 자라온 그녀였다. 자기 뒤치다꺼리는 자기가 해내고 말겠다는 의지가 뿌리 깊이 박혀 있었다.

그렇게 집에 틀어박혀 지내기를 며칠.

아버지는 일하러 나갔다.

여동생은 학교에 갔다.

반장만 꾀병을 부리고 집에 남았다.

그녀는 자신이 출연한 동영상, 현역 여고생의 변태 스패츠 댄스를 계속 업로드하는 적을 저지하기 위해 먹고 자는 것조차 잊은 채 대처하고 있었다. 마지막으로 음식을 먹었던 게 얼마 전이었을까.

처음에는 그녀를 절망으로 몰아넣었던 키릴 문자도 근성으로 극복해 냈다.

"으…… 또 이 사이트에 올렸네!"

이제 그녀는 러시아 도메인도 두려울 게 없었다.

사전과 자동번역기를 무기 삼아서 이미 여러 번 사이트 측과 얘기를 나눈 바 있었다.

"후후후, 여기는 이미 얘기해 뒀으니까 어림없어!"

재빨리 메일 페이지를 열고 담당자에게 보낼 본문을 작성했다. 원어민의 실력에 비하면 턱없이 느린 작문 작업. 오탈자도 터무니없이 많았다. 그래도 그녀는 절대 굽히지 않고 자기가 원하는 글을 만들어냈다.

상대도 자기와 같은 인간인 이상, 의사소통에 있어 중요한 것은 진정한 의지라는 걸 깨달은 반장이었다.

그런 의지만 있으면 그녀의 교섭에 당해낼 동영상 사이트는 존재하지 않았다.

"윽…… 오늘은 지렁이 글씨! 이거 너무 싫더라……."

그렇기에 그녀는 이제 아라비아어 앞에서도 겁먹지 않았다. 그렇게 꼼꼼하게 임하는 자세는 더없이 적극적이었다. 수면 부족에서 비롯된 근거 없는 고양감이 그녀에게 한계를 넘어선 세계를 보여주었다.

덕분에 현역 여고생의 변태 스패츠 동영상은 눈 깜짝할 사이에 인터넷 세상에서 종적을 감추었다. 부끄러운 동영상은 지우려고 하면 더 늘어난다는 세상의 상식에 정면으로 맞서 싸워서, 이제 드디어 승리를 코앞에 두게 된 것이다.

지금까지 연락한 동영상 사이트의 수는 두 자릿수에 달했다.

노트북 단말기에 켜진 채팅 전용 채널에는 그녀의 요청에 응답한 동영상 사이트 운영진 엔지니어들의 이름이 즐비했다. 동영상 확산을 막기 위해서, 그녀는 자기 손으로 하나의 커뮤니티를 만들어낸 것이다.

계기가 된 것은 벤처기업이 만든 작은 동영상 사이트와의 교류였다. 그곳에서 알게 된 엔지니어에게 대책용 채널을 만들어 보라는 권유를 받았다. 그 후로 이메일에서 채팅으로 커뮤니케이션 방법이 바뀌었다. 반장의 작업 개혁이 이루어진 것이다.

이렇게 해서 동영상 단속에는 가속도가 붙었다.

"아, 이 러시아 사람, 채팅 초대를 받아줬잖아."

그녀는 전 세계에 존재하는 수많은 동영상 사이트에서 일하는 사람들을 끌어모아서 자신의 추태를 회수해 나갔다. 채널에서는 그녀의 어설픈 영어 실력을 바탕으로 채널 멤버들의 협조를 얻어서 원활한 사정 설명과 동영상 삭제, 업로드 규제를 위한 교섭이 이루어졌다.

그녀의 입장에서 불행 중 다행이었던 점은 그녀에게 채널 개설을 권유한 인물이 뛰어난 기술로 업계에서 이름을 날리는 엔지니어였다는 것이었다. 덕분에 그 인물의 이름에 흥미를 느낀 사람들이 줄줄이 몰려들었다.

세상에 있는 수많은 동영상 사이트 개발자들이 다수 참가한 채팅방. 그 커뮤니케이션의 존재 그 자체가 자신의 부끄러운 동영상 삭제보다 훨씬 더 커다란 가치를 갖고 있다는 것을 아직 10대 소녀인 그녀는 모르고 있었다.

"헤이, 시미즈! 아까 그 사이트 말인데, 아는 사람이 거기서 일하니까 내가 연락해 볼게." "아침에 연락 왔던 곳 말인데, 거기 올라왔던 영상은 삭제됐어." "오늘은 업무도 한가하니까 도울 일 있으면 도울게." "그런데 시미즈, 개인적으로 즐길 용도로 네 동영상을 좀 받고 싶은데, 신작 낼 계획은 없어?"

인간은 약하다. 혼자일 때는 더더욱 약하다. 쉽게 무너진다.

하지만 여럿이 모이면 엄청나게 강하다.

"그러고 보니까 시미즈가 궁금해하던 DMCA 쪽은 어떻게 됐어?" "아아, 거기는 아는 변호사가 명의를 빌려준댔어. 사무실은 뉴욕에 있는데, 시미즈는 일본인이니까 괜찮겠지?" "그럼 나도 거기 맞춰서 대처할게. 미안하지만 사무소 정보 좀 공유해줘." "그 정보, 나도 공유해줘."

"다음부터는 우선 변호사와 의논부터 하라고, 시미즈." "학생이 변호사를 찾아가기는 아무래도 힘들지 않을까?" "시미즈는 아직 어리니까 부모님이 도와줘야 하는 거 아냐?" "서양은 법률이 복잡해서 힘들다니까." "나는 대충 다 외웠어. 자세한 건 나중에 이미지를 보면서 확인해줘." "나도."

그런 단순하기 짝이 없는 진리를 반장은 이번 일을 통해 새삼 깨달았다.

"……."

문득 그녀의 머릿속에 같은 교실에서 학업에 매진하는 어떤 학생이 떠올랐다. 학교에서의 생활을 늘 혼자서 보내는 남학생. 전교생의 눈엣가시 취급을 당하면서도 매일 꾸준하게 학교에 나오는, 도대체 속을 알 수가 없는 학교 카스트 최하위.

그런 그의 마음은 도대체 얼마나 강인한 것일까.

"지, 지금은 다른 생각이나 하고 있을 때가 아니잖아!"

생각이 엉뚱한 방향으로 샜다는 것을 깨닫고, 화들짝 놀라 정신을 가다듬었다.

그녀는 황급히 자신이 진행 중인 작업을 채팅룸에 입력했다.

"아라비아어는 잘 못하는데, 교정해주실 분 계신가요?"

자동번역과 사전을 총동원해서 가까스로 만들어낸, 동영상 삭제를 요청하는 고객 문의용 문장. 그 문구를 채팅룸에 공유했다. 그러자 채널 멤버들이 기다렸다는 듯 댓글로 문장을 교정해 주었다.

어떤 상황에서든 먼저 자기 손으로 움직인 후에 협조를 구한다. 그런 그녀의 성실한 자세가 그녀를 돕는 엔지니어들 눈에는 호감을 느끼게 하는 요소가 되었다. 그리고 엔지니어들은 자신이 호감을 느낀 것에 대해서는 아무런 대가 없이도 도움을 주려 드는 이상한 생물이었다.

그렇기에 그녀가 만든 이 커뮤니티는 그녀에게 아낌없이 힘을 보태주었다.

타임라인에는 눈 깜짝할 사이에 댓글이 달렸다.

그에 대한 감사를 표현하는 영문을 입력하면서, 반장은 벌써 다음 타깃을 머리에 떠올리고 있었다.

"아, 타케우치 댄스 동영상을 불법으로 퍼 간 사람이 또 있네. 이쪽도 같이 삭제해 달라고 부탁하는 게 좋겠지? 이런 동영상으로 버는 돈도 만만치 않다고들 하니까……. 응? 뭐지? 아니, 이건……."

시미즈의 시선이 향한 곳은 브라우저의 다음 탭이었다.

그 탭에는 현역 여고생의 변태 스패츠 동화 스크린숏과 함께 그 출처를 나타내는 URL이 적혀 있었다. 하지만 링크 자체는 달려 있지 않았다. 지금까지 상대해 왔던 것들과는 약간 궤를 달리하는 것이었다.

반장은 자기도 모르게 그 URL을 읽어 나갔다.

"……닷, o●i●n? 오●온?"

게다가 그 동영상 직후에는 자기보다 훨씬 어린 소녀들의 민망한 모습이 고스란히 게재되어 있었다. 누가 봐도 아동 포르노였다. 보아하니 그런 정보를 전문으로 다루는 불법 게시판인 모양이었다.

"이게 뭐야! 여기 있는 거, 다 아동 포르노잖아!"

조용한 시미즈 가문의 집에 장녀의 목소리가 울려 퍼졌다.

설마 자신의 댄스 동영상이 아동 포르노와 동일 선상으로 취급되는 날이 올 줄은 꿈에도 몰랐었다. 게다가 그녀의 동화를 제외한 나머지 영상들은 하나같이 엄청나게 과격한 것들이었다.

당연히 일본 국내에서는 소지하기만 해도 불법인 영상들이었다.

"이건 불법이잖아! 이런 것들이 늘어나니까 우리 같은 피해자들이 나오는 거잖아! 인터넷은 모두의 것이니까 최소한의 규칙은 지켜야 할 거 아냐?! 이, 이건 절대 용서 못 해!"

우선 o●i●n이라는 도메인의 의미를 파악하는 것부터 시작해야 했다.

"이것도 같이 보고하는 게 좋겠지?"

반장은 원래부터 가지고 있던 가치관과 자신의 처지가 더해져서 점점 더 열정이 타오르는 것을 느꼈다.

〈부활동 16〉

결론적으로, 니시노와 동료들이 참가했던 이벤트는 첫날의 사고로 인해 전 일정이 중단되었다.

더불어 엄중한 보도 규제가 이루어졌고 참가자들은 이벤트장에서 일어났던 일에 대해 발설하지 말 것을 지시받았다. 촬영된 영상과 사진은 관계사들과 네트워크 공급사의 협조를 얻어 하나도 빠짐없이 삭제되었다.

그 안내는 미디어 관계자들뿐만 아니라 정보 통신, 나아가 IT 벤터와 출판사들에 이르기까지 온갖 업종에 대해 일제히 하달되었다. 덕분에 이벤트에 관한 화제는 어디서도 찾아볼 수 없게 되었다. 기껏해야 오프라인에서 입소문이 도는 정도가 고작이었다.

일본에서 가브리엘라 아빠가 가진 권력은 그 정도로 어마어마했다.

그리고 그날 밤.

어제도 숙박했던 호텔 꼭대기 층의 홀에 니시노와 로즈, 그리고 가브리엘라가 모여 있었다. 관객들의 시선으로부터 도망치듯이 이벤트장을 떠난 후, 반나절 정도 휴식을 취하고 다시 만난 것이다.

딱히 누가 나서서 연락을 취한 건 아니었지만, 자연스럽게 이곳에 모여드는 식이었다.

"결국 계속 이 여자에게 휘둘리기만 했다는 거네."

플로어 한쪽에 놓여있는 소파에 앉은 로즈가 말했다.

그 시선을 바로 옆에 앉아 있는 가브리엘라를 향했다.

평소의 가브리엘라였더라면 사랑하는 언니의 몸에 팔을 얽으려 들었을 것이다. 하지만 오늘 그녀는 별다른 움직임도 없이 그저 조용히 앉아만 있을 뿐이었다. 온갖 사건을 겪느라 피곤한 걸까, 아니면 관중들 눈앞에서 배설물을 지린 것을 아직도 마음에 두고 있는 걸까.

"범인을 제외하면 사망자도 안 나왔어. 그냥 이 정도로 넘어가면 되는 것 아닌가?"

아무런 대답도 하지 않는 가브리엘라를 대신해서 니시노가 대꾸했다.

"너희 반 애는 얼굴이 부어 있지 않았어?"

"겉으로는 까칠하게 대하지만, 역시 타케우치가 신경 쓰이는 건가?"

"신경 쓰인다니? 그게 무슨 소리야?"

니시노는 나지막한 테이블을 사이에 두고 그녀들과 마주 앉아 있었다.

홀에 다른 손님은 거의 보이지 않았다. 일정 랭크 이상의 객실에 숙박하는 손님들만이 드나들 수 있는 전용 현관을 통해서만 들어올 수 있는 홀이기 때문이었다. 그들이 왜 그런 홀에 들어올 수 있었던 건가 하면, 그들도 모르게 그들 각자의 이름으로 인원수만큼의 방이 예약되어 있었기 때문이었다.

참고로 그 소식은 가랑이 냄새 나는 아줌마가 로즈를 통해 전달한 것이었다. 뭔가 용건이 있는 것이리라. 적당한 때에 그녀가 찾아올 것이라는 것쯤은 쉽게 짐작할 수 있었다. 빨리 집에 가고 싶은 로즈는 올 거면 빨리 연락해야 할 거 아냐, 라고 내심 생각했다.

"말 그대로의 뜻이야."

"그게 무슨 뜻인지 모르겠으니까 이렇게 물어보는 거잖아."

"뭐, 이 얘기는 그만하지. 이건 어디까지나 네 사생활이니까."

"……."

로즈와 했다고 타케우치가 선언했던 사건은 아직도 니시노의 머릿속에 선명하게 남아서 눈앞에 있는 인물의 인상을 결정짓고 있었다. 정조 관념을 경시하는 로즈의 평소 행실과 아직도 동정을 졸업할 기미가 없는 평범남의 하반신 사정이 어우러져 생긴 고정관념이었다.

이러다가 평생 동정을 못 버리는 미래가 점점 더 현실로 다가오는 느낌이었다.

"그나저나, 어쩐지 무대에서 내려온 뒤부터 계속 조용한 것 같은데?"

니시노는 혼잣말처럼 중얼거리며 로즈에게서 가브리엘라에게로 시선을 옮겼다.

무대의상인 치어리더 복장을 하고 있던 것도 이제 과거의 일이다. 그녀는 이제 새하얀 드레스로 갈아입은 상태였다. 디자인은 평소 즐겨 입던 고스로리 패션과 일맥상통하는 면이 있지만, 검은색을 바탕으로 한 위압적인 분위기와는 대조적으로 뭔가 청순한 분위기를 풍기는 의상이었다.

"으……."

그의 목소리에 그녀는 소스라치게 놀라서 부르르 떨었다.

"왜 그러지?"

"제, 제가 뭘 어쨌다고 그러세요?"

서로의 시선이 마주치자마자, 가브리엘라는 언성을 높여 맞받아쳤다.

동시에 옆에 앉은 로즈의 팔을 꼬옥 끌어안았다.

"뭐야, 징그럽게 왜 달라붙고 이래?"

반사적으로 로즈의 팔이 움직여서 더 이상 달라붙지 말라는 듯 가브리엘라의 뺨을 꾹꾹 밀어냈다. 하지만 가브리엘라는 개의치 않고 끈질기게 로즈의 팔에 매달렸고——.

아니, 그럴 것처럼 보였다.

"아아앙!"

맥 빠지는 목소리와 함께 결박은 힘없이 풀리고 말았다.

밀려난 팔은 아무런 저항도 못 한 채 원래 자리로. 가브리엘라는 소파 등받이에 몸을 기대고 있었다. 그 팔을 밀어낸 로즈 입장에서는 약간 김이 새는 반응이었다. 평소에 비하면 저항다운 저항도 느껴지지 않았다.

"속은 좀 어때? 아까 많이 힘들어하던 것 같은데."

"지, 지금 무슨 소리를 하는 거예요?!"

"무대 위에서 신나게 지렸었으니까."

로즈를 힐끗 쳐다보고는 조용한 목소리로 그렇게 말했다. 만약 이 자리에 반장이나 타케우치가 있었다면, 그런 소리는 하면 안 되는 거라고, 매너 없는 짓이라고 곧바로 꾸중이 날아들었을 것이다.

"으……."

그 지적을 듣자마자 가브리엘라의 뺨이 새빨개졌다.

아마도 부끄러운 모양이다.

"……."

그들의 실랑이를 지켜보던 로즈가 가브리엘라에게 싸늘한 시선을 던졌다. 그녀의 시선은 말을 주고받는 두 사람 사이를 왔다 갔다 왕복했다. 니시노를 바라보는 가브리엘라의 표정에서 지금까지와는 다른 무언가를 느낀 모양이었다.

그런 언니의 시선을 아는지 모르는지, 가브리엘라가 이어서 말했다.

"한 가지 물어보고 싶은 게 있어요."

"뭐지?"

"대, 대체 왜 저를 도와주신 거죠?"

가브리엘라는 상대의 눈을 빤히 응시하며 물었다.

바로 며칠 전까지는 그의 모습이 눈에 들어오기가 무섭게 멀찍이 피해 다니던 그녀였다. 그런데 오늘 이 순간에는 비록 겁먹은 기색을 보이기는 했지만, 상대방의 눈치를 보는 태도가 엿보였다.

"너는 이미 우리 학교 사람이야."

한편, 대답하는 니시노의 태도는 담담했다.

늘 그렇듯 통명스러운 얼굴과 시니컬한 태도였다.

"그게 뭐 어쨌다는 거죠?"

"만약 네가 죽으면 2학년 B반 애들이 슬퍼하겠지."

"……."

2학년 B반이라는 게 뭐지? 문득 가브리엘라의 뇌리에 의문이 떠올랐다. 그것이 지금 자신이 속해 있는 학교 법인의, 매일 다니고 있는 교실에 달려 있는 간판에 적힌 문자열이라는 걸 기억해 내기까지는 약간 시간이 필요했다.

설마 그런 게 눈앞에 있는 상대의 행동 원리에 영향을 끼쳤다니, 믿기 힘든 이야기였다.

"그건 아마 모두에게 평생 잊을 수 없는 기억이 될 거야. 마음의 상처로 남을지 어떨지는 모르지만, 다소 좋지 않은 기억으로, 아니면 다시는 이룰 수 없는 사랑의 기억으로 영원토록 깊은 응어리를 남기게 되겠지."

"그건 또 무슨 소리예요?"

"내가 원하는 건, 진심으로 웃고 순수하게 즐거웠던 기억으로 남을 수 있는 청춘이야. 이제 1년 남짓밖에 남지 않은 짧은 기간이긴 하지만, 청춘이라는 이름 아래 평생 즐거운 기억으로 남을 수 있는 추억을 만들어 두고 싶어."

"……."

그것은 너무나도 무거운 고백이었다. 2학년 A반 학생이 이걸 들었다면 보나 마나 진절머리를 쳤을 것이다. 소름 끼치는 발언이었다. 당장 내일부터 평범남의 주위에서 더더욱 인기척을 찾아보기 힘들게 될 것이다. 이 녀석의 청춘에 얽히기 싫다면서 말이다.

하지만 본인은 더없이 진지했다.

평범남에게 있어 그것은 인생을 만족스럽게 살아가기 위해 필요 불가결한 것이었다.

그런 그의 마음이 전해진 건지, 가브리엘라도 진지하게 대답했다.

"그게 뭐예요? 그럼 당신이 살아 있는 이상, 저는 마음대로 죽을 자유도 없다는 건가요? 제 추한 몸을 원망하면서 남들 몰래 조용히 죽을 수도 없다는 건가요?"

그것은 반발심에서 비롯된 농담 같은 것이었다.

하지만 그에 대답하는 평범남은 제법 필사적이었다.

"그래."

"으……."

조용히 고개를 끄덕이는 니시노.

그건 가감 없는 그의 진심이었다.

"미안하지만 너는 최소 10년은 더 행복하게 살아줘야겠어. 그리고 내가 대학에 진학했을 때, 혹은 취직했을 때, 아니면 성인식 때라도 상관없으니까 학교 친구들과 만나서 함께 웃으며 이야기꽃을 피워줘야 해."

간절한 염원이었다.

"우리 학교에는 이렇게 예쁜 여자가 있었다면서 말이지."

이건 전부 다 마지막 순간을 행복하게 맞이하기 위한 일이었다. 민망하기 짝이 없는 말일지언정 진지하게 말해야만 했다. 교섭이라 해도 과언이 아니었다. 지금 이 순간, 평범남은 애걸복걸하듯 자신의 염원을 가브리엘라에게 털어놓았다.

결과적으로, 그런 호소는 상대방에게 조금 다른 의미로 전해졌다.

“……별 희한한 소리를 다 듣겠네요.”

“너는 그저 하루하루를 웃으면서 보내기만 하면 돼.”

“으…….”

니시노의 말에 가브리엘라는 말문이 턱 막혔다.

휘둥그레진 눈으로 정면에 앉은 동정남을 쳐다보기만 할 뿐이었다.

한편 그 모습을 바라보는 로즈의 마음은 편치 않았다. 이제 이것저것 가릴 처지가 아니라는 다급함에 자신의 천적인 가브리엘라를 쳐다보았다. 그녀가 이 얘기를 더 이어갈 수 없도록 목소리를 높여 화제 전환을 시도했다.

“너, 그런데 본가 일은 해결된 거야?”

매섭게 쏘아보는 눈초리였다.

만약 상대가 반장이나 타로스케였다면 공포에 전율했을 것이다. 하지만 로즈와 가브리엘라의 역학관계는 여전히 일방적이었다. 로즈는 가브리엘라에게 흠집 하나 낼 수 없었다.

“아, 네, 그쪽은 이제 괜찮아요. 걱정 안 하셔도 돼요.”

“믿어도 되겠어? 공격당할까 봐 잠도 제대로 못 자게 되는 건

싫은데."

"본가와 분가 사이에서 다툼이 있었나 봐요. 제 입장에서는 누가 이기든 알 바 아니었지만, 아버지 쪽이 한 수 위였대요. 당분간은 걱정 안 해도 될 거라고 했어요. 뭐, 미래는 아무도 장담할 수 없는 거지만 말이에요."

"왜 네가 표적이 됐던 거지?"

"얼마 전에 돌아가신 할아버지의 유언 때문이에요."

"유언?"

"듣자 하니 어마어마한 재산이 움직였나 봐요. 그때 저는 납치 감금을 당한 상태라서, 할아버지가 돌아가신 것도 모르고 있었는데, 제가 모르는 사이에 유서에 제 이름이 제법 등장했다나 봐요."

"……그랬구나."

"저는 할아버지의 유품 한두 개만 받으면 충분했는데 말이죠."

가브리엘라는 담담하게 말하면서 아련한 표정으로 두 사람에게서 시선을 돌렸다.

작별을 아쉬워하는 것이리라. 로즈에게 일상적으로 펼치는 열렬한 애정 공세를 생각해 보면 그녀답지 않은 반응 같아 보이기도 했다. 그 일면을 엿본 로즈는 이런 여자도 멀쩡한 부분이 있긴 하네, 라고 생각했다.

"그러니까 앞으로는 시끄러워지는 일도 없을 거예요."

"듣던 중 반가운 소리네."

"궁금한 게 하나 있는데, 네 아버지는 어디로 갔지?"

"아버지는 이미 일본을 떠나셨어요."

"참 빠르기도 하군……."

이벤트장을 떠난 지 아직 한나절도 되지 않았다. 오랜만에 만난 딸이니 잠시나마 같이 시간을 보내면 좋을 텐데, 하는 생각이 들지 않을 수 없었다. 하지만 정작 당사자에게서 아쉬워하는 기색은 찾아볼 수 없었다.

"그나저나 니시노, 슬슬 저녁 시간도 다 됐는데 같이 식사라도 하는 게 어때? 꼭대기 층 라운지에 레스토랑이 있다나 봐. 이 기회에 한 번 들러 보는 것도 괜찮을 것 같은데."

"그래, 그렇게 하지."

로즈의 제안에 고개를 끄덕이고 자리에서 일어서는 니시노. 그는 지금 거지나 다름없는 신세라서, 로즈의 제안을 거절하는 것은 곧 식사를 걸러야 한다는 뜻이 된다. 마침 배가 고프던 참이었기에 로즈의 제안에 순순히 응했다.

그런데 그가 완전히 몸을 일으키기도 전에 다른 곳에서 목소리가 들려왔다.

"응? 거기 계신 분들은 혹시 츠누마 고등학교의……."

어디서 들어 본 적이 있는 목소리였다.

자신들이 속한 고등학교의 이름이 들려와서, 모두의 시선은 목소리가 난 쪽을 돌아보았다. 그러자 거기에는 그들의 매니저 역할을 하던 7대3 가르마의 모습이 있었다. 지난번에 이 호텔 로열 스위트룸에서 만났던 업계의 높으신 분도 함께 있었다.

"혹시 저를 기다리고 있었나요?"

세 사람의 모습을 본 높으신 분이 말했다.
자기중심적이기 짝이 없는 추측이었다.
그 시선은 자연스레 로즈와 가브리엘라의 몸으로 향했다. 원피스 차임의 로즈도, 드레스 차림의 가브리엘라도 오늘 밤은 둘 다 섹시한 의상이었다. 덕분에 높으신 분은 기분이 좋아 보였다. 아마도 그의 취향에 딱 들어맞은 모양이었다.
"이제야 여러분도 사회적인 입장을 이해한 모양이네요."
높으신 분이 싱글싱글 웃으며 걸어왔다. 다만, 표정은 웃고 있으면서도 그 말투는 어제에 비해 위압적이었다. 뭔가 스트레스가 쌓일 만한 일이라도 있었던 모양이다.
그는 로즈와 가브리엘라가 앉아 있는 소파 옆까지 걸어왔다.
"제안을 받아들일 생각이 들었나 보군요. 저는 지금 당장 시작해도 상관없습니다만?"
하지만 그 미소는 오래가지 못했다.
원인은 그들과 동행하던 여성 때문이었다.
"어머나, 여기서 뭐 하고 있었어?"
7대3 가르마와 높으신 분 곁에 어째선지 프랑시스카도 같이 있었던 것이다.
그녀는 낯익은 사람들이 홀의 소파에 앉아 있는 것을 보고, 마치 오랜 친구라도 만난 것처럼 가벼운 목소리로 말을 걸었다. 높으신 분이 업계에서 차지하는 지위를 생각하면 아마 이벤트의 사후 처리를 위해 함께 있는 것이리라.
"어? 아, 아시는 사이입니까?"

그 모습을 본 높으신 분의 표정이 굳어졌다.

그 뒤에 있는 7대3 가르마도 긴장한 기색이 역력했다.

"아는 사이라고 할 수도 있겠네요. 저 중에 두 명은 비즈니스 파트너, 그리고 나머지 한 명은 실질적으로 제 상사에 해당하죠. 적어도 제 지위에서는 거스를 수 없는 사람이니까요."

"어……."

가랑이 냄새 나는 아줌마가 별생각 없이 던진 말에 두 남자는 완전히 얼어붙었다.

반면에 니시노는 그러건 말건 자연스럽게 말을 건넸다.

"일본에서 떠난 것 아니었나?"

"그분은 떠나셨지만 나는 아니야. 나는 이 나라에 남아서 사후처리를 맡아야 하니까."

"그랬군."

"정말이지, 너무 막 부려 먹는다니까. 힘들어 죽겠어."

"그게 당신의 일 아닌가?"

"뭐 어때서 그래? 일하면서 이 정도 불만도 없는 사람 있어?"

늘 그렇듯 가볍게 농담을 주고받는 평범남과 가랑이 냄새 나는 아줌마. 실제로는 어떤지 몰라도 남들이 보기에는 마음을 터놓고 지내는 친구처럼 보이는 광경이었다. 바에서 마키스와 얘기할 때와 별반 다를 게 없는 태도였다.

참고로 그런 그녀가 조금 전까지 하고 있던 일은 옆에 있는 두 남자를 인정사정없이 위협하는 업무였다. 그녀가 소속된 조직의 권력을 동원해서, 이번 소동으로 인해 발생한 불이익을 높으신 분에게 떠넘긴 것이다.

모든 것은 테러리스트의 소행이라는 식으로.

"그런데 두 분도 얘네들이랑 아는 사이였나 봐요?"

프랑시스카의 시선이 니시노를 떠나서 높으신 분과 7대3 가르마에게 향했다.

그 시선을 받은 두 남자는 당황해서 허둥댔다. 바로 어젯밤에 아동 매춘을 시도했던 게 찔렸던 것이다. 게다가 조금 전에는 프랑시스카가 보는 앞에서 거만한 태도로 굴기까지 했다. 덕분에 높으신 분의 안색은 창백하게 질렸다.

"고, 공연 전에 인사를 나눈 적이 있습니다. 그, 그, 그래서 안면이 좀 있는 겁니다!"

두 로리타가 뭔가 말을 꺼낼 틈을 주지 않으려고 허겁지겁 먼저 마을 꺼내는 높으신 분.

그 이마에는 어느새 송골송골 식은땀이 맺혀 있었다.

"어머, 그래요?"

"네, 그렇고말고요!"

겁에 질린 높으신 분과 아직 상황을 이해 못 한 프랑시스카.

두 사람의 대화를 지켜보던 니시노가 입을 열었다.

"너무 몰아붙이지 마."

"내가 언제 몰아붙였다고 그래?"

"지난번에 세상 돌아가는 이치를 가르쳐주기도 했으니까."

기다렸다는 듯 한껏 시니컬하게 구는 평범남. 이게 진심으로 업계의 높으신 분을 도와주겠답시고 한 소리이니, 더더욱 구제

불능이었다. 그런 점 때문에 같은 반 학생들이 자신을 꺼린다는 걸 아직도 이해하지 못하고 있었다.

프랑시스카는 고개를 갸우뚱할 뿐이었다.

"……세상 돌아가는 이치?"

"……."

높으신 분은 어젯밤에 니시노에게 했던 말을 그대로 되돌려 받는 신세가 되었다.

◇◆◇

그날, 반장은 자기 방에서 일종의 성취감에 전율하고 있었다.

그녀가 앉아 있는 의자 정면, 책상 위에 있는 노트북형 단말기에는 채팅 애플리케이션이 켜져 있었다. 그 타임라인의 위쪽에서 아래쪽으로 지금까지의 고생을 치하하는 말들이 줄줄이 달리고 있었다.

"수고했어, 시미즈. 이제 당분간은 괜찮을 거야." "이제 나머지는 경찰에게 맡겨. 쉬면서 피로도 좀 풀고." "따뜻한 우유 좀 마시고, 한숨 푹 자." "앞으로 비슷한 일이 생기면 이 커뮤니티를 이용해도 될까?" "그거 나이스 아이디어인데?" "오오, 그거 괜찮은 의견인걸."

휴일 밤, 가족들이 모두 잠든 시미즈 가문 집에서 일어난 일이었다.

드디어 반장은 현역 여고생의 변태 스패츠 동영상 박멸에 성공

한 것이다. 뚜껑을 열어 보니, 그녀의 동영상을 업로드하던 것은 불과 몇 명의 업로더였다. 보아하니 극소수의 인원이 집요하게 같은 짓을 반복하고 있었던 모양이었다.

그 접속 위치를 찾아내서 지금 막 경찰에 신고를 끝낸 참이다.

그 과정에서 각국의 엔지니어들이 활약해주었다. 국경을 넘은 액세스 주소 해석이나 예전 같으면 몇 달은 걸렸을 조사들이 불과 며칠 만에 끝난 것이다. 그리고 그 조사 결과에 대해서는 각 기업의 해당 부서에서 적절한 조치를 취할 것이라고 했다.

결과적으로, 현역 여고생의 변태 스패츠 동영상은 박멸되었다.

적어도 지금 이 시간, 그녀의 추태는 사람들이 알 만한 사이트에서는 모두 사라졌다.

"감사합니다. 정말 감사합니다……."

거듭 감사의 말을 채팅 타임라인에 입력하는 시미즈.

그것은 모든 싸움이 끝났음을 알리는 말이기도 했다.

아무리 몸이 피곤해도 현역 여고생의 변태 스패츠 동영상이 마음에 걸려서, 견딜 수 없이 마음에 걸려서 잠들고 싶어도 잠들지 못했던 지난날들. 그렇게 먹구름이 가득 끼어 있던 나날이 이제 겨우 종말을 맞이한 것이다.

어쩌면 앞으로 다시 업로드될지도 모른다. 현역 여고생의 변태 스패츠 동영상이 인터넷상에 대사 돌아다니는 날이 올지도 모른다.

하지만 이제 그녀는 의논할 사람들이 있었다.

자신은 이제 혼자가 아니라는 생각이 반장의 마음을 편안하게 해주었다.

지난 며칠 동안 마음속에 들어앉아 있던 괴롭고 힘든 것들이 타임라인에 올라오는 따뜻한 메시지들과 함께 어딘가로 빠져나갔다. 그것은 마치 겨울의 찬바람에 얼어붙었던 몸이 봄바람을 맞아 활기를 되찾는 것처럼 행복한 기분이었다.

"……."

반장은 감개무량한 기분으로 의자 등받이에 몸을 기댔다.

화면 속 채팅창에서는 커뮤니티에 모인 사람들 사이에서 이런 저런 대화가 오가고 있었다. 그중에는 영어도 있고, 중국어도 있고, 러시아어도 있는 등 국제적인 색채가 만연했다.

"나도 참, 무슨 생각으로 그런 짓을 한 건지……."

반장은 며칠 동안 열심히 불을 끄면서 한 가지 결론에 도달했다.

그건 바로, 역시 성실하게 차근차근 노력하는 게 제일이라는 것이었다.

평생에 한 번뿐인 여고생 생활이라느니, 나도 로즈처럼 남들에게 떠받들어지고 싶다느니, 시험 점수가 아닌 진짜 나를 보여주고 싶다느니, 그녀 안에 있던 사춘기적인 욕구들이 이번 일을 겪으면서 말끔히 날아가버렸다.

결국 남은 남이고 나는 나다.

그런 단순한 진리가 얼마나 중요한 것인지 시미즈는 뼈저리게 깨달았다.

"……."

그리고 똑똑한 반장은 최근 며칠 동안 겪은 일련의 소동을 통해, 자신이 지금까지 해 온 노력들이 결코 헛되지 않았다는 것을 깨달았다. 그녀가 지금까지 성실하게 공부하지 않았더라면, 현역 여고생의 변태 스패츠 동영상은 아직도 온 세상에 나돌고 있었을 것이다.

주위에서 원하는 대로 연기해 왔던 똑똑하고 귀여운 여자아이. 어쩌면 그건 스스로의 의지로 시작한 건 아닐지도 모른다. 하지만 이번에는 그것이 그녀를 사회적 죽음으로부터 구하는 데 단단히 한몫했다.

"……."

반장의 시선이 다시 채팅 타임라인으로 향했다.

그럭저럭 제법 글이 올라오는 대화 로그는 아직도 사전이나 번역 프로그램 없이는 몇몇 부분밖에 이해할 수 없어서 답답하기 짝이 없었다. 하지만 그렇다고 조금도 이해할 수 없는 건 아니었다.

그걸 본 그녀는 퍼뜩 깨달았다.

의미를 이해할 수 있는 대화들이 며칠 전보다 늘어났다는 것을.

"……."

시미즈는 기지개를 한 번 쭉 켜고 다시 원래 자세로 되돌아왔다.

원래는 피곤해서 눈꺼풀이 무거워질 만한 상황이었다. 하지만 지금 이 순간, 반장의 머릿속은 어쩐지 상쾌하기만 했다. 그 가슴속에서 맥동하고 있는 것은 온화하면서도 어쩐지 힘차게 느껴지는 고동이었다.

"……영어 공부나 좀 할까?"

참고서를 꺼내 들고 조용히 공부를 시작하는 2학년 A반 반장.
도쿄 외국어대학을 지망하는 우등생은 역시 달랐다.

◇◆◇

그날 밤, 츠누마 고등학생이 자랑하는 브레이크댄스 동호회 멤버들은 호텔 고층부에 있는 레스토랑에 둘러앉아 저녁 식사를 하고 있었다. 테이블 주위에는 니시노와 로즈, 가브리엘라, 그리고 타케우치와 무코우사카의 모습도 보였다.

타케우치와 무코우사카는 본인의 단말기로 친구에게 연락하는 행위에 지대한 흥미와 관심을 보인 평범남이 두 여성 멤버의 반대를 묵살하고 불러 온 것이었다.

드디어 니시노의 단말기에도 같은 반 학생과의 통화 이력이 남게 되었다.

“저기, 니, 니시노 선배…….”

“왜 그러지, 무코우사카?”

“아무래도 저는 방에 돌아가는 게…….”

벌써 몇 번째 하는 말일까. 무코우사카는 어쩔 줄 몰라 하며 머뭇머뭇 말했다. 이곳에 온 뒤로 그는 줄곧 빨리 돌아가고 싶다는 말만 반복하고 있었다. 끊임없이 나오는 수많은 요리들을 보며 황공해하는 듯했다.

척 보기에도 비싸 보이는 이 레스토랑의 요리는 실제로 1인당 수만 엔부터 시작하는 것들이었다. 접시에 예술적으로 놓여나오는 음식이나 식사의 분위기를 띄워주는 미인 웨이트리스 등, 누가 봐도 비싸 보였다.

당연히 그들 외에 식사 중인 손님들도 하나같이 그에 걸맞은 복장을 하고 있었다. 그런 분위기이다 보니, 상하 트레이닝복 차림으로 온 무코우사카는 튈 수밖에 없었다. 같이 식사나 하자는 니시노의 가벼운 초대를 받고, 동네 라멘집이나 갈 줄 알고 대충 입고 나온 공격수였다.

반면에 평범남은 그런 분위기에 아랑곳하지 않았다.

"신경 쓰지 마. 이 여자가 괜찮다고 했으니까, 먹고 싶은 대로 다 시켜."

그 시선이 가리킨 것은 가브리엘라였다.

이 식사는 그녀가 내는 것이기 때문이었다.

"……당신은 조금이라도 눈치를 좀 보는 게 어때요?"

"마음에 안 들었나? 그랬다면 사과하지."

"……."

거만하게 말하는가 싶더니 바로 사과하는 평범남.

귀에 무슨 말이라도 들어오면 일단 농담으로 받아치고 보는 게 니시노라는 생물이었다. 게다가 그게 악의를 갖고 하는 일도 아니니 더 상대하기 까다로웠다. 그 습관이 이미 조건반사 수준이라는 건 그를 아는 사람이라면 누구나 아는 상식이었다.

가브리엘라도 지난 며칠 동안 함께했던 것을 떠올리고, 그 점을 조금씩 이해하기 시작했다. 하지만 머리로는 아무리 이해하는 것과 그것에 적응하는 것과는 전혀 별개의 얘기였다.

"그냥 마음대로 하세요."
"고맙군."
"……."
게다가 이렇게 고분고분 대꾸하니 더더욱 대처하기 곤란했다.
한편, 로즈는 이런 면에 대해서까지 애정이 용솟음쳤다.
"니시노, 곁들임으로 나온 이 매시드 포테이토, 맛있으니까 먹어 봐."
잔뜩 신나서 그렇게 말하는 로즈.
지금 그녀의 머릿속에는 둘만의 디너 타임이 펼쳐져 있었다. 옆자리에 앉아 있는 평범남 이외의 다른 사람은 안중에도 없었다. 니시노가 뭘 먹고 어떤 표정을 짓는지, 그것을 관찰하는 데에 여념이 있었다.
"너는 이런 걸 자주 먹지 않나?"
"어머나, 이래 봬도 혼자 먹을 때는 나도 소박하게 먹어."
"나쁜 걸 먹는 게 아니고?"
"우후후, 표현 참 그럴싸한걸?"
니시노의 농담은 제법 정곡을 찌른 것이었다.
며칠 전 밤, 집 탈의실에서 쪽쪽 빨았던 평범남의 속옷 맛을 떠올리며 로즈는 미소를 머금었다. 그런 그와의 간접적인 점막 접촉은 동거를 시작한 이후로 그녀의 생업이 되어 있었다. 절대 빼놓을 수 없는 일과였다.
물론 니시노는 그런 걸 알 도리가 없었다.
"그, 그나저나 로즈, 그 원피스 진짜 잘 어울린다!"

이렇게 된 마당이니 타케우치도 질 수 없었다.

어떻게든 대화에 끼어들어 보려고 시도했다.

학교 안에서, 카스트 서열이 높은 훈남의 발언권은 여전히 견고했다. 그가 한 번 입을 열면 주위에 있던 모든 학생들이 입을 다물었고, 그의 말을 진지하면서도 긍정적으로 들을 태세에 들어가곤 한다.

하지만 이 브레이크댄스 동호회에서는 그런 권력이 전혀 먹히지 않았다.

그래서 타케우치도 이 자리에서 발언권을 차지하기 위해 필사적이었다.

"어머, 그래? 꽤 오래된 옷인데."

당사자인 그녀는 칭찬을 대충 흘려 넘겼다. 물론 그건 터무니없는 거짓말이었다. 니시노와 함께하는 디너 타임을 위해 고르고 또 골라서 선택한 옷이었다. 하지만 그녀가 원하던 말은 그가 원하던 사람이 아닌, 별 관심도 없는 느끼한 남자에게서 듣게 되었다.

"응, 진짜 예뻐. 아, 물론 가브리엘라의 옷도 예쁘고."

타케우치는 대화의 주도권을 차지하기 위해서 열심히 입을 놀렸다.

업계의 높으신 분과 얘기하는 과정에서 곤두박질친 주가를 끌어올리느라 필사적이었다.

"나도 무코우사카처럼, 설마 이런 고급 레스토랑일 줄은 모르고 왔어. 그런데 로즈랑 가브리엘라가 같이 있으니까 어쩐지 마음이 놓이네. 우리 둘이 좀 싸구려 같아 보여도 이 레스토랑에서 제일 우아한 너희 둘이 같이 있으니까."

무코우사카를 배려하는 발언도 니시노와는 하늘과 땅 차이였다.

"어머, 그래? 고마워."

"……고마워요."

하지만 두 사람의 반응은 영 뜨뜻미지근했다.

만약 상대가 2학년 A반 여학생이었다면 꺄아꺄아 비명을 지르며 기뻐했을 것이다. 그런 회심의 발언도 효과를 발휘하지 못하자 타케우치는 점점 더 초조해졌다. 벌써 몇 달 동안을 들이댔는데도 전혀 진도가 안 나가는 상황에 훈남은 머리를 싸쥐고 있었다.

더불어 한때 중단 위기에 처했던 니시노의 학교생활은 다행인지 불행인지 계속할 수 있게 되었다. 중화기를 얼려버렸을 때는 전학을 각오했던 평범남이었다. 하지만 막상 뚜껑을 열고 보니 훈남은 그게 니시노가 한 짓이라고는 생각하지 못하고 있었다.

그냥 어느 나라의 신병기라는 식으로 생각하는 게 타케우치 입장에서는 더 받아들이기 쉬웠다.

덕분에 짜증 내고 짜증을 돋우는 둘의 관계는 앞으로도 이어질 수 있게 되었다.

"그나저나, 너한테 물어보고 싶은 게 하나 있어."

"뭔데요, 언니?"

"너, 어제까지는 니시노 옆에 앉는 걸 죽도록 싫어하지 않았어?"

그녀의 지적대로 지금 가브리엘라가 앉아 있는 자리는 어제까지와는 달랐다.

음식이 놓여있는 원탁 주위에 둘러앉은 그들의 배치는 시계 방향으로 니시노, 로즈, 타케우치, 무코우사카, 가브리엘라 순이었다. 어제까지만 해도 니시노, 로즈, 가브리엘라 순으로 앉는 게 암묵적인 규칙이었다.

"어머나, 제가 그랬나요?"

태연한 얼굴로 대답하는 가브리엘라.

로즈의 눈초리가 매섭게 번뜩였다.

"무슨 바람이 불어서 마음이 변한 거야?"

"……."

대놓고 묻는 솔직한 질문이었다.

타케우치와 무코우사카는 식사하던 손길을 멈추고 두 사람의 눈치를 살폈다.

이거 실화냐, 하는 반응이었다.

이런 상황에서도 식사를 멈추지 않을 사람은 아마 니시노 정도밖에 없을 것이다. 로즈가 맛있다고 추천했던 매시드 포테이토. 그것을 은근히 우아한 나이프질로 썰어서 포크로 찍어 입으로 가져갔다.

그런 그에게 가브리엘라가 말을 건넸다.

"니시노 고쿄, 다, 당신에게 할 얘기가 있어요."

"……나한테?"

니시노는 매시드 포테이토를 꿀꺽 삼키고 되물었다.

매시드 포테이토는 생각보다 맛있었다. 조금 많이 집어넣은 데다가 가브리엘라의 말이 워낙 갑작스러웠던 탓에 삼키느라고 한참 고생해야 했다. 가까스로 음식을 목구멍으로 넘기고 겨우 대답했다. 물이 든 잔을 힐끗 쳐다보면서도 갈증을 애써 꾹 억눌렀다.

그런 평범남에게 그녀는 평소와 같이 담담한 말투로 말했다.

"저는 당신에게 관심이 생겼어요. 오늘부터 저와 교, 고제를 시작하시지 않겠어요?"

"……."

"반세기 정도는 인류의 적이 되어주겠다고 하셨잖아요."

니시노에게 그것은 저격소총 저격보다도 훨씬 더 강렬한 기습이었다.

【단편】〈가브리엘라〉

로즈 언니를 쫓아 일본으로 온 저는 거기서 어떤 남자와 재회했습니다. 이름은 니시노 고쿄라고 했던 것 같네요. 별다른 특징이 없는 얼굴이었습니다. 어디서나 흔히 볼 수 있는 아시아인 소년이었습니다.

적어도 외모로만 보면 그저 범부일 뿐이었습니다.

얼핏 보면 빈말로라도 매력적이라고 하기는 힘든 인물입니다.

하지만 어째서인지 언니는 그 남자에게 관심이 있는 것 같았습니다. 저와 얘기할 때도 틈만 나면 그 남자 얘기를 하곤 하니, 제 입장에서는 못마땅하게 느껴졌습니다. 게다가 저희와 같은 학교에 다니고 있기까지 해서 짜증이 치밀어 올랐습니다.

당연히 그런 남자를 그냥 둘 수는 없었습니다.

그래서 전학해 온 첫날, 저는 당장 그 남자를 제거하기로 마음먹었습니다.

같은 반 아이들에게 미리 확인해 보니, 타깃은 집에서 전철로 통학한다고 했습니다. 그래서 이 학교 학생들이 자주 이용하는 역 플랫폼에서 기다리기도 했습니다. 한 시간쯤 벤치에서 기다리고 있는데, 그 남자가 모습을 드러냈습니다.

딱딱한 벤치에 오래 앉아 있다 보니 엉덩이가 아파 오기 시작한 참이었습니다. 그동안 역을 이용하는 사람들은 무슨 구경이라도 하듯 시선을 던지곤 했습니다. 썩 기분 좋은 시간은 아니었습니다.

그 울분을 토해내듯 저는 그 남자에게 말을 걸었습니다.

"이제야 오셨네요. 어디를 싸돌아다니다가 이제 나타났어요?"

"……무슨 일이지?"

"잠깐 저랑 얘기 좀 할래요?"

"미안하지만 지금은 바빠. 다음에 하지."

언니의 말에 의하면, 그 남자도 제가 의수와 의족을 움직일 때 쓰는 것과 똑같은, 눈에 보이지 않는 신비로운 힘을 쓴다고 했습니다. 하지만 과거에 싸웠을 때는 그런 모습은 볼 수 없었습니다.

보나 마나 별것 아닐 게 분명합니다.

그렇게 생각한 저는 그 남자와 정면으로 맞서기로 했습니다.

역 플랫폼에서 자리를 옮겨 근처에 있는 폐건물로 갔습니다. 머지않아 해체될 예정인 듯, 이미 내부 인테리어는 다 치워진 상태였습니다. 날이 저물어 가는 시간이기도 해서 인적을 찾아볼 수 없었습니다.

거슬리는 사람을 위협하기에는 안성맞춤인 장소였습니다.

"이런 쓸쓸한 곳에서 최후를 맞이하겠다니, 당신도 참 안된 사람이네요."

"그런 대사는 전에도 여러 번 들었어. 하지만 그런 말을 한 자 중에는 오히려 자기가 여기서 최후를 맞이한 자도 있었지. 나쁜 말은 안 할 테니 마음을 고쳐먹는 게 어때? 오늘 막 전학 오긴 했지만, 너도 같은 학교에 다니는 사이니까."

하지만 그건 얄팍한 판단이었습니다.

제 공격은 아무런 효과도 없이 막혀 버리고 만 반면, 상대의 일격은 순식간에 제 팔다리를 잘라내 버렸습니다. 게다가 그건 제대로 반응할 수도 없는, 그야말로 찰나의 순간에 일어난 일이었습니다.

째앵 하고 날카로운 소리가 들리는가 싶더니, 어느새 제 몸은 기울어져 있었습니다.

"어?!"

"그 여자를 갖고 싶으면 네 마음대로 해라."

저는 허둥지둥 뒤로 물러섰습니다.

방금 그 일격이 팔다리가 아닌 목으로 날아들었다면, 저는 스스로의 죽음을 안타까워할 틈도 없이 눈 깜짝할 사이에 절명했을 겁니다. 아니, 방금도 제 팔다리가 의수와 의족이 아니었더라면 과다 출혈로 죽었겠지요.

그 사실을 이해한 순간, 저는 등골이 오싹해지는 것을 느꼈습니다.

트라우마가 떠올라서 순식간에 심장이 크고 요란하게 고동치기 시작했습니다.

반면에 그 남자는 조금도 동요하는 기색 없이 조용히 이쪽을 쳐다보고 있을 뿐이었습니다.

"무, 무슨 짓을……."

"그리고 충고 하나 해주지."

"……뭔데요?"

"네가 전학해 온 학교는 그래 봬도 꽤 괜찮은 학교야. 지금은 그 여자밖에 눈에 안 들어오겠지만, 주위를 좀 둘러보는 게 좋을 거다. 앞으로 살아갈 네 인생을 풍성하게 만들어줄 무언가를 만날 수 있을 테니까."

그 남자는 거만한 말투로 그렇게 말했습니다.

학교 학생들에게 듣자 하니, 그 남자는 학교에서 괴롭힘을 받는 처지라고 했습니다. 그것도 여자들에게 너무 들이대서 미움을 받은 것이 그 계기였다고 들었습니다. 그런 인물이 지금 무슨 소리를 하는 걸까요.

하지만 저는 아무 대꾸도 할 수 없었습니다.

이 남자가 마음만 먹으면 당장이라도 저를 죽일 수 있을 테니까요.

"그럼 나는 이만."

그리고 제가 아무 말도 없는 것을 확인하고는 발걸음을 돌렸습니다.

아마 제가 별로 위협적인 존재가 아니라고 판단한 거겠죠.

유유하게 돌아서서 떠나가 버렸습니다.

유리가 깨진 창문을 통해 건물 밖으로 나갈 때는 힘을 이용해서 육체를 지탱하는 것을 확인할 수 있었습니다. 역시, 방금 날린 일격은 제가 다루는 힘과 같은, 눈에 보이지 않는 신비로운 힘을 이용한 것인 듯했습니다.

"……뭐 저런 괴물이 다 있어요?"

어느새 제 이마에는 식은땀이 송골송골 맺혀 있었습니다.

바로 그 순간, 저는 그 남자가 어떤 존재인지를 똑똑히 이해할 수 있었습니다.

◇◆◇

그 남자와의 접촉은 저의 패배라는 형태로 끝났습니다.

그 뒤로는 굴욕으로 가득한 나날이 이어졌습니다.

사랑하는 언니와 교류를 시도할 때면 마치 우리 둘의 사이를 갈라놓듯 그 남자의 모습이 나타났습니다. 그 힘을 알고 나니, 언니가 그 남자에게 관심을 갖는 것도 이해할 수 있었습니다. 외모는 별 볼 일 없었지만, 그 내면에 대해서는 공포를 느꼈습니다.

그리고 폐건물에서 충돌한 다음에는 그의 꾐에 넘어가 브레이크댄스 동호회라는 조직에 들어가게 되었습니다. 언니와 함께 같이 춤출 수 있다는 얘기를 듣고 가입한 건데, 설마 제안한 본인까지 가입해 있을 줄은 몰랐습니다.

결과적으로 그 남자와의 접점이 더 늘어났습니다.

그 때문에 제대로 되는 일이 없었습니다.

언니 혼자라면 손쓸 수 있는 방법은 얼마든지 있었습니다. 하지만 제가 그를 껄끄럽게 여긴다는 걸 알아채신 건지, 언니는 그 남자를 방패 삼아서 제 애정 공세를 피하기만 했습니다.

언니를 덮칠 기회가 좀처럼 찾아오지 않았습니다.

그렇게 시간이 흘러 동호회에 진전이 있었습니다.

제가 브레이크댄스 동호회에 가입한 이유, 즉 그가 앞장서서 멤버들을 모은 애초의 목적인 댄스 이벤트 날이 찾아온 것입니다. 이 이벤트를 계기로 동호회에서 부활동으로 승격해, 브레이크댄스 동호회의 교내 지위를 높이는 게 그의 목적이었습니다.

언니가 참가하신다면 저도 가지 않을 이유가 없었습니다. 연습에도 매일 성실하게 참가했습니다. 처음에는 힘을 써도 추기 힘들었지만, 이제 제법 그럴싸하게 출 수 있게 되어서 기분이 좋았습니다.

그런 의미에서는 개인적으로도 수확이 있었던 셈이지요.

하지만 정작 무대 위에서, 그를 걷어차고 말았습니다.

일부러 노리고 한 건 절대 아니었습니다.

살짝 속 시원하다고 느꼈던 건 무덤까지 가슴 속에 묻어 두기로 하지요.

그러는 바람에 언니의 반감을 사서 무대 위인데도 불구하고 소동이 벌어졌습니다. 하지만 최종적으로는 그런 실랑이까지도 관객들에게 좋은 평가를 받았습니다. 덕분에 발수갈채를 받으며 공연을 마칠 수 있었습니다.

그렇게 공연을 마친 직후에 일어난 일이었습니다.

아무런 소리도 없이 제 미간 바로 앞에 금속 조각 하나가 나타났습니다.

"윽……!"

그것이 방금 발사된 총알이라는 것을 깨닫기까지는, 그 물체를 인식한 뒤로도 몇 초의 시간이 필요했습니다. 총알의 궤도는 흐트러짐 없이 제 머리를 향하고 있었습니다. 멈추지 않고 그대로 날아들었다면 제 두개골을 꿰뚫고 내부를 헤집어 놓았겠지요.

총알이 공중에 멈춰 있는 걸 깨닫고, 저는 그 남자 쪽을 쳐다보았습니다.

하지만 본인은 아무런 반응도 보이지 않았습니다.

의기양양한 표정으로 관객석을 바라보면서 폼을 잡고 있었습니다.

총알이 제 목숨을 노리고 날아들었다는 것은 의심의 여지가 없었습니다. 더불어 그 총알을 막은 것이 바로 옆에 있는 그 남자라는 것도 확신했습니다. 제 가정환경을 생각하면 총알이 날아든 것 자체는 이해할 수 있었습니다.

하지만 그가 총알을 막아준 것은 이해할 수 없었습니다.

왜 그가 저를 구해준 걸까요?

제가 죽는다고 해도, 그 남자에게는 아무런 손해도 없습니다. 아니, 적대하는 사이인 제가 사라지면 오히려 득이 된다고 할 수 있겠지요. 수많은 사람들이 지켜보는 앞에서 위험을 감수하고 힘을 사용해 가면서까지 저를 구해준 이유를 도무지 알 수가 없었습니다.

아니, 억지로 이유를 만들어 낼 수는 있었습니다.

어쩌면 이 자리에서 사망자가 발생하는 걸 염려했던 건지도 모릅니다.

"……."

언니의 상사에 해당한다는 아줌마에게 들은 이야기에 따르면,

'노멀'이라는 이름의 에이전트가 현재의 생활을 소중히 여긴다는 정보는 그녀들의 조직 안에서 오가는 보고서에도 적혀 있는 내용이라고 했습니다.

그러니 그 가능성도 없다고는 할 수 없었습니다.

대회가 파국을 맞으면 브레이크댄스 동호회의 앞날에도 영향을 끼칠 테니까요.

"……."

하지만 그렇다고 해도, 위험부담이 너무 큰 행동이었습니다.

그런 생각이 들지 않을 수 없었습니다.

그리고 정작 그 댄스 이벤트에서 우리 팀은 입상에 실패했습니다. 관중들의 호응도는 다른 팀들에 비해 월등히 우세였는데도 말입니다. 하지만 이건 어디까지나 경연자의 기술을 겨루는 댄스 콘테스트이니만큼, 기교 측면에 더 중점을 두는 건지도 모릅니다.

살짝 억울했습니다.

그리고 대회장을 나선 우리는 근처 레스토랑에 들어갔습니다. 댄스 이벤트 뒤풀이를 하자는 것이었습니다. 요즘은 호텔에서 살고 있다 보니 식사도 호텔 안에서 해결했습니다. 그래서 그런지 이렇게 동네 정취가 느껴지는 곳이 신선하게 느껴졌습니다.

자리를 잡을 때, 저는 그 남자의 정면에 앉았습니다.

꼭 확인해 보고 싶은 게 있었기 때문입니다.

주문한 지 얼마 안 되어 음식이 나왔고, 우리는 저마다 식사를 시작했습니다. 저는 메밀국수를 시켰습니다. 초밥, 튀김과 함께 일본을 대표하는 전통적 요리입니다. 하얗고 끈적끈적하게 갈아 놓은 무가 같이 나왔습니다. 면에 그것을 비벼서 먹으면 맛있다고 했습니다.

한편 그 남자는 스파게티를 먹고 있었습니다.

쓸데없이 깔끔하게 먹는 그 모습을 보고 있자니, 가슴속에서 짜증이 솟구쳐 올랐습니다. 이래 봬도 저는 집에서 매너에 대한 교육을 받고 자랐습니다. 그런 제가 보기에도 그의 식사 습관은 흠잡을 데 없이 깔끔해서 괜히 심란한 기분이었습니다.

"저, 저기……."

"왜 그러지?"

고민 끝에 말을 걸었습니다.

그러자 그는 쓸데없이 우아하게 고개를 들어 저를 쳐다봤습니다. 손에 들고 있던 포크를 가만히 내려놓고, 짤막하게 되물었습니다. 그 바람에 한 테이블에 있던 다른 사람들의 이목이 이쪽으로 쏠렸습니다.

언니의 표정은 매서웠습니다.

제가 그 남자에게 말을 걸 때면 언니의 표정은 언제나 이렇게 굳어집니다.

그래서 저는 더 이상 말을 잇기 힘들었습니다.

"……아무것도 아니에요."

저 자신도 제가 왜 그랬는지 알 수 없었습니다.

제가 생각해도 저답지 못한 반응이었습니다.

궁금한 게 있으면 그냥 물어보면 그만이었을 텐데.

"그래?"

제 대답을 들은 그는 바로 다시 식사를 시작했습니다.

아까 일에 대한 언급도 없었습니다.

제게 빚을 주었다고 생각하는 걸까요? 그렇다면 당장 갚아버리는 게 좋겠지요. 이 남자에게 빚을 지고 있으면 기분이 편치 않으니까요. 여자에 굶주려 있는 이 남자의 처지를 생각하면 여러모로 걱정이 많았습니다.

저는 성경험이 풍부하지만 남자에게 안겨 본 적은 없습니다. 지난번에 납치당했을 때는 팔다리가 잘리고 이가 뽑히는 등 온갖 험한 꼴을 당했지만, 그래도 끝내 정조는 잃지 않았습니다.

나중에 보복할 기회를 얻었을 때 촬영자에게 확인해 보니, 죽은 저를 겁탈하는 장면을 영상 작품의 클라이맥스로 쓸 예정이었다고 했습니다. 제가 생각해도 참 마니악한 인물에게 붙잡혔구나 싶었습니다.

그리고 레스토랑에서 그와의 대화는 그게 끝이었습니다.

"……."

어쩐지 가슴 속이 답답했습니다.

이게 다 언니와의 관계가 잘 안 풀리는 탓이겠지요.

네, 그런 게 틀림없습니다.

이윽고 식사를 겸한 뒤풀이가 끝나고, 우리는 레스토랑에서 해산했습니다.

제가 그 남자를 한 사람의 인간으로서 인식한 순간을 꼽는다면, 아마 바로 이때 이곳에서 일어난 일을 꼽을 수 있을 것입니다. 그것은 아주 조금의 감사와 압도적인 반발심으로 이루어진 것이었습니다.

◇◆◇

언니와의 관계도 진전을 보이지 않은 채, 답답한 나날 속에서 며칠이 흘렀을 때.

휴일 아침에 그 남자에게서 전화가 걸려 왔습니다.

어젯밤에는 늦게 잠들어서, 늦잠을 잘 때 걸려 온 전화였습니다. 같은 반 학생이 추천해 준 온라인게임이 재미있어서 저도 모르게 밤늦게까지 게임을 즐긴 탓입니다. 결국 날이 밝기 직전에야 잠자리에 들었습니다.

그래서 컨디션은 최악이었습니다.

힘없이 전화를 받자 그 남자는 당장 자신이 지정한 곳으로 오라고 일방적으로 지시했습니다. 밑도 끝도 없이 무슨 소리일까요. 당연히 무시한다는 선택지도 떠올랐습니다. 하지만 그랬다가는 후환이 두려웠기에 저는 순순히 전화 속 그가 지시한 곳으로 갔습니다.

그리고 도착하자마자 들은 소리가 이런 것이었습니다.

"미안하지만 이 여자와 데이트를 좀 다녀와야겠어."

"……뭐?"

"밤에는 돌아올 거야."

"자, 잠깐, 니시노. 그게 대체 무슨 소리야?!"

그 남자가 말한 '이 여자'는 바로 저를 가리키는 것이었습니다.

그리고 대화 상대는 로즈 언니였습니다.

당연히 도무지 이해가 가지 않았습니다.

언니의 집에 들어온 것은 아주 반가운 일이라고 할 수 있을 것입니다. 언니와 저의 관계가 진전된 셈이니까요. 그 점에 대해서는 얼마든지 감사의 말도 할 수 있었습니다. 하지만 왜 제가 이 남자와 데이트 따위를 해야 하는 걸까요.

죽어도 싫었습니다.

"잠깐만요. 제가 왜 당신과 데이트를 해야 하죠? 저는 언니랑 데이트하고 싶어요. 아니, 데이트까지는 바라지도 않아요. 그저 같이 목욕하고 한 침대에서 자기만 해도 괜찮아요."

기왕 언니 집에 왔으니 조금이라도 더 붙어 있고 싶었습니다.

언니가 일상생활을 하시는 곳에서 저도 일상을 같이 보내고 싶었습니다. 거실은 별로 달라진 게 없어 보이는데 침실은 어떨까요? 모처럼 언니 집에 들어왔으니, 무슨 일이 있어도 꼭 보고 싶었습니다.

분명 좋은 향기가 나겠지요.

"너는 좀 가만히 있어."

하지만 언니는 늘 그렇듯 제게 매정하셨습니다.

어떻게 들이대 볼 도리가 없었습니다.

어쩌다가 그렇게 된 건지는 모르지만, 언니는 저를 이곳으로 부른 인물에게 푹 빠져 계셨습니다. 홀딱 반해 있었습니다. 덕분에 아무리 제가 열심히 들이대도 조금도 반응이 없었습니다.

그리고 이것도 이유는 불분명하지만, 언니는 그 남자 앞에서는 항상 쌀쌀맞은 태도를 유지하셨습니다. 일상생활에서 오가는 대화를 들어 보면 그야말로 인정사정없었습니다. 그 남자의 시야에서 벗어나면 바로 암컷의 얼굴이 되어 헤롱헤롱 거리는데 말입니다.

그 달아오른 얼굴을 제게도 보여주시면 좋으련만.

분했습니다.

하지만 언니께서는 그 사실을 그 남자에게는 절대 얘기하지 말라고, 단단히 입단속하셨습니다.

"갑작스러운 얘기라 미안하지만, 실례하지."

"아……."

그런 생각을 하고 있는 사이에, 그가 제 팔을 붙들었습니다.

그리고 그와 동시에 그 남자의 힘이 제 육체를 결박했습니다. 눈에 보이지 않는 무언가에 붙잡혀서 손가락 하나 마음대로 움직일 수 없었습니다. 제가 가진 힘으로 저항해 보았지만, 전혀 먹히지 않았습니다.

"이, 이러지 마세요! 저는 당신 같은 남자는 질색이에요!"

"나는 너 같은 여자가 좋아. 그러니까 잠자코 따라와."

"으윽……."

남자는 제 육체를 강제로 조종하면서 성큼성큼 걸어갔습니다. 아무리 반항해 보려고 해도, 몸이 말을 듣지 않았습니다. 언니에게서 멀어지며, 그 남자를 쫓아 움직였습니다.

어떻게 이렇게 난폭할 수가 있을까요.

이래서 저는 남자가 싫습니다.

◇◆◇

신체의 자유를 잃은 지 몇 분 만에, 저는 그 남자에게서 벗어나는 걸 단념했습니다.

지금 제 힘으로는 이 남자에게 저항할 수 없었습니다. 그리고 이 세상은 어차피 약육강식이니, 자신이 사냥당하는 처지라는 걸 안 이상 몸을 보호하는 걸 우선시하는 게 최선이었습니다. 그래서 저는 얌전히 이 남자를 따라가기로 마음먹었습니다.

지난 일에 대한 트라우마 때문에 무릎이 후들거리는 느낌이었습니다.

"무슨 꿍꿍이로 저를 이런 곳에 데려온 거죠?"

"꿍꿍이 같은 건 없어. 데이트와 쇼핑을 즐기려는 거지."

"드디어 머릿속에 구더기가 들끓기 시작한 건가요?"

그 남자가 저를 데려온 곳은 도쿄 시내의 유명한 전기 상점가였습니다.

처음에 주장한 대로, 그 남자는 여기서 데이트할 것을 제안했습니다.

이런저런 말다툼을 벌이면서도, 사전에 그 남자가 준비해 둔 듯한 데이트 코스를 함께 돌아다녔습니다. 처음에 간 게임센터에서는 그 남자가 지갑도 안 들고 다닌다는 사실이 발각되었습니다.

그 남자는 제가 생각했던 것보다 훨씬 더 상식이 모자란 사람인지도 모르겠습니다.

당연한 일이지만 데이트는 시시했습니다.

하지만 그 와중에도 조금 마음이 끌리는 게 있긴 했습니다.

점심을 먹으러 들어갔던 라멘 가게였습니다.

저는 예전부터 이 나라의 라멘에 대해 관심을 갖고 있었습니다. 지금까지 제가 생활했던 곳에도 이런 상품을 사는 가게가 없었던 건 아닙니다. 그래도 역시 한 번쯤은 원조의 맛을 맛보고 싶다고 생각하고 있었습니다.

본의 아니게 끌려온 데이트이니 이 정도 즐길 거리는 있어도 되지 않을까요? 그 남자는 같은 층에 있는 꼬치 튀김집을 적극 추천했지만 어차피 돈은 제가 내니까요. 우격다짐으로 밀어붙여서 라멘집으로 향했습니다.

메뉴를 주문했더니 시커먼 국물의 라멘이 나왔습니다.

"이게 뭐죠? 국물 색깔이 새까만데요?"

오징어 먹물이라도 들어있는 게 아닐까 싶을 만큼 검었습니다. 그래서 좀처럼 입에 넣을 엄두가 나지 않았습니다. 하지만 막상 먹어 보니 생긴 것만큼 짜지는 않았습니다. 두세 번 젓가락질을 계속할수록, 점점 더 호기심이 쌓여 가는 느낌이었습니다.

"이건 로컬 라멘이야."

"그게 뭔데요?"

"가게 이름에 적혀 있던 것처럼 토야마라는 지역에서 태어난 라멘이지. 나도 인터넷에서 본 거지만 원래는 제2차 세계대전

후 전쟁 복구가 한창일 때, 식사 때마다 염분 보충을 원하던 육체노동자를 위해 만들어진 거라더군."

"……그랬군요."

생긴 건 자극적이었지만, 나름 나쁘지 않은 라멘이었습니다.

제법 맛있었습니다.

파와 죽순의 아삭아삭한 식감도 괜찮았습니다. 그리고 걱정했던 시커먼 국물도 그릇에 담겨 있을 때는 찜찜하게 보였지만, 젓가락으로 들어 올린 면에 묻어 있는 모습은 제법 식욕을 자극하는 광경이었습니다.

"혹시 이건 간장 색인가요?"

"그래, 그렇다더군."

"……."

그 남자가 하는 말이 거짓말이 아니라면 상당히 흥미로운 얘기였습니다.

이 나라 사람들의 간장 사랑은 요 며칠 사이에 저도 충분히 실감했습니다. 일본 요리점뿐만 아니라 어딜 가든 놓여 있었기 때문입니다. 하지만 국물이 시커메질 정도로 집어넣다니, 아무리 염분에 목말라 있었다고 해도 그 정도면 감탄스러울 정도였습니다.

이 나라 사람들은 얼마나 간장을 좋아하는 걸까요.

"하지만 여기는 관광지에 있는 가게이니만큼, 맛은 대중적인 입맛에 맞춘 모양이야. 국물 색깔은 진하지만 염분은 어느 정도 줄인 거겠지. 원조 쪽은 훨씬 더 짜다고 들은 적이 있어."

"그렇군요."

먹어 보고 싶다는 생각은 별로 들지 않았지만, 그런 음식을 일상적으로 먹는 사람들의 식당 풍경이 어떨지는 한 번 보고 싶었습니다. 현지에서는 어떤 지위에 있는 음식일까요. 그 지역 주민들의 신장병 발생률도 궁금해졌습니다.

"……."

"왜 그러지? 입맛에 안 맞는다면 지금이라도 튀김 꼬치 가게에……."

"기왕 라멘 가게에 왔으니 교자도 주문할게요. 당신도 드실래요?"

"……그러지."

그는 이게 로컬 라멘이라고 했습니다.

그렇다면 다른 지역에도 이렇게 일반적인 라멘과는 전혀 다른 라멘이 존재한다는 얘기가 됩니다. 솔직히 너무 이상한 게 나오면 좀 난감하겠지만, 조금 조사해 보면 재미있을 것 같기도 했습니다.

라멘에 대한 관심이 조금 더 늘었습니다.

◇◆◇

그 남자의 권유로 가입한 브레이크댄스 동호회는 막상 활동을 시작하고 보니 나쁘기만 한 건 아니었습니다. 왜냐하면 댄스에 몰두하는 언니의 모습을 바로 옆에서 볼 수 있었기 때문입니다.

오늘 언니는 체조복을 빨았는데 아직 덜 말랐다는, 거짓말 냄새가 풀풀 풍기는 핑계를 대고, 따로 지참해 온 얇은 트레이닝복과 스패츠를 착용하고 계셨습니다. 체조복보다 훨씬 더 노골적으로 몸매가 드러나는 복장이었습니다.

그 남자의 시선을 의식해서 입으신 거겠지요.

저는 그 사실에 분노를 느꼈습니다.

하지만 그 덕분에 요즘 들어 방과 후가 기다려지게 된 것도 사실이었습니다.

"그게 아니야, 니시노. 거기서는 머리를 좀 더 크게 움직여야 해."

"……이렇게 말인가?"

언니가 움직일 때마다, 스패츠의 가랑이 부분에 주름이 생겨났습니다. 세로로 깊게 파인 그 주름은 언니의 육체 상태를 여실히 드러내고 있어서, 그걸 보는 제 마음은 흥분으로 두근거렸습니다. 탄력 넘치는 허벅지도 환상적이었습니다.

빨리 제 것으로 만들어서 마음껏 즐기고 싶었습니다.

"아직 부족해. 허리를 좀 더 집어넣어 보는 게 어때?"

"아니, 이렇게 하면 몸무게를 버티기가……."

"그럼 내가 몸을 받쳐줄게."

"자, 잠깐!"

언니가 그 남자의 가랑이 사이에 팔을 끼웠습니다.

허리를 받쳐 주는 척하면서 팔뚝으로 남성의 거시기한 부분을 자극했습니다. 본인이나 다른 부원들에게 안 들키려고 최대한 자연스럽게 들이대고 있었지만, 언니만 쳐다보고 있던 제 눈에는 뻔히 다 보였습니다.

겉으로 보기에는 진지한 표정으로 연습에 임하는 것 같았지만, 그 머릿속은 음란한 생각으로 가득한 게 분명했습니다. 그 성희롱의 10분의 1만이라도 좋으니, 제게 베풀어주실 수는 없을까요. 저도 언니가 빨아주시고 주물러주시면 좋으련만.

"윽, 이건 제법 어렵군. 근력을 많이 쓰는데."

"기세를 붙여서 해 보면, 너도 충분히 할 수 있을 거야."

"그렇다면 다행이지만……."

"잠깐, 이번에는 이쪽이 허술해졌잖아." "으……."

언니가 그 남자만 챙기는 게 제게는 불만이었습니다.

스패츠의 주름은 최고지만 일일이 엮이는 그 남자의 모습이 영 거슬렸습니다. 이대로 그냥 두고 볼 수는 없었습니다. 마침 그 둘은 지금 손을 뻗으면 닿을 수 있는 자리에 있었기에, 저는 자연스럽게 입을 열었습니다.

"언니, 이제 저도 좀 가르쳐주세요."

"무슨 소리야? 너는 지금도 충분히 잘 추잖아."

"갑자기 춤추는 법을 잊어버렸어요. 큰일 났어요."

"그럼 동호회를 그만두면 되잖아."

"너무하세요, 언니. 어떻게 그런 말씀을 하세요?"

"당연한 거 아냐? 우리는 지금 시간이 없으니까."

"……."

다른 부원들의 시선을 의식해서인지, 언니는 그럴싸한 논리를 들이대며 우겼습니다.

언니는 그 남자와 온갖 짓을 다 하시면서.

그런 우리의 대화를 본 건지, 같은 교실의 다른 곳에서 어떤 대화 소리가 들려왔습니다. 목소리의 출처는 같은 동호회에 속해 있는 두 남학생이었습니다. 그들을 포함한 다섯 명이 현재 브레이크댄스 동호회의 전원입니다.

먼저 입을 연 사람은 동호회의 리더 역할을 하고 있는 인물, 무코우사카라는 사람이었습니다. 저와 같은 동성애자라고 들었습니다. 남성치고는 비교적 아담한 체구에 갈색으로 그을린 피부가 인상적인 남자입니다.

"저, 타, 타케우치 선배."

"응? 왜 그래?"

"혹시 괜찮으시면, 제가 좀 도와드릴까요?"

"응? 아, 뭐, 안 될 건 없지……."

언니와 그 남자의 모습에 자극받은 거겠죠.

이 부장은 평소에 틈만 나면 타케우치 선배라는 인물을 힐끔거리곤 했습니다. 그 눈길에는 단순한 존경뿐만이 아니라 이런저런 흑심이 섞여 있다는 것쯤은 대충 봐도 알 수 있었습니다. 보아하니 인내심의 한계에 다다른 모양이었습니다.

"이 기술은 혼자 연습하기 쉽지 않거든요."

"아니, 그래도 우선 나 혼자 최선을 다해서 익혀 보려고……."

"……정말 괜찮으시겠어요?"

"해 보다가 정 안 되면 부탁할게, 무코우사카."

"아, 알겠습다!"

저쪽도 여러모로 앞날이 험난해 보입니다.

그런데 이렇게 언니와 노닥거리는 그 남자를 보고 있자니, 지난 데이트 때가 떠올랐습니다. 그렇게 우격다짐으로 데이트에 끌고 다닌 주제에, 그 후로 그 남자는 며칠 동안 아무런 반응도 없었습니다. 그저 평소와 똑같이 굴 뿐이었습니다.

도대체 그 행위에는 어떤 의미가 있었던 걸까요.

그 때문에 그 남자의 얼굴을 볼 때마다 전보다 더 짜증이 솟구쳐 올랐습니다. 갑자기 친한 척을 했다면 그건 그것대로 난감했겠지만, 그렇다고 아무 반응도 없는 것 역시 기분이 좋지 않았습니다. 꼭 농락당하는 것 같은 기분이었습니다.

"……."

불쾌하기 짝이 없었습니다.

◇◆◇

브레이크댄스 동호회의 원래 활동 예정은 지역 댄스 콘테스트에 참가하는 것까지였습니다. 그리고 거기까지 무사히 달성해낸 후에 동호회에서 부활동으로 승격 신청을 하는 것이 최종적인 목표였다고 들었습니다.

그런데 어쩌다 보니 일이 점점 커져서 이번에는 대규모 뮤직페스티벌에 참가하게 되었습니다.

듣자 하니 지난번에 춤추던 우리를 찍은 동영상이 세간의 주목을 끈 덕분이라고 했습니다. 개인적으로는 썩 구미가 당기는 일이 아니었지만, 언니가 참가하기로 한 이상 저도 거절할 이유가 없었습니다.

하지만 그 판단은 제게 치명적인 결과를 초래했습니다.

이벤트 당일, 무대에 오른 지 얼마 되지 않았을 때였습니다.

콘테스트 때도 날아든 적 있었던 총알이 더 강해진 채 저를 향해 쏟아졌습니다. 흉기를 이용한 기습 공격부터 무인 헬리콥터를 이용한 충돌 공격, 심지어는 무장 집단 파견까지, 온갖 공격이 다 동원되었습니다.

무대에 오르기 직전 언니에게 받아 마셨던 설사약 정도는 귀여운 수준이었습니다.

경악 때문에 설사약의 영향 따위는 말끔히 날아가버릴 정도였습니다.

그 일들은 모두 저를 노리고 벌어진 일이겠지요. 이 정도 소동쯤은 충분히 벌일 수 있다는 것이 저희 집안사람들의 무서운 점입니다. 생명의 위험을 뼈저리게 실감할 수 있었습니다. 제가 가진 신비로운 힘을 쓰더라도 저 혼자서는 감당하기 힘든 일이었습니다.

당연히 소동에 휘말린 사람들도 놀란 기색이었습니다.

그 자리에 있던 모든 사람들이 경악 때문에 얼어붙었습니다.

하지만 어떤 상황에서나 예외는 있는 법입니다.

"가브리엘라, 너는 얌전히 여기 있으면 돼."

"아……."

갑자기 제 이름을 부르는 그 남자의 목소리에 저는 깜짝 놀랐습니다.

그 남자가 제 이름을 부르는 일은 의외로 별로 없었습니다.

항상 그냥 '너'라고만 부르니까요.

허둥지둥 시선을 돌리니, 거기에는 평소와 다름없이 통명스러운 얼굴이 있었습니다. 의상뿐만 아니라 가발까지 써서 본격적인 여장을 하고 있음에도, 화장 속에 있을 원래 표정을 쉽게 상상할 수 있었습니다.

"시범을 보여주지. 잘 봐 둬."

그렇게 이야기하는 태도는 부실에서 보던 때와 다를 게 없었습니다.

천천히 무대에서 내려가는가 싶더니 정면에 도열한 위장색 집단을 향해 다가갔습니다. 주위에서는 그 남자를 걱정하는 목소리가 잇따라 들려왔습니다. 평소에 그 남자를 멸시하던 같은 학급 학생마저도 이번에는 그 남자를 걱정할 정도였습니다.

하지만 본인은 조금도 개의치 않았습니다.

이렇게 걱정해줄 보람이 없는 사람도 없을 겁니다.

그 남자는 도열해 있는 부대의 정면으로 성큼성큼 걸어갔습니다.

그리고 놀랍게도, 그 앞에 도열해 있던 장갑차 중 한 대에서 낯익은 사람이 내렸습니다. 설마 이런 곳에서 만나게 될 줄은 꿈에도 몰랐습니다. 애초에 이렇게 얼굴을 보는 것 자체가 상당히 오랜만이었습니다.

"……아버지."

저도 모르게 그런 목소리가 흘러나왔습니다.

의심이 솟구쳐 올랐습니다. 아버지까지 저를 죽이러 오신 걸까요? 그동안 제가 겪었던 일들도 혹시 아버지가 배후에서 조종하셨던 걸까요? 그리고 이렇게 일을 크게 벌이면서까지 그래야 했던 것일까요?

제 일신상의 불행을 한탄하고 슬퍼하는 나약한 정신은 이미 제 안에서 사라져 버렸다고 생각했습니다. 하지만 아무리 그런 저라도, 육친의 손에 죽을지도 모르는 상황에는 마음이 흔들리지 않을 수 없었습니다.

눈앞에서 일어난 광경을 보자, 가슴속이 욱신 아팠습니다.

"무대 위에 있는 저 여자가 그렇게 소중한가?"

"같은 학교에 다니는 친구야. 보다시피 같은 부활동에 속해 있기도 하고."

"일개 학생치고는 요란하게 일을 벌이는 것 같은데……."

"그건 피차일반 아닌가? 즐거운 이벤트를 이렇게 망쳐버리다니."

그 남자와 아버지 사이에서 대화가 오갔습니다.

음악과 환호성으로 왁자지껄했던 이벤트장은 이제 위장색 제복 무리에게 점령당해 정적에 잠겨 있었습니다. 덕분에 두 사람의 목소리는 무대 위에 서 있는 저희들도 가까스로 들을 수 있었습니다.

"왜 그러지? 나는 일개 학생일 뿐인데."

"……다시 한번 묻겠다. 저 여자가 그렇게 소중한가?"

아버지는 그 남자를 빤히 응시하면서 진지한 표정으로 물었습니다.

경쟁 상대를 상대할 때와 비슷한 표정이었습니다.

그런 아버지의 물음에 그 남자는 보란 듯이 폼을 잡으며 내뱉었습니다.

"앞으로 반세기 정도는, 인류의 적이 될 각오도 하고 있어."

그 남자에게 호전적인 일면이 있다는 건 저도 이미 알고 있습니다. 그러니 방금 그가 내뱉은 구린 발언은 저에 대한 호의 때문이라기보다는 아버지에 대한 견제의 의미가 더 크다는 것도 알고 있습니다.

그렇지만 그 마음은 생각했던 것보다도 더 강렬하게 제 마음을 울렸습니다.

"아……."

아무리 찰나의 순간이었다 해도, 남자에게 마음을 빼앗긴 저 자신을 믿을 수 없었습니다.

그리고 그 직후, 그 남자의 팔이 움직였습니다.

천천히 팔을 들어 올리는가 싶더니, 손가락을 딱 튕겼습니다.

그러자 우리를 포위하고 있던 위장색 제복 무리에게 변화가 생겨났습니다.

헬리콥터와 장갑차에 탑재되어 있던 기관총부터 보병들이 들고 있는 무기에 이르기까지, 이쪽을 겨누고 있던 모든 화기가 모조리 얼어붙은 것입니다. 게다가 그 힘의 사용은 더할 나위 없이 정확해서 빗나간 것은 단 하나도 없었습니다.

예전부터 위협적인 남자라고 생각하긴 했지만 이 정도일 줄은 몰랐습니다.

이 정도로 섬세하면서도 광범위하게 힘을 쓸 수 있을 거라고는 생각도 못 했습니다.

하지만 그 경이로운 힘의 발현을 보고도 제 의식은 여전히 아까 그 남자가 한 말에 사로잡혀 있었습니다. 앞으로 반세기 정도는, 인류의 적이 될 각오도 하고 있다. 평범하게 살아가는 사람이라면 평생 들을 일 없는 대사입니다.

"……."

마치 영화의 등장인물이나 이야기 속 여주인공이 된 것만 같은 기분이었습니다.

제가 그토록 혐오하던 사람이 한 말이건만.

그리고 그 이후로는 제가 생각했던 것보다 훨씬 더 순탄하게 흘러갔습니다. 보아하니 아버지는 저를 죽이러 오신 게 아니었고, 오히려 저를 지키려고 여기까지 오신 것 같았습니다.

그 사실을 알고 나니, 마음속이 따스해지는 것을 느꼈습니다.

다행히도 제게는 아직 돌아갈 곳이 있는 것 같았습니다.

그리고 위장색 장갑차에는 아버지 말고도 예전에 언니와 함께 행동하던 아버지도 같이 탑승하고 있었습니다. 그녀까지 합류해서 셋이 이야기를 나누다 보니, 저도 사정을 대강 파악할 수 있었습니다.

이제부터는 죽을 걱정을 하지 않고 살아갈 수 있을 것 같았습니다.

그리고 긴장이 풀렸기 때문인지 다시 배 속의 상태가 악화되기 시작했습니다.

언니 때문에 마신 설사약 때문이었습니다.

결국 기어이 인내의 한계를 넘어선 제 배 속은 맥없는 소리를 내며 무너졌습니다. 이 일은 없었던 걸로 할 생각입니다. 괜찮을 겁니다. 무대 위에는 저와 마찬가지로 바지를 더럽힌 성인 남성도 있었으니까요.

그 남자의 이름은 아마, 오가타야 타로스케였던 걸로 기억합니다.

◇◆◇

결국 뮤직 페스티벌은 개최 첫날에 중단되었습니다.

무대가 부서졌으니 그럴 수밖에 없겠지요.

아줌마에게 들으니, 예상치 못한 이 모든 사태는 중동의 어떤 단체에서 일어난 테러라는 식으로 처리할 예정이라고 했습니다. 현장 정보는 철저하게 통제했으니 앞으로 얘기가 밖으로 새어 나갈 일은 없을 거라는 모양이었습니다.

물론 저희의 댄스 동영상도 모두 규제 대상이었습니다.

숙소로 돌아간 저는 심신의 피로를 이기지 못하고 침대에 바로 누웠습니다.

"……."

드넓은 객실에는 저밖에 없었습니다.

브레이크댄스 동호회 멤버들과는 호텔 복도에서 헤어졌습니다. 그들도 저와 마찬가지로 저마다 배정받은 방에서 쉬고 있을 것입니다. 덕분에 방은 조용하기 그지없어서 제 심장 소리가 유난히 크게 들리는 것처럼 느껴졌습니다.

"그 남자는 대체 뭘까요……."

출신이나 가정환경 같은 정보는 아줌마에게 부탁하면 바로 얻을 수 있겠지요. 하지만 그 머릿속에서 뭘 생각하고 있는지, 살아가면서 무엇을 소중하게 여기고 있는지, 그런 인간적 내면까지는 알 수 없습니다.

"……."

그런 의문을 느끼기 시작하니, 문득 지난주의 데이트가 떠올랐습니다.

아까 소동이 한창 벌어졌을 때, 무대 위에서도 떠올렸던 기억이었습니다.

데이트할 때 그는 틈만 나면 힘을 사용해서 저를 압도하려고 들었습니다. 그때 당시에는 그저 성격이 더러운 남자라서 그런 거라고 생각했습니다. 참 골치 아픈 성격을 가진 사람이라고 말입니다. 하지만 어쩌면 그건, 저를 걱정한 그 남자가 나름대로 저를 가르치려고 했던 것인지도 모릅니다.

몇 주 동안 함께 지내면서 그 남자가 올곧은 성격을 가졌다는 것 정도는 알 수 있었습니다. 남들에게 으스대거나 해를 끼치는 걸 좋아하는 인물은 절대 아니었습니다. 오히려 자기편이라고 생각하는 사람은 살갑게 챙길 줄 아는 일면도 갖고 있었습니다.

다만 외모와 행동이 조금 이상할 뿐이었습니다.

그러니 정말 그 남자가 저를 위해 그랬을 가능성은 절대 적지 않은 것 아닐까, 하는 생각이 들었습니다.

"어쩌다가 저렇게 뒤틀린 성격이 된 걸까요……."

그렇게 생각하다 보니, 그 밖에도 이런저런 추측이 떠올랐습니다.

아침 일찍부터 저를 언니의 집으로 부른 것도 저의 신변의 안전을 위해 그랬던 것 아닐까요? 하지만 아무래도 그건 너무 자기중심적인 상상 같았습니다. 그래서 지금까지 생각하는 걸 포기하고 있었습니다.

그러다 보니 신기한 일이 일어났습니다.

생각하면 생각할수록 그 남자에 대한 호기심이 솟구쳤습니다.

분명 저는 남자에게 관심이 없는데 그런데도 알고 싶었습니다.

집에서는 어떤 생활을 하고 있는지, 식사는 어떤 걸 먹고 있는지. 따지고 보면 별로 중요하지도 않은, 시시하기 짝이 없는 것들이 어째선지 궁금하고 또 궁금해서 견딜 수가 없을 지경이었습니다.

"……니시노, 고쿄."

어느새 저도 모르게 우두커니 그 남자의 이름을 뇌까리고 있었습니다.

어떻게 해야 그 남자에 대해 더 잘 알 수 있을까요.

이불에 얼굴을 묻은 채 그런 생각을 하고 있으려니 점점 정신이 멍해지기 시작했습니다. 그러다가 어느새 꾸벅꾸벅 졸기 시작했고, 이내 침대에 쓰러진 자세 그대로 잠에 빠져들고 말았습니다.

정신이 멍해지기 시작한 뒤로 잠들기까지는 얼마 걸리지 않았습니다.

그 직후에 꾼 꿈속에서 그 남자는 두 마리의 올빼미에게 공격당하며 인형 뽑기 게임기를 붙들고 분투하고 있었습니다. 게임기 안에는 어째선지 시커먼 국물의 라멘이 들어 있었는데, 그는 그걸 뽑으려고 애쓰고 있었습니다.

라멘이 들어 있는 그릇은 비실비실한 크레인으로는 꼼짝도 하지 않았습니다.

저는 지갑을 든 채 그 옆에 서서 그런 그 남자를 지켜보고 있었습니다.

요즘 들어 이상한 꿈만 꾸는 것 같았습니다.

이윽고 잠에서 깨니 어느새 몇 시간이 지나 있었습니다.

조금 전까지만 해도 환했던 창밖은 이미 새까맣게 물들어 있었습니다.

생각보다 푹 잠들었던 모양입니다. 제가 생각했던 것 이상으로 피로가 쌓여 있었나 봅니다. 자면서 흘린 땀을 샤워로 씻어낸 다음, 구겨진 옷을 갈아입고 옷매무새를 가다듬었습니다.

"……배고프네요."

호텔 안에 있는 식당에서 점심을 먹기로 했습니다. 아까 객실로 이동하는 동안, 식당처럼 보이는 점포들이 여기저기 있는 것을 확인해 두었습니다. 날이 어두워지긴 했지만 아직 밤이 깊은 것도 아니기에, 영업 중인 가게는 얼마든지 찾을 수 있을 것입니다.

그런 생각으로 객설을 나갔다가 저는 낯익은 사람과 마주쳤습니다.

그 남자와 언니였습니다.

두 사람은 지금 막 홀에 온 모양이었습니다.

우리는 자연스럽게 발걸음을 옮겨서 이 층 한쪽에 놓여 있는 소파 세트에 걸터앉았습니다. 이 홀은 랭크 제한이 걸려 있기 때문에, 일정 랭크 이상의 방에 숙박하는 손님만 드나들 수 있다고 했습니다.

덕분에 사람도 적고 차분한 분위기였습니다.

"결국 계속 이 여자에게 휘둘리기만 했다는 거네."

언니가 언짢은 표정으로 저를 쳐다보며 말씀하셨습니다.

그 말씀대로 이번 소동의 발단은 저였습니다. 뮤직 페스티벌이 첫날에 중단된 것도 제가 그 자리에 있었기 때문이었습니다. 그러니 언니의 비난은 정당한 것이었습니다.

"범인을 제외하면 사망자도 안 나왔어. 그냥 이 정도로 넘어가면 되는 것 아닌가?"

"너희 반 애는 얼굴이 부어 있지 않았어?"

"겉으로는 까칠하게 대하지만, 역시 타케우치가 신경 쓰이는 건가?"

"신경 쓰인다니? 그게 무슨 소리야?"

"말 그대로의 뜻이야."

"그게 무슨 뜻인지 모르겠으니까 이렇게 물어보는 거잖아."

"뭐, 이 얘기는 그만하지. 이건 어디까지나 네 사생활이니까."

"……."

저는 언니와 대화를 주고받는 그 남자를 관찰했습니다.

보고 또 봐도 볼품없는 얼굴이었습니다.

며칠 전까지만 해도 그 얼굴이 시야에 들어오기만 해도 거부감이 느껴졌습니다. 그런데 언제부턴가 그 얼굴을 봐도 괜찮아졌습니다. 심지어 이렇게 바라보고 있으면 어쩐지 안절부절못하는 기분이 들기까지 했습니다.

하지만 한편으로는 아직 무섭게 느껴지기도 했습니다.

"그나저나, 어쩐지 무대에서 내려온 뒤부터 계속 조용한 것 같은데?"

갑자기 그의 시선이 이쪽으로 스윽 옮겨 왔습니다.

저와 언니는 한 소파에 나란히 앉아 있었습니다. 그 남자는 그 정면에 앉아서 저희와 마주보고 있는 상태입니다. 그래서 시선의 이동은 순식간에 이루어졌습니다. 고개만 조금 움직이자 저와 시선이 마주쳤습니다.

"으……."

"왜 그러지?"

"제, 제가 뭘 어쨌다고 그러세요?"

관찰 대상이 갑자기 말을 거는 바람에 깜짝 놀랐습니다.

저는 그것을 얼버무리려고 옆에 앉아 있는 언니를 끌어안았습니다.

"뭐야, 징그럽게 왜 달라붙고 이래?"

"아아앙!"

언니가 뺨을 꾹 미는 바람에 제 몸은 곧바로 언니에게서 떨어졌습니다.

언니의 반응은 다른 때와 똑같았습니다.

그리고 예전의 저였다면 언니가 밀건 말건 집요하게 물고 늘어졌을 것입니다. 언니의 육체적 자유를 힘으로 빼앗고 팔을 얽어서 꼼짝 못 하게 옭아맸겠지요. 하지만 오늘은 그럴 기분이 들지 않아서 순순히 원래 위치로 돌아오기로 했습니다.

언니에 대해 이런 마음을 느끼는 건 처음이었습니다.

"속은 좀 어때? 아까 많이 힘들어하던 것 같은데."

"지, 지금 무슨 소리를 하는 거예요?!"

"무대 위에서 신나게 지렸었으니까."

그리고 평소와 다를 바 없는 농담이 이어졌습니다.

짜증이 솟구쳐서 비꼬는 말로 되받아쳐야 마땅한 태도였습니다. 실제로도 지금까지는 그렇게 해 왔습니다. 그런데 이번에는 어쩐지 그 남자가 신경 쓰여서 그럴 수가 없었습니다. 저답지 않은 일이지만, 그 남자를 상대로 부끄러움을 느꼈습니다.

이대로 가면 곤란하다는 생각에 제가 먼저 말을 꺼냈습니다.

"한 가지 물어보고 싶은 게 있어요."

"뭐지?"

"대, 대체 왜 저를 도와주신 거죠?"

대답하는 그의 태도는 일관적이었습니다.

이쪽을 쳐다보며 담담하게 얘기할 뿐이었습니다.

"너는 이미 우리 학교 사람이야."

"그게 뭐 어쨌다는 거죠?"

"만약 네가 죽으면 2학년 B반 애들이 슬퍼하겠지."

"……."

저는 2학년 B반이라는 게 뭘까, 하고 순간적으로 의문을 느꼈습니다. 그리고 그것이 제가 다니는 학교의 학급명이라는 걸 떠올리기까지는 약간의 시간이 걸렸습니다. 그의 반은 바로 옆 반인 2학년 A반이었던 걸로 기억합니다.

"그건 아마 모두에게 평생 잊을 수 없는 기억이 될 거야. 마음의 상처로 남을지 어떨지는 모르지만, 다소 좋지 않은 기억으로, 아니면 다시는 이룰 수 없는 사랑의 기억으로 영원토록 깊은 응어리를 남기게 되겠지."

"그건 또 무슨 소리예요?"

"내가 원하는 건, 진심으로 웃고 순수하게 즐거웠던 기억으로 남을 수 있는 청춘이야. 이제 1년 남짓밖에 남지 않은 짧은 기간이긴 하지만, 청춘이라는 이름 아래 평생 즐거운 기억으로 남을 수 있는 추억을 만들어 두고 싶어."

"……."

폐건물에서 싸웠을 때도 그 남자는 학교생활을 찬양했던 기억이 납니다. 그 남자에게 있어서는 그것이 아주 소중한 것이겠지요. 설마 그런 걸 정말 중요하게 생각하고 있을 거라고는, 이렇게 얘기를 나눌 때까지 모르고 있었습니다.

역시 세상일이란 뭐든지 직접 확인해 봐야 알 수 있는 법입니다.

"그게 뭐예요? 그럼 당신이 살아 있는 이상, 저는 마음대로 죽을 자유도 없다는 건가요? 제 추한 몸을 원망하면서 남들 몰래 조용히 죽을 수도 없다는 건가요?"

"그래."

"으……."

"미안하지만 너는 최소 10년은 더 행복하게 살아줘야겠어. 그리고 내가 대학에 진학했을 때, 혹은 취직했을 때, 아니면 성인식 때라도 상관없으니까 학교 친구들과 만나서 함께 웃으며 이야기꽃을 피워줘야 해."

이렇게 거만한 말을 들은 건 제 평생을 통틀어서도 한 손에 꼽을 정도밖에 없었습니다. 지금까지 저를 가르쳤던 가정교사들도 이 정도까지 오만한 태도로 저를 대하는 인물은 없었습니다. 심지어는 제게 가르침을 주실 때의 아버지보다도 더 거만했습니다.

"우리 학교에는 이렇게 예쁜 여자가 있었다면서 말이지."

"……별 희한한 소리를 다 듣겠네요."

게다가 그 내용은 누가 들어도 프러포즈 그 자체였습니다.

혹시 이 남자는 저에게 마음이 있는 걸까요?

모르겠습니다.

눈앞에 있는 이 남자가 도대체 무슨 생각을 하고 있는지, 도무지 판단할 수가 없었습니다.

"너는 그저 하루하루를 웃으면서 보내기만 하면 돼."

"으……."

그리고 마지막으로 날아든 우직한 발언.

그 말을 들은 제 가슴은 두근, 하고 거세게 고동쳤습니다.

◇◆◇

그날 저녁 식사는 호텔 꼭대기 층 레스토랑에서 먹기로 했습니다.

테이블에는 브레이크댄스 동호회 회원들이 둘러앉아 있었습니다. 처음에 같이 있던 세 명만 같이 먹게 될 줄 알았는데, 그 남자가 우기는 바람에 다른 남학생 두 명도 불러오게 된 것입니다.

그러다 보니 왁자지껄하게 대화가 늘어났습니다.

특히 추가로 합류한 두 명 중 한 명, 틈만 나면 언니에게 들이대곤 하는 인물이 기다렸다는 듯 말을 걸었습니다. 그 남자와는 달리 여성과의 관계에도 익숙한 듯 저에게도 이런저런 칭찬을 건넸습니다.

"그, 그나저나 로즈, 그 원피스 진짜 잘 어울린다!"

"어머, 그래? 꽤 오래된 옷인데."

"응, 진짜 예뻐. 아, 물론 가브리엘라의 옷도 예쁘고."

조금 전에 그 남자에게 들었던 것과 같은, 남성으로부터의 긍정적인 말이었습니다.

하지만 이 말에는 조금도 마음이 움직이지 않았습니다.

지금까지 그랬던 것처럼 아무런 흥미도 느낄 수 없었습니다. 상대는 같은 이성입니다. 남성이었습니다. 외모 면에서나 다른 사람에 대한 배려 면에서는 그 남자보다 훨씬 뛰어나다고 할 수 있을 것입니다. 하지만 저는 별 관심을 느낄 수 없었습니다.

"……고마워요."

저는 짤막하게 대답하고 다시 식사에 집중했습니다.

역시 그 남자가 특별한 것이었던 모양입니다.

저는 절대 호기심이 약한 사람은 아닙니다. 아마 흥미를 느끼는 대상의 폭이 좁거나 한쪽으로 편향되어 있는 것이겠지요. 그렇기에 이렇게 흥미를 느낄 만한 대상을 만나니 기분이 달아올랐습니다. 몸과 마음 모두 근질근질한 기분이었습니다.

지금까지 저는 제가 탐냈던 대상은 모두 다 제 것으로 만들어 왔습니다.

예외는 언니 정도밖에 없었습니다.

"그나저나, 너한테 물어보고 싶은 게 하나 있어."

"뭔데요, 언니?"

"너, 어제까지는 니시노 옆에 앉는 걸 죽도록 싫어하지 않았어?"

그런 생각에 잠겨 있는데 언니가 날카로운 질문을 던졌습니다.

언니의 말은 사실이었습니다.

지금 저는 이 남자의 바로 옆자리에 앉아 있습니다. 다섯 명이 커다란 원탁에 둘러앉아 있다 보니, 저와 언니가 이 남자를 사이에 두고 앉는 배치가 되었습니다. 나머지 두 사람은 저와 언니 사이에 있습니다.

예전의 저였다면, 언니의 옆자리를 선택했을 것입니다. 제가 나서서 이 남자 옆에 앉은 적은 지금까지 한 번도 없었습니다. 그리고 앞으로도 영원히 그럴 거라고, 불과 며칠 전까지만 해도 그렇게 믿어 의심치 않았습니다.

"어머나, 제가 그랬나요?"

제가 건넨 한마디 말에 언니의 눈초리가 굳어졌습니다.

아마 언니는 제 의식의 변화를 알아챈 모양이었습니다. 예전부터 느꼈던 거지만, 이 남자가 얽힌 일에는 누구보다 예민한 분입니다. 별생각 없이 던진 눈짓 하나까지 꼼꼼하게 지적할 정도였습니다.

"무슨 바람이 불어서 마음이 변한 거야?"

"……."

일이 복잡해졌습니다.

아니, 애초에 굳이 입을 다물고 있을 필요가 있을까요?

언니의 눈치를 볼 이유가 없습니다.

저는 당장이라도 이 남자에 대해 이것저것 알고 싶습니다. 본인에게 물어보고 싶습니다. 지금까지 여러 번 제 목숨을 구해준 사람인 데다 제게 힘의 사용법까지 가르쳐준 사람인데, 제 진심을 거슬러 가면서까지 언니의 자존심을 세워줄 필요는 없는 것 아닐까요?

네, 그렇습니다.

저는 이 남자에게 완전히 녹다운당했습니다.

"니시노 고쿄, 다, 당신에게 할 얘기가 있어요."

"……나한테?"

매시드 포테이토를 우물거리고 있던 그 남자에게 말을 걸었습니다.

음식을 입에 가득 머금고 있던 그 남자는 입안의 음식을 단숨에 삼키고 대답했습니다. 물잔을 힐끗거리는 그 시선에서는 지금 그가 목구멍에 얼마나 큰 고통을 느끼고 있는지를 엿볼 수 있었습니다. 그걸 굳이 참는 허세가 우스워서, 저는 유쾌하기 그지없었습니다.

"저는 당신에게——."

이 말을 들으면 그는 어떤 표정을 지을까요.

그런 호기심을 가슴에 품으며, 저는 제 속마음을 말로 옮겼습니다.

〈후기〉

갑작스럽지만, 본작의 코미컬라이즈 1권이 원작 6권과 함께 동시 발매되었습니다. '시노하라 시노메' 선생님이 그리는 또 하나의 니시노를 구매해 주신다면 감사하겠습니다. 문장만으로는 맛 볼 수 없는 농후한 평범남 느낌을 약속드립니다.

그러고 보니 이번 권에서는 지금까지와는 다르게 가브리엘라가 표지를 장식했습니다. 더욱이 내지 컬러 일러스트에서는 반장이 세 번째로 양면 페이지의 주역이 되었습니다. 금발 로리타를 그려달라는 이야기로 본작의 일러스트 작업을 흔쾌히 수락해주신 '마타논키▼' 선생님, 정말 감사합니다.

그런 상황에도 불구하고, 책 권수를 거듭할수록 더욱 매력적으로 변해가는 수많은 일러스트를 그려주셔서 감사합니다. 변태 여고생의 스패츠 댄스 영상이나 가브리엘라와 니시노의 데이트 장면 등, 간절히 바랐던 일러스트들을 볼 수 있어서 매우 기쁩니다.

이런 흐름으로 감사의 말씀을 전하자면, 담당 편집자 O 님에게는 『니시노』뿐만 아니라 여러 가지로 보살펴주셔서 감사하다는 말로도 부족합니다. 또한 교정이나 영업, 디자이너, 번역, 본작을 매장에 진열해주시는 전국의 서점 관계자분들, 웹사이트 관계자분들, 응원해주시는 관계자 여러분께 이 자리를 빌려 깊이 감사의 인사를 올립니다.

카쿠요무에서 시작되어 MF문고J에서 발간되는 『니시노』를 아무쪼록 잘 부탁드립니다.

(분코로리)

니시노
~교내 카스트 최하위이자 이능세계 최강 소년~
6

2025년 9월 25일 제1판 제1쇄 인쇄
2025년 9월 30일 제1판 제1쇄 발행

지음 | **분코로리**
일러스트 | **마타논키▼**
옮김 | **박용국**

발행인 | 오태엽
편집팀장 | 이수춘
편집담당 | 이예솔
한국어판 디자인 | Design Plus
라이츠사업팀 | 이은선, 박경진, 정선주, 신주은, 신윤미
전략마케팅팀 | 김정훈, 이강희, 정누리, 김재철
제작담당 | 박석주

발행처 | (주)서울미디어코믹스
등록일 | 2018년 3월 12일
등록번호 | 제 2018-000021
주소 | 서울특별시 용산구 만리재로 192
전화 | (02)2198-1736
인쇄처 | (주)한산프린팅

●잘못된 책은 구입하신 곳에서 교환해 드립니다.
문의 (02)791-0786